ÉTONNANTS • CLASSIQUES

# ALAIN BLOTTIÈRE

# Le Tombeau de Tommy

*Présentation, notes, et dossier*
*par* LAURE HUMEAU-SERMAGE,
*professeur de lettres*



Flammarion

**La Seconde Guerre mondiale,**
**dans la collection « Étonnants Classiques »**

*Au nom de la Liberté* (anthologie)
Michel DEL CASTILLO, *Tanguy. Histoire d'un enfant d'aujourd'hui*
Jean-Claude GRUMBERG, *L'Atelier*
*Zone libre*
KRESSMANN TAYLOR, *Inconnu à cette adresse*
*Paroles de la Shoah* (anthologie)
*Récits pour aujourd'hui. 17 fables et apologues contemporains* (anthologie)
Annie SAUMONT, *La guerre est déclarée et autres nouvelles*
Stefan ZWEIG, *Le Joueur d'échecs*


ISBN : 978-2-0813-7544-4
ISSN : 1269-8822

# SOMMAIRE

© Photo Charles Guislain

■ Alain Blottière.

# PRÉSENTATION

## Alain Blottière et l'histoire

Le 21 février 1944, vingt-trois résistants furent exécutés par des soldats allemands au Mont-Valérien, dans la banlieue ouest de Paris. Ces hommes, des étrangers, des Juifs et des communistes, avaient pris les armes pour défendre la France occupée. Arrêtés et torturés, ils furent fusillés après un simulacre de procès. Cette exécution, véritable acte de guerre, eut un retentissement particulier. En effet, dans tout le pays, la propagande nazie placarda les portraits de ces hommes et les présenta comme des terroristes : sur l'Affiche rouge[1], les photographies de neuf d'entre eux entourent celle de Missak Manouchian, leur chef, qui dirigeait le groupe de résistants des FTP-MOI (Francs-tireurs et partisans-main-d'œuvre immigrée)[2] auquel ils appartenaient tous. En 1944, ces « étrangers qui choisirent le feu[3] » pour combattre l'occupant devinrent le symbole de la résistance à l'ennemi et à la collaboration, les représentants d'une armée de l'ombre qui croyait en la France, terre d'asile et d'accueil, et en ses valeurs de liberté, d'égalité et de fraternité. En 2009, Alain

**1.** Cette affiche est reproduite p. 2 de couverture.
**2.** Outre les précisions que le romancier apporte sur le groupe de résistants auquel a appartenu son héros, voir encadré, p. 21.
**3.** Paul Éluard, extrait de « Légion », *Œuvre poétique*, Éditions du Club de l'honnête homme, 1986, t. V, p. 260.

Blottière, écrivain français né en 1954, s'empare de cet événement pour écrire *Le Tombeau de Tommy.*

Composée d'une dizaine de récits de voyages, d'essais et de romans reconnus par la critique et le monde littéraire[1], l'œuvre d'Alain Blottière exprime une forme de dépaysement, géographique ou historique, et témoigne d'une profonde nostalgie de l'enfance et de l'adolescence. Sélectionné pour les prix Médicis et Renaudot à sa parution, *Le Tombeau de Tommy* reprend ces motifs et raconte l'histoire du tournage d'un film consacré à l'un des résistants qui figure sur l'Affiche rouge : Thomas Elek, dit Tommy. Né le 7 décembre 1924 à Budapest dans une famille d'intellectuels communistes, ce jeune Juif hongrois émigre en France en 1930, ses parents souhaitant lui offrir, comme à son frère Béla et à sa sœur Marthe, une culture française. En juin 1941, Thomas, alors âgé de seize ans, abandonne les études qu'il suit au lycée Louis-le-Grand à Paris pour s'engager dans la Résistance. Avec un groupe d'étudiants de la Sorbonne, il confectionne et distribue de nombreux tracts. Un an plus tard, en août 1942, il devient membre des FTP-MOI sous le matricule 10 306 : au sein du groupe Manouchian, il participe à la lutte armée contre l'occupant. Le 9 novembre de la même année, c'est seul qu'il commet son premier attentat, au moyen d'un livre piégé, dans une grande librairie allemande du centre de la capitale. Ayant prouvé sa détermination et son courage, il participe alors à de nombreuses actions contre l'occupant allemand et les collaborateurs français – poses de bombes, lancers

1. Publié en 1980 chez Gallimard, son premier roman, *Saad*, constitue à la fois un hommage à Rimbaud et la quête d'un trésor introuvable ; en 1995, *L'Enchantement*, roman situé en Egypte, pays qu'Alain Blottière connaît bien, reçoit le prix Valery-Larbaud ; *Rêveurs*, dont l'action se déroule simultanément en France et en Égypte au moment de la révolution de 2011, est sélectionné en 2012 pour le Prix Médicis.

de grenades, vols d'armes, d'argent et d'explosifs, attaques de convois et de détachements, déraillements de trains. Arrêté le 21 novembre 1943 après une redoutable filature de la police française et livré aux Allemands, il est incarcéré à la prison de Fresnes, alors aux mains de la Gestapo, la police politique nazie, avec l'ensemble du réseau des FTP-MOI. Le 18 février 1944, la cour du Tribunal militaire allemand du Commandement du Grand-Paris[1] rend son verdict : les accusés sont condamnés à mort. Le matin même de sa mort, à dix-neuf ans, sous les salves des fusils allemands au Mont-Valérien, Thomas Elek laisse pour ses amis et sa famille ces quelques mots : « Vous ne devez pas vous attrister, mais être gais au contraire, car pour vous viennent des lendemains qui chantent[2]. »

## Littérature, histoire et cinéma

Mêlant fiction, histoire et cinéma, *Le Tombeau de Tommy* est un roman singulier. En effet, pour raconter le destin de Thomas Elek, Alain Blottière utilise les ressources de trois types d'écriture. Tout d'abord, il crée une fiction romanesque. Il invente un narrateur-cinéaste et les relations de ce dernier avec Gabriel, l'adolescent choisi pour incarner Thomas Elek, qui s'identifie

**1.** ***Grand-Paris*** : division administrative sous l'Occupation réunissant la Seine, la Seine-et-Oise et la Seine-et-Marne.
**2.** Les dernières lettres écrites par Thomas Elek avant son exécution sont reproduites p. 212.

totalement à son personnage. Ensuite, il recourt à l'écriture cinématographique, le narrateur décrivant des scènes de son film, présentées en italique, lesquelles correspondent aux étapes essentielles du destin de Tommy. Enfin, il fait appel au récit historique pour retracer la vie du héros et les actions de son réseau. Dans l'article qu'elle consacre au *Tombeau de Tommy* dans le magazine *Télérama* du 24 août 2009, Marine Landrot souligne que « le roman d'Alain Blottière trace un triangle parfaitement équilatéral entre trois pics acérés, trois thèmes d'une égale densité. La symbiose[1] du jeune acteur avec son personnage [...]. La description minutieuse de scènes du film, reconstitutions dépouillées de moments clés de la vie de Tommy. Et le récit fouillé du véritable destin de Thomas Elek, depuis son enfance d'émigré hongrois ».

Ces trois volets – fictif, cinématographique et historique – s'articulent sur un mode didactique. Le point de départ est le plus souvent une scène du film consacré au jeune résistant. Le narrateur propose ensuite un éclairage historique sur celle-ci puis revient sur le moment du tournage. Ainsi, après une scène du film racontant le déraillement d'un train, pendant laquelle le lecteur suit les mouvements de la caméra et assiste à l'action violente des FTP-MOI sur « *une voie de chemin de fer au petit jour* » (p. 97), un paragraphe explique les circonstances de l'attentat dont il mentionne précisément dates, lieux et protagonistes : « Entre les mois d'août et d'octobre 1943, Tommy participa à sept déraillements de train réussis, si l'on en croit les communiqués de la direction des FTP. » Enfin, un passage expose les contraintes et les difficultés du réalisateur à tourner la scène (« Pour les effets spéciaux, j'ai laissé carte blanche à Steve et son équipe ») et à s'accommoder du jeu des acteurs (« La gêne que

1. ***Symbiose*** : étroite union.

j'éprouvais ces jours-là en extérieur, à la campagne, venait aussi du jeu de Gabriel »). Ce va-et-vient permanent entre l'histoire de Thomas Elek et celle de la réalisation du film, entre le passé et le présent, permet à « l'Histoire [de] se [faire] chair, [...] et [au] livre [de devenir] long métrage, avec une facilité de passe-muraille », comme l'indique Claude Arnaud dans *Le Magazine littéraire* du 25 novembre 2010.

## Un héros historique : Thomas Elek

Soucieux de reconstituer fidèlement le destin de Thomas Elek, le narrateur ne cesse de revendiquer son exigence de véracité : dès le début du roman, après le récit de la scène d'ouverture de son film, il exprime sa volonté de ne rapporter que ce qui est « authentique » (p. 29), créant ainsi chez le lecteur un horizon d'attente proche de celui qui s'établit pour le genre de la biographie. « À part quelques détails [...], je n'ai rien voulu inventer. Car je n'ai pas raconté n'importe quelle histoire, le Tommy que je filme n'est pas une reconstitution plus ou moins vraie, schématisée, qui voudrait le rendre plus explicite, identifiable, en mêlant fiction et réalité. Je me contente de la vérité. [...] Je voudrais qu'on sache que dans ce film tout est vrai et que l'émotion, la compassion, la haine, l'amour sont aussi [...] plus vrais que devant un film de mensonges » (p. 68-69). Cette honnêteté intellectuelle se manifeste aussi tout au long du récit par le signalement d'ajouts, ou l'aveu d'incertitudes (« Je ne sais pas précisément à quelle date [...]. Je sais seulement [...] », p. 69).

Désireux de s'en tenir à la vérité, le narrateur adopte aussi la démarche d'un historien. Son œuvre est nourrie de documents de différentes natures. Certains d'entre eux relèvent de la mémoire, tels les témoignages. Ainsi le lecteur sait-il dès les premières pages du roman que *La Mémoire d'Hélène* (François Maspero, 1974), écrit par la propre mère de Thomas Elek (p. 29), constitue une source riche de renseignements sur l'enfance de Tommy. D'autres sources correspondent à des documents historiques. C'est le cas de *Combattants, héros et martyrs de la Résistance*, de David Diamant (Éditions Renouveau, 1984), dans lequel le témoignage de Julien Lauprêtre permet au narrateur de savoir ce qu'ont été les derniers jours de Tommy à la Préfecture de police. À la veine mémorielle s'ajoutent des éléments d'archives qui exposent les faits avec une grande objectivité : citations de communiqués officiels de la direction des FTP-MOI, rapports des filatures de police, procès-verbaux…

*Le Tombeau de Tommy* se présente alors comme une enquête historique documentée reconstituant, sans inventer et de la façon la plus exacte possible, le destin du jeune résistant : événements, épisodes et scènes sont datés et situés géographiquement avec une extrême précision ; les protagonistes, eux, sont introduits par une notice biographique. Par exemple, relatant une des attaques auxquelles Thomas Elek participa, le narrateur emprunte la plume de l'historien : « Le déraillement que j'évoque ici eut lieu dans la nuit du 3 au 4 août 1943. Un communiqué de la direction des FTP le décrit avec de nombreux détails, dont la pluie torrentielle. [...] Suivent les matricules des combattants ayant participé à l'action. Le chef s'appelait Ildo Stanzani, dit "Ricardo", matricule 10211, un communiste italien de quarante-quatre ans, ancien de la guerre d'Espagne qui, jusqu'à ce qu'il soit rétrogradé pour une raison qu'on ignore, dirigea souvent les opérations sur le terrain. Il quitta les FTP-MOI avant la fin de l'année 1943 » (p. 96).

Outre l'existence de Thomas Elek et les actions de résistance auxquelles il prit part, le roman raconte les débuts de l'Occupation, les mesures mises en place par le gouvernement de Vichy contre les Juifs[1] et les rafles qui envoient ces derniers à la mort. Il est aussi et surtout un témoignage et une leçon d'histoire sur le fonctionnement de la Résistance. Centré sur le réseau des FTP-MOI – groupe actif de la lutte armée en région parisienne entre 1940 et 1943 –, il explique l'organisation de cette « armée des ombres[2] », sa hiérarchie, ses modalités de recrutement et ses actions. La deuxième partie du récit donne également des détails sur le travail de la police française, en particulier sur la Brigade spéciale 2 des Renseignements généraux, terrible et efficace force de répression contre la Résistance qui, telle une « araignée [qui] ramifiait sa toile avec une habilité diabolique » (p. 105), fila les membres des FTP-MOI entre septembre et novembre 1943, les captura, les emprisonna, les interrogea et les tortura, puis les remit aux autorités allemandes qui les fusillèrent.

---

**1.** À partir d'octobre 1940, le gouvernement de Vichy fixe le statut des Juifs par des décrets qui cherchent à restreindre leurs libertés et leur droit de vivre en France (voir aussi note 1, p. 49).

**2.** L'« armée des ombres » est le nom donné aux groupes clandestins de résistants. Cette expression reprend le titre d'un ouvrage que l'écrivain et aviateur Joseph Kessel (1898-1979) consacra en 1943 à la Résistance française et qui fut adapté à l'écran par Jean-Pierre Melville (1917-1973) en 1969.

# Un film sur Tommy ou un roman sur Gabriel?

Se faisant le devoir d'établir une biographie précise et véridique de Thomas Elek, le roman tente aussi d'envisager le héros dans sa dimension intime et d'en dessiner les contours psychologiques. Le narrateur met en scène les liens forts qui unissent Thomas et sa mère, il raconte l'élément déclencheur de son engagement dans la Résistance, imagine ses motivations profondes et tente de dire ce que furent ses derniers instants. Il souligne aussi et surtout la singularité mystérieuse du personnage. D'emblée, dans le récit comme dans la scène d'ouverture du film, Thomas Elek paraît dominé par l'ambiguïté et la dualité. Celui qui joue à faire peur à ses frère et sœur est à la fois « ange » et « diable » (p. 28) ; dans la suite du texte, il sera toujours décrit comme un « grand prince blond, fils de reine » (p. 147), et un redoutable combattant capable de faire couler le sang des Allemands, téméraire et imprudent, « petit soldat de l'armée du crime, dorloté, consolé, protégé par une mère plus qu'aimante » (p. 115). La tension entre innocence et violence justifie le choix du narrateur – et très certainement celui d'Alain Blottière – de centrer sa fiction cinématographique et littéraire sur Thomas Elek. En effet, il indique que, « parmi les garçons de son temps prêts à mourir et surtout à tuer » (p. 36), Thomas Elek était « complexe, ambigu, violent » (p. 92), en un mot différent, et ne correspondait pas au héros idéal : « Tommy, lui, n'eut jamais faim, ne fut jamais seul ni pauvre, et revenait chez sa mère, après chaque attentat, se faire soigner, nourrir, réchauffer » (p. 38-39). Difficile à saisir, sa personnalité permet au narrateur-réalisateur d'éviter les ressorts d'une histoire « trop simple, déjà mille fois racontée, et les larmes trop faciles», et de «montrer un tueur animé de trop bonnes raisons de tuer» (p. 39). C'est donc le portrait d'un résistant singulier, Juif au physique d'aryen, doté d'une «énergie particulière» (p. 29), que dresse *Le Tombeau de Tommy*. Il montre comment, en s'engageant dans la Résistance, un jeune homme a combattu la persécution subie par son peuple et l'image que lui avait donné la propagande nazie.

Toutefois *Le Tombeau de Tommy* n'est pas uniquement consacré à Thomas Elek. Le deuxième héros du roman d'Alain Blottière est Gabriel, garçon des années 2000, rencontré fortuitement et choisi par le réalisateur pour incarner Tommy à l'écran. Ce personnage se situe à la croisée de la fiction et de l'histoire, et permet de confronter deux images de la jeunesse. Aussi le narrateur s'interroge-t-il : «Que peuvent avoir de commun deux adolescents que soixante-dix ans séparent, avec, d'un côté du temps, l'ombre entraînante du danger, de la douleur et de la mort, et, de l'autre, l'offre incessante de plaisirs d'autant plus fades qu'ils sont toujours accordés?» (p. 39). Mais loin d'opposer l'engagement de Thomas Elek en 1943 et la vie paisible et gâtée de son double moderne, loin de glorifier le premier et de stigmatiser le second, le narrateur porte un regard bienveillant sur Gabriel. S'il montre la banalité de ce jeune homme de dix-sept ans, fils d'une fleuriste à Paris, en classe de seconde au lycée Chaptal, il le présente d'emblée comme différent des autres : comme Tommy, placé sous le signe de la tragédie – lorsque le narrateur le rencontre, il a dans sa poche un exemplaire d'*Antigone* de Sophocle –, il témoigne d'une maturité étonnante qui lui fait fuir les camarades de son âge dont il méprise la bêtise et la futilité, et, sans avoir jamais fait de cinéma, se révèle un acteur extraordinaire. Singulier, Gabriel est aussi insaisissable : il entre dans la vie du réalisateur comme

« un vent de boulet » (p. 40), s'absente mystérieusement plusieurs jours pendant le tournage et disparaît aussitôt celui-ci achevé (« Il n'avait pas reparu [...] et ne répondait plus au téléphone », p. 210). Il est surtout un adolescent fragile, dévoré par un mystérieux mal-être et par un vide qu'il cherche à combler ou à effacer. Il est de ceux qui réalisent la vacuité de l'existence et de ce que le monde offre : il « se voyait devant l'avenir comme sur la rive d'un océan à traverser, avec le seul moyen d'un radeau ingouvernable » (p. 132), et, « contrairement à Tommy, il n'avait aucune raison de se battre, et encore moins de donner sa vie » (p. 178).

C'est ce vide qui pousse Gabriel à incarner Tommy plus que de raison. Loin de se contenter de jouer le rôle de Thomas Elek, le garçon moderne devient progressivement le jeune résistant : il se glisse dans sa peau, mène par procuration la vie de Thomas Elek, habite les mêmes endroits et affronte la mort du héros comme s'il s'agissait de la sienne. Véritablement possédé par son rôle, il est gagné par une folie d'identification et fait littéralement revivre le personnage historique. Néanmoins, ce mimétisme le dévore : « Comment n'avais-je pas deviné, en le choisissant, lui, le patineur qui passait par là, le garçon léger, vide et banal, que le rôle d'un tueur prêt à mourir, mais amoureux de la vie, allait l'emporter comme la flamme consume un papier d'orange, le fait s'envoler et disparaître ? » (p. 178). Ainsi la possession de Gabriel par Tommy, entraîne-t-elle une confusion trouble chez le narrateur-réalisateur. À partir du moment où Gabriel fuit dans la chambre qu'occupa Tommy avant d'être arrêté, il ne fait plus aucune distinction entre les deux jeunes gens. Il affirme de façon étrange que Gabriel « ne vint pas au rendez-vous que le soldat perdu de l'armée du crime avait fixé à Marcel » (p. 129) et s'interroge : « Depuis quand Tommy habitait-il la chambre de Gabriel ? » (p. 130). Cette question, il la reformule plus loin : « Depuis quand Gabriel habitait-il la chambre de Tommy ? » (p. 132). Leurs destins sont alors irrémédiablement liés : la mort, qui guette Thomas Elek, bientôt exécuté, sonne la disparition de Gabriel. Enseveli dans le lieu où le résistant passa ses derniers jours – telle Antigone dans son tombeau –, il devient l'ombre ou, plus exactement, le fantôme du personnage qu'il incarne, comme pour trouver un remède au vide de son existence, et vivre un destin à la fois tragique et glorieux.

## Un jeu de doubles

Dans *Le Tombeau de Tommy*, le motif du double est omniprésent. L'œuvre elle-même est double : une fiction cinématographique est insérée dans la fiction littéraire. Recourant à la mise en abyme[1], la construction du récit traduit, chez le romancier, la volonté de rompre avec une forme de fiction traditionnelle et linéaire. Plus encore, dans le roman, les personnages se reflètent ou se confondent, comme souvent chez l'auteur. Alain Blottière a grandi entre deux cultures (celle de son père français et celle de sa mère juive séfarade de Turquie) ; il est également hanté par la perte d'un frère dont il était très proche. Comme dans son roman *Rêveurs* paru en 2012, où le destin d'un jeune Occidental et celui d'un jeune Égyptien sont mis en parallèle, le thème du double, dans *Le Tombeau de Tommy*, a plusieurs significations :

1. ***Mise en abyme*** : procédé qui consiste à représenter une œuvre dans une œuvre, un récit dans un récit, un film dans un film…

il permet de justifier les attirances entre les êtres et traduit aussi le sentiment d'une identité double, diluée ou qui se cherche. Il est encore la manifestation du désir profond de dépasser les différences entre les hommes et de pallier toute forme de séparation entre eux, l'expression d'une sorte d'universalité permettant à chacun de se reconnaître et de se retrouver dans l'autre.

Ainsi, dans ce récit consacré à Thomas Elek, outre Gabriel et Tommy, nombreux sont les personnages qui se font écho. Si Tommy fascine le narrateur-cinéaste, n'est-ce pas parce qu'il rappelle à ce dernier son frère suicidé ? Et lui-même ne fait-il pas figure de père de substitution pour Gabriel, élevé par sa mère divorcée ? Dans Gabriel, ne peut-on voir une représentation du lecteur d'aujourd'hui qui découvre, à la suite d'Alain Blottière, la figure historique de Thomas Elek ? Ne faut-il pas considérer ce personnage fictif du réalisateur comme le double d'Alain Blottière ? Non seulement ce dernier s'est essayé à l'écriture cinématographique dans un documentaire consacré à Thomas Elek[1], mais le récit du tournage lui-même semble pour l'auteur un moyen d'évoquer sa propre fabrique de la littérature. Quand le narrateur affirme « j'avais lu tous les livres, je connaissais toute l'histoire » (p. 105), « j'ai voulu tout savoir de Tommy, connaître, toucher et sentir toutes les traces qui n'étaient pas encore perdues » (p. 54), lorsqu'il évoque sa « narration » (p. 168) et la manière dont tel ou tel épisode lui « est venu sur le papier » (p. 170), quand il se peint à son travail « dans la petite salle des archives où [il] aimai[t] tant [se] rendre car elle se trouve au cœur de l'histoire de Tommy » (p. 127), il s'exprime comme pourrait le faire Alain Blottière lui-même à propos de son travail d'écrivain et de son lien avec son héros...

1. En 2011, Alain Blottière a en effet coécrit avec Philippe Fréling, qui l'a réalisé, un documentaire intitulé *On l'appelait Tommy*.

# Faire le tombeau de Tommy

La mort habite le roman dès son titre. Celui-ci annonce d'emblée le destin funeste du personnage – l'allitération en [t] qu'il contient renforçant la violence de ce qu'il désigne –, tout comme la scène inaugurale où le jeune homme joue au « mort-vivant » ou encore celle où Tommy répond à celui qui le recrute pour la Résistance : « Va pour la tragédie... » (p. 65). Cette tragédie est à la fois celle de Thomas Elek, tombé sous les balles des Allemands au Mont-Valérien, mais aussi celle de Gabriel, qui perd l'innocence de l'enfance en faisant sienne la souffrance et la mort du jeune résistant.

Pourtant, si une fatalité tragique pèse sur le roman, qui s'attache à rendre compte de la disparition de ses héros, l'œuvre ne cesse d'exprimer une ambition contraire : faire revivre le personnage historique. Le narrateur dit son « désir de voir Tommy revenir et s'incarner » (p. 52), et Gabriel revêtir « la dépouille d'un mort qu'[il] tenai[t] à ressusciter » (p. 87) ; il affirme que « pour [lui] Tommy vivait encore, [qu']il [l']avait accompagné lors des repérages, [qu']il renaissait sous [s]es yeux » (p. 118). Le film du réalisateur et le roman d'Alain Blottière affichent tous deux cette ambition de mettre en lumière un jeune homme du groupe Manouchian dont l'histoire a surtout retenu le nom de son chef arménien. Par sa clarté et l'intensité de ses précisions, le récit historique permet de mieux connaître Thomas Elek ; la fiction, qui l'incarne dans la personne de Gabriel, et l'écriture cinématographique offrent au résistant une présence étonnamment forte : les récits des scènes filmées rapportées au présent donnent l'impression frappante que Tommy vit au rythme de la lecture, qu'il n'est plus un personnage d'une époque passée, mais bel et bien vivant sous les yeux du lecteur-spectateur.

*Le Tombeau de Tommy* devient ainsi mémoire vivante de ce jeune résistant, le tirant de son tombeau et le sortant de l'oubli pour le mener vers la postérité. Néanmoins, le nom commun du titre peut aussi s'entendre dans son sens littéraire : un « tombeau » est une œuvre poétique (ou musicale) composée en l'honneur d'un artiste. Dans ce récit, la littérature et le cinéma rendent hommage au résistant hongrois : Alain Blottière et le narrateur-réalisateur donnent à voir l'engagement de Thomas Elek et de tous ses compagnons des FTP-MOI, fusillés avec lui au Mont-Valérien, affichant « une noblesse d'hommes libres, un orgueil de vagabonds, un panache d'aristocrates au pied de l'échafaud » (p. 183), et incarnant « la beauté de la vraie jeunesse, qui peut mourir par admiration, par amour, par justice, dans l'euphorie d'un sacrifice » (p. 184).

## Les FTP-MOI

La MOI (Main-d'œuvre immigrée) est une structure créée par le Parti communiste français dans les années 1920 pour encadrer et aider les ouvriers immigrés, appelés en grand nombre pour la reconstruction de la France après la Première Guerre mondiale. Interdite en 1939 par le gouvernement français, elle est reconstituée clandestinement en 1940 et intègre en 1941 les FTP (francs-tireurs et partisans) qui rassemblent des Français partisans d'une lutte de guérilla contre l'ennemi.

D'autant plus déterminés qu'ils sont pour la plupart étrangers, communistes et souvent juifs, les FTP-MOI représentent aussi des cibles de choix pour les nazis et le régime de Vichy. Ils mènent en région parisienne, pourtant sous haute surveillance, une lutte armée acharnée contre l'occupant allemand, notamment après la rafle du Vél d'Hiv en juillet 1942 : déraillements de trains sur les lignes de chemin de fer partant de la gare de l'Est vers l'Allemagne, poses de bombes dans des lieux fréquentés par les collaborateurs ou les soldats allemands, lancers de grenades, assassinats de hauts gradés de l'armée allemande et distributions de tracts...

Au cours de l'année 1943, la section 2 des Brigades spéciales (BS2), chargée au sein des Renseignements généraux de la répression des «terroristes», mène une traque sans merci contre les groupes de résistants des FTP-MOI. Entre février et novembre 1943, la BS2 procède à des arrestations massives qui déciment les FTP-MOI parisiens. C'est lors de la dernière filature organisée entre juillet et novembre par la police française que Thomas Elek est arrêté, avec près de soixante-dix autres résistants, dont Missak Manouchian, chef régional des FTP-MOI, et Joseph Epstein, à la tête de tous les FTP d'Île-de-France. Les Allemands déportent quarante-cinq résistants et décident d'organiser un procès pour les autres. Celui-ci se tient le 19 février 1944 devant une cour martiale : tous sont condamnés à mort. Vingt-trois sont immédiatement fusillés au Mont-Valérien, à Suresnes, dans les Hauts-de-Seine, le 21 février 1944; seule femme

condamnée, Olga Bancic, ouvrière russe, est emprisonnée à Stuttgart où elle est décapitée le 10 mai 1944.
Voici le nom des vingt-trois FTP-MOI fusillés au côté de Thomas Elek. La photographie de dix d'entre eux (dont les noms sont signalés ici en gras) figure sur l'Affiche rouge (p. 2 de couverture). L'orthographe des noms respecte celle du texte.

**Celestino Alfonso**, ouvrier menuisier, né en 1916 en Espagne.

**Joseph Boczor**, ingénieur chimiste, né en 1905 dans l'Empire austro-hongrois.

Georges Cloarec, ouvrier agricole, né en 1923 en France.

Rino Della Negra, ouvrier et footballeur, né en 1923 en France.

**Thomas Elek**, étudiant, né en 1925 en Hongrie.

Joseph Epstein, né en 1911 en Pologne.

**Maurice Fingercweig** ou **Fingercwajg** ou **Fingerweig**, ouvrier tapissier, né en Pologne en 1922.

**Spartaco Fontano**, ouvrier et dessinateur, né en 1922 en Italie.

Émeric Glasz, ouvrier mécanicien, né en 1902 dans l'Empire austro-hongrois.

Jonas Geduldig, mécanicien, né en 1918 en Pologne.

Lajb Goldberg, né en 1924 en Pologne.

**Szlama Grzywacz**, ouvrier, né en 1909 en Pologne.

Stanislas Kubacki, ouvrier mouleur, né en 1908 en Pologne.

Arpen Levitian (Armenak Manoukian), serrurier, né en 1898 en Russie ou dans l'Empire ottoman.

Cesare Lucarini, militant communiste, né en 1922 en Italie.

**Missak Manouchian**, ouvrier et écrivain, commandant des FTP-MOI, né en 1906 en Arménie.

**Marcel Rayman**, tricoteur, né en 1923 en Pologne.

Roger Rouxel, ouvrier tourneur, né en 1925 en France.

Antoine Salvadori, ouvrier du bâtiment, né en 1920 en Italie.

Willy Schapiro, militant syndicaliste, né en 1910 en Pologne.

Amedeo Usseglio, ouvrier maçon, né en 1911 en Italie.

**Wolf Wajsbrot**, mécanicien, né en 1925 en Pologne.

**Robert Witchitz**, télégraphiste, puis coursier, né en 1924 en France.

■ Les principaux membres des FTP-MOI à la prison de Fresnes (novembre 1943).
Ce cliché a été réalisé par un photographe militaire allemand. On reconnaît (de droite à gauche) : Thomas Elek, Maurice Fingercweig, Szlama Grzywacz, Wolf Wajsbrot, Joseph Boczor, Missak Manouchian, Robert Witchitz (tête penchée), le dernier homme est peut-être Marcel Rayman. **Voir p. 183.**

NOTE SUR LA PRÉSENTE ÉDITION : la mention de chapitres ne figure pas dans l'édition originale du roman (Gallimard, 2009) ; nous l'avons ajoutée, entre crochets, pour faciliter le repérage dans le texte.

# Le Tombeau de Tommy

*À Hélène.*

■ Détail de la photo de classe de la Seconde B du lycée Louis-le-Grand à Paris l'année 1940-1941. Tommy est au milieu. **Voir p. 56.**

■ Photographie judiciaire de Thomas Elek à la Préfecture de police de Paris (22 novembre 1943). **Voir p. 152.**

*Les trois enfants sont dans la pénombre, couchés dans leur lit, et les lueurs que laissent passer la porte et les volets clos ne permettent pas de distinguer leurs traits. Dans la chambre obscure, on entrevoit ces formes d'enfants couchés, on devine la caresse d'un rayon de réverbère dans les cheveux de Tommy, dix ans. Dans le deuxième lit, parallèle au sien, on aperçoit un corps plus frêle, celui de son frère Béla, quatre ans. Au bord d'un autre mur, un troisième lit où est couchée Marthe, six ans, leur sœur. Quelques gestes, quelques mouvements indiquent qu'ils ne dorment pas encore.*

*On entend de faibles sons, au-delà des murs dans l'appartement, des bribes de conversations en langues étrangères, parfois des rires, des bruits de couverts, sans doute des gens à table dans une autre pièce. Ils semblent des sons familiers, rassurants. Adoucis par les cloisons, ils doivent tous les soirs bercer les enfants jusqu'au sommeil.*

*Et soudain, une voix simulant celle d'un ogre, forte, grave et menaçante, celle que Tommy invente pour un dernier jeu avant la nuit, surgit dans cette ombre calme où l'on allait s'endormir :*

*«Je suis le mort-vivant... qui mange les enfants... et je vais manger... et je vais dévorer... MARTHE!»*

*On voit alors la petite forme de fille en chemise de nuit sauter de son lit, ouvrir la porte et s'enfuir dans un couloir en hurlant : «Maman! Maman! Tommy il me fait peur!»*

*Tous les bruits du repas cessent brusquement. La porte de la chambre est maintenant ouverte et un flot de lumière venu du couloir illumine le visage de Tommy tourné vers elle, redressé dans son lit, vêtu d'un pyjama d'autrefois. Dans un grand silence, c'est un visage d'ange, les yeux éblouis par la lumière légèrement plissés, souriant comme un diable, aux cheveux blonds frisés.*

On l'appelle «Tommy». On l'appellera Tommy jusqu'à sa dernière heure, et beaucoup de ses compagnons ne connaîtront jamais son nom véritable : Thomas Elek. Ce soir-là, au printemps 1935, dans l'appartement du 15 de la rue Rollin entre la Contrescarpe et la rue Monge[1], il a dix ans. Béla, lui, vivra longtemps. Jusqu'à sa mort en 2003, on ne cessera de lui poser des questions sur son frère. Il appellera son fils Thomas. De Marthe, disparue en 1998, on sait qu'enfant elle fut souvent la victime des accès d'humeur de son grand frère et aussi d'une injustice : l'amour éperdu, démesuré parce que terrorisé, de leur mère, Hélène, pour Tommy, son aîné. Pourtant, elle aussi appellera son fils Thomas.

Cette scène, comme les suivantes à Dinard[2], compliquait tout. Mais j'y tenais absolument pour commencer le film. Dès le début, il fallait qu'on sache que Tommy avait quelque chose d'étrange en lui, qu'il ne s'était pas mis à tuer seulement par conviction. Sa mère, Hélène, dira plus tard qu'il n'était pas fait pour tuer, qu'il avait toujours tué en faisant des *efforts horribles*. Sans doute avait-elle raison, de son point de vue de mère. Il n'empêche que très rares sont les individus qui, même au prix d'efforts horribles, même en temps de guerre, tuent de sang-froid

**1.** Thomas Elek habite d'abord avec sa famille au 15, rue Rollin, puis au 34, rue de la Montagne-Sainte-Geneviève (Ve arrondissement). Lorsque sa mère déménage dans un petit logement du quartier de Montparnasse, rue Daguerre (XIVe arrondissement), il loue une chambre au 69, rue du Cardinal-Lemoine (Ve arrondissement), avant de se réfugier au 63, rue Daguerre.
**2.** ***Dinard*** : station balnéaire située en Ille-et-Vilaine (Bretagne).

d'autres hommes sans y être réellement contraints et sans être directement menacés. Il y faut une énergie particulière.

Je n'ai pas inventé la scène. Comme la plupart de celles du film, elle est absolument authentique. On peut la lire dans *La Mémoire d'Hélène*, les souvenirs que la mère de Tommy dicta pour l'éditeur François Maspero en 1974[1]. J'ai seulement ajouté le sourire.

Nous avons dû trouver un enfant qui pouvait évoquer Gabriel[2] – qui joue le Tommy résistant – en petit garçon. Mais ce fut encore plus difficile pour les séquences suivantes, celles de Dinard, car cette fois le garçon a quinze ans, donc en âge il est tout près de Tommy joué par Gabriel, et son rôle est plus développé.

Les bruits qu'on entend sont ceux d'un petit restaurant situé dans l'appartement même. Je ne le montre pas, ce restaurant, mais j'ai voulu les bruits car tel fut le fond sonore dans lequel Tommy a grandi. Hélène était restauratrice. Une femme indestructible, d'une obstination hors du commun. C'est elle, pas son mari, qui a décidé de quitter la Hongrie, en 1930, pour s'installer en France. Juifs et communistes, ils n'ont pas fui la dictature, l'antisémitisme ni la misère. Non, Hélène a décidé de partir parce qu'elle ne pouvait payer à Tommy les frais de scolarité du lycée français de Budapest. Elle voulait qu'il ait une culture française. Rien d'autre. Communiste, mais avec quelque chose d'aristocratique, de snob, d'orgueilleux, le sentiment d'une supériorité. Elle a légué tout cela à Tommy. Elle a tout quitté pour qu'il récite La Fontaine sans une once d'accent[3]. En France, elle a fait des métiers abracadabrants pour nourrir ses enfants. Vendeuse à domicile de saucissons hongrois, femme de ménage,

**1.** Il s'agit d'une source véritable.
**2.** ***Gabriel*** : nom du jeune homme qui incarne Tommy à l'écran, à l'âge où il s'engage dans la Résistance.
**3.** ***Sans une once d'accent*** : sans le moindre accent.

blanchisseuse. Avant de reprendre le Fer à Cheval rue de la Montagne-Sainte-Geneviève, elle avait déjà établi un petit restaurant sans nom dans deux pièces de l'appartement de la rue Rollin. Le bouche-à-oreille y attirait des étudiants étrangers, des réfugiés politiques, des Hongrois de passage... Son mari l'aidait. Il parlait six langues, mais sa vie, je crois, s'est résumée à cela : aider sa femme. Au début, en France, il donnait des cours de langues, faisait quelques traductions. Il s'appelait Sandor en Hongrie, Alexandre en France. Hélène l'appelait Elek. Ils ont habité la rue Rollin de 1934 à 1937. C'est une ruelle étroite, bordée de pauvres petits immeubles – dont le 15 avec ses quatre étages en comptant les mansardes –, qui s'achève par un escalier dévalant sur la rue Monge. Une rue trop étroite pour les voitures, où les enfants pouvaient jouer longtemps sans qu'Hélène s'inquiète. Une rue très ancienne, où trois siècles plus tôt Descartes[1] habitait lorsqu'il séjournait à Paris, à la fin de sa vie. Depuis 1932, y habitait aussi Benjamin Fondane[2], né Benjamin Wechsler en Roumanie, immigré en France en 1922. Douze ans plus tard, il était déjà une figure intellectuelle importante à Paris. Il devait croiser souvent les petits Hongrois, entendre Hélène les appeler de la fenêtre avec son fort accent, se dire qu'ils étaient sûrement juifs, comme lui, et que leur avenir ne serait pas forcément rose. Si du moins il pressentait quelque chose, lui que la police française viendrait chercher à son domicile, dans cette même rue Rollin, en mars 1944, pour le livrer aux Allemands. Il est mort à Auschwitz. Tommy a eu plus de chance.

*Le petit garçon a grandi, mais c'est lui, treize ou quatorze ans, le même visage d'ange aux yeux éblouis en pleine lumière, cette*

1. ***René Descartes*** (1596-1650) : philosophe français, auteur des *Méditations métaphysiques* (1641).
2. ***Benjamin Fondane*** (1898-1944) : philosophe, poète, dramaturge, réalisateur de cinéma et traducteur d'origine juive-roumaine, naturalisé français en 1938.

*fois c'est le soleil, aux cheveux blonds ce jour-là mouillés. Il fixe quelque chose, on ne sait encore quoi. On entend des bruits d'eau, la mer, et des cris d'enfants qui jouent. Le plan s'élargit et l'on découvre Tommy dans l'eau, avec à ses côtés une bande d'enfants déchaînés s'amusant dans les vagues. Il se retourne vers eux :*

*« Les Allemands ! Regardez ! Ils sont sur la digue ! Ils sont à Dinard ! »*

*Les enfants cessent leurs jeux et s'élancent vers le rivage. Tommy, lui, ne bouge pas. On le voit de dos, qui regarde les enfants s'éloigner, traverser la plage en courant, s'approcher des half-tracks*[1] *gris marqués de la croix de la Wehrmacht. Dans le plan suivant, il marche sur la digue, en maillot de bain d'autrefois, un sac sur l'épaule, appelle son frère Béla, dix ans, et sa sœur Marthe, douze ans, en passant sans s'arrêter devant l'attroupement de baigneurs qui s'est formé autour des half-tracks. Les deux enfants le suivent et tous les trois quittent la digue, flânent dans les rues ensoleillées bordées de villas à l'anglaise, se rhabillent un peu tout en marchant, s'arrêtent, après avoir compté leur argent, dans une boulangerie, pour acheter des cornets de glace, entrent, enfin, dans une villa : « Pension, restaurant ».*

*Les enfants traversent une pièce lumineuse où sèchent des grands draps blancs suspendus à des cordes à linge. Derrière une rangée de ces draps, on voit en ombre chinoise la silhouette de Béla courir et on l'entend crier :*

*« Maman ! Maman ! Les Allemands ! »*

*Les enfants sont entrés dans la cuisine et entourent une femme brune aux cheveux relevés, quarante ans, vêtue d'une robe informe et d'un tablier de cuisine, occupée à ses fourneaux.*

*« Je sais, dit-elle avec un fort accent, les Allemands sont à Dinard. Ils sont même ici, dans la salle à manger, et je leur fais du lapin à la moutarde.*

---

1. ***Half-tracks*** : autochenilles en français, véhicules militaires possédant un système propulseur équipé de chenilles.

*– Ici ! s'exclame Tommy. Tu leur as parlé ? Ils sont comment ?*

*– Comme tous les emmerdeurs, Tommy : bruyants, insolents, et ils puent. On dirait qu'ils ne se sont pas lavés depuis Berlin. Et furieux parce qu'on leur a déjà tiré dessus, ils ont eu un mort ce matin, dans la cour de l'école où ils sont installés. Quelqu'un a tiré de la rue dans la cour. »*

*Tommy écoute à peine. Il respire les parfums qui s'élèvent de la casserole, y plonge un couvert et goûte la sauce :*

*« Il n'y a pas assez de moutarde…*

*– Il y a bien assez de moutarde pour ces emmerdeurs », répond sa mère.*

*Béla a entrouvert la porte qui sépare la cuisine de la salle à manger. On aperçoit une table entourée d'officiers allemands en uniforme, assez débraillés.*

*« Emmerdeurs…, dit Béla à voix basse.*

*– Ferme cette porte ! lui ordonne sa mère. Les enfants, j'ai du travail, allez vous habiller. »*

*Les petits disparaissent, mais Tommy est resté. On le voit encore de dos. Il est contre sa mère, dont il enlace la taille, la tête penchée sur son épaule.*

*« Je peux cracher dans le lapin ?*

*– Non, tu ne peux pas. Je les ai laissés entrer, alors je les servirai comme tout le monde. Le jour où je voudrai leur cracher dessus, je ne les laisserai pas entrer. »*

En cet été 1940, Tommy avait en réalité quinze ans. Mais j'ai choisi un garçon plus jeune. Parce que, ce Tommy-ci, en juillet 1940, n'était pas encore celui qu'il allait devenir un an plus tard. C'était avant qu'il ne touche une arme, il était encore un enfant. Il fallait qu'on voie la différence, et quelle enfance fut interrompue. Le Tommy balnéaire[1], heureux enfant bronzé, ne pouvait avoir le même corps que le Tommy combattant. Encore

1. ***Tommy balnéaire*** : Tommy à la plage, insouciant, en vacances.

une fois, il a fallu trouver un garçon qui ressemble à Gabriel, plus jeune de trois ans. Cela n'a pas été facile. Ce Tommy-ci est vraiment très ressemblant. Outre la blondeur, la minceur, le visage ovale, les traits fins, il affiche la même morgue[1], la même insolence, déjà l'annonce d'une virilité que seule la présence de sa mère pouvait adoucir. J'aime beaucoup la façon dont il pose sa tête sur l'épaule d'Hélène, il y parvient avec naturel. C'était son premier rôle, je crois. Il est venu souvent sur le tournage à Paris, durant l'été.

Paradoxalement, la recherche et le choix de l'actrice, pour Hélène, m'a paru beaucoup plus facile. Je tenais à ce que l'accent hongrois fût authentique. Je déteste les faux accents au cinéma, ces Français qui imitent n'importe quoi en roulant les *r*. J'ai donc cherché une Hongroise d'une quarantaine d'années parlant un peu français. Nous sommes allés à Budapest. On nous a présenté des dizaines d'actrices, toutes excellentes, mais je n'ai pas hésité une seule seconde. Vilma a la force d'Hélène en elle, et la fierté, le caractère entier. Le langage de charretier[2] d'Hélène lui va comme un gant, même si elle ne cessa de le contester. Avec elle, le tournage n'a pas été tous les jours facile. À cet égard, Miklos, l'un des autres Hongrois du film, qui joue Elek, m'a beaucoup aidé.

L'été, depuis quelques années déjà, Hélène louait une villa à Dinard et la transformait en pension de famille pour les ouvriers des congés payés. Ce furent les vacances d'enfant de Tommy, peut-être les jours les plus heureux de sa vie. Mais je n'en suis pas sûr. En 1940, au printemps, alors que les Allemands s'approchaient de Paris, Hélène eut peur pour ses enfants. Elle envoya les deux petits à Dinard, où se trouvait son frère. Elle les rejoignit en juin. Tommy ne voulut pas quitter Paris avant la fin

1. ***Morgue*** : attitude hautaine, méprisante.
2. ***Le langage de charretier*** : la façon de parler très grossière.

de l'année scolaire et y demeura avec son père. Il était alors en troisième B, élève au lycée Louis-le-Grand, nul en maths mais bon en français, aimant la littérature. Il était à Paris, le 14 juin, le jour de l'entrée des Allemands. C'est là qu'il les vit pour la première fois.

Quand il rejoignit Dinard, avec son père, au mois de juillet, l'armée allemande n'était donc plus une curiosité pour lui. Hélène dit le contraire, mais je crois qu'elle se trompe. Trente ans plus tard, souvent ses souvenirs s'emmêlent, sa mémoire des dates est naturellement faillible. Voilà pourquoi Tommy ne s'élance pas avec les autres enfants vers la digue pour voir les half-tracks de plus près, voilà pourquoi il passe devant eux sans s'arrêter. Il connaît déjà. Personne ne peut deviner cela en regardant le film, naturellement. Il y a mille autres détails de ce genre, dont je connais seul la signification. C'est important. Il ne faut pas tout expliquer dans un film. La réalité, elle, ne vous explique jamais tout. Et la réalité, pour cette raison, est plus émouvante que le cinéma. Dans une journée, parmi les mille images sur lesquelles votre regard se pose, des centaines demeurent mystérieuses. En sorte que les films où toutes les scènes sont nécessaires et compréhensibles ne peuvent vraiment émouvoir. Et l'inverse est presque toujours vrai.

*À nouveau la belle lumière d'été. Les enfants, accompagnés d'autres garçons et filles, se penchent, sur la pointe des pieds, au-dessus de la balustrade d'un balcon de la villa. Lorsqu'ils voient un passant paraître au coin de la rue et s'approcher, ils boivent quelques gorgées d'eau dans un broc, attendent qu'il soit à leur portée puis recrachent. Tous reculent dans l'ombre, en retenant leurs rires, juste avant que l'aspergé ne relève la tête. Peu à peu, grandit une rumeur, des voix, des ordres en allemand. Au coin de la rue apparaît une colonne de civils, hommes, femmes, enfants de tous âges, encadrés par des soldats allemands. Les enfants quittent précipitamment le balcon, dévalent l'escalier en appelant*

*Hélène, sortent de la villa et regardent défiler la colonne. Les raflés*[1] *portent des bagages. Ils parlent anglais. Ils sont très élégants, vêtus comme des touristes chics allant au casino de la plage. Des costumes à la James Ivory*[2]. *Un petit enfant pleure dans les bras de sa mère. Hélène sort aussi de la villa, distribue quelques fruits aux plus jeunes. Une femme la remercie avec un accent très distingué d'Oxford, puis se plaint de son sort sur le ton d'une lady offusquée par l'impertinence d'un domestique. On voit la colonne défiler, s'éloigner puis disparaître de l'autre côté de la rue, à l'endroit et au moment même où surgit une famille d'ouvriers en chemin vers la plage, à pied, à moitié nus, portant bouées et parasol. Ils passent devant la villa. Tommy regarde toujours fixement du côté où les Anglais ont disparu et l'on découvre son visage en gros plan, son air d'enfant désemparé.*

Hélène raconte, en effet, que tous les riches touristes anglais de Dinard, fort nombreux comme on sait, parfois propriétaires de villas somptueuses, furent raflés par les Allemands dès leur arrivée dans la ville, puis détenus dans un camp. La fulgurante avancée allemande les avait pris par surprise. Je ne sais ce qui leur est arrivé par la suite. Encore une fois, malgré son coût – les figurants, les costumes –, je tenais à cette séquence apparemment inutile. Car toute l'absurdité d'une guerre et surtout toute l'inhumanité méthodique des Allemands, cette sorte de crétinisme[3] criminel des militaires nazis, se trouvent parfaitement illustrées, dès les premières minutes du film, dans cette scène tragi-comique. Dès lors, chacun pouvait s'attendre au pire, en particulier les Juifs. Il n'est pas improbable que Tommy ait connu là sa première démangeaison guerrière. La musique du film devait donc

---

1. ***Raflés*** : victimes de rafles.
2. ***James Ivory*** : réalisateur américain né en 1928, auteur de nombreux films d'époque.
3. ***Crétinisme*** : stupidité, sottise profonde.

commencer ici, au début de l'inquiétude. On entend les premières notes composées par Julian, si étranges, aériennes et profondes à la fois, avec le chœur d'enfants.

La scène des crachats, elle aussi, est authentique. On ne reverra plus jamais Tommy en petit diable puéril. Bientôt ses crachats seront mortels.

## [2]

La recherche de l'interprète de Tommy adolescent a failli tout compromettre. Je tenais d'abord à ce que le garçon ressemble, de façon naturelle, à Tommy. Le physique de Tommy a beaucoup compté dans sa vie, et dans ma décision de le choisir, lui plutôt qu'un autre, parmi les garçons de son temps prêts à mourir et surtout à tuer. Du même âge à peu près il y avait bien pourtant Wajsbrot, son plus proche compagnon d'armes qui m'aurait permis d'évoquer la tragique histoire d'amour qu'il connut avec une jeune fille nommée Sarah ; ou Fingercweig dont l'humour juif jusque devant la mort aurait illustré l'une des merveilles de la judéité[1] ; ou Rayman[2], aux yeux clairs et au sourire si tendre que j'aurais pu le choisir car il était, entre tous, le tueur le plus courageux, le plus déterminé. Mais, d'abord, seul Tommy avait un physique, des traits et une complexion[3] qui réfutaient radicalement l'anthropométrie[4]

1. ***Judéité*** : ensemble des caractères qui constituent l'identité juive.
2. ***Wajsbrot*, *Fingercweig*, *Rayman*** : noms de trois autres résistants appartenant, comme Thomas Elek, au groupe Manouchian (voir aussi p. 22).
3. ***Complexion*** : constitution physique.
4. ***Anthropométrie*** : branche de l'anthropologie physique ayant pour objet tout ce qui peut être mesuré dans l'organisme humain.

raciste exhibée par la propagande de l'État français. Il était blond, certes frisé, mais avec une peau que sa mère disait très blanche et rose, il avait des yeux clairs, des traits fins, réguliers. Pour résumer par un cliché, on dirait qu'il répondait aux critères de la «beauté nordique», propre à satisfaire, même, les fantasmes d'une pseudo-aryanité[1]. D'autre part il était mince, délié[2], et assez grand pour impressionner. Jaugé[3] par les inspecteurs de la police française qui le filèrent durant des mois, Tommy mesurait un mètre soixante-douze. Aujourd'hui une taille tout à fait moyenne, mais pas en 1941. Tous ses camarades de combat étaient plus petits, comme on le voit sur les photos. Enfin, il n'était pas vraiment pauvre, comme la plupart des autres, et s'habillait avec soin. Parmi tous les «portraits parlés[4]» des inspecteurs, les signalements précis des individus filés[5], notés dans leurs fiches, le sien – qui souligne aussi ses *traits fins* et son *teint rosé* – est le seul à porter cette mention : *Fait élégant*. Bref, Tommy devait se dire, en ces années où l'on donnait du Juif une image allant du singe au rat : oui, je suis juif, mais je ne ressemble pas à *vos* Juifs, et je vous emmerde… Il n'est pas impossible, d'ailleurs, que ce physique, aussi bien que l'influence de sa mère, lui ait réellement donné le sentiment qu'il n'était pas un Juif comme un autre, voire qu'il était supérieur aux autres Juifs. N'avait-il pas hérité de sa mère son caractère orgueilleux, aristocrate versant facilement dans un certain mépris ? Sa mère parle, par

1. ***Pseudo-aryanité*** : appartenance à la supposée race aryenne.
2. ***Délié*** : mince, menu.
3. ***Jaugé*** : mesuré, jugé.
4. Les ***portraits parlés***, aussi appelés «formules signalétiques» ou «signalements descriptifs», sont des descriptions morphologiques du visage établies à partir d'une quinzaine de critères, dont les caractéristiques du nez et de l'œil, la présence de marques particulières (grains de beauté, cicatrices, etc.).
5. ***Filés*** : pris en filature, surveillés.

exemple, à propos de ses coreligionnaires[1] qui demeuraient passifs dans la tourmente, de *ces cons de Juifs qui se sont laissé emmener comme des troupeaux d'agneaux au lieu d'agir.* Le ressort[2] profond de son engagement fut ainsi, je crois, l'humiliation qu'il ressentait à être assimilé à l'image qu'on donnait de son peuple – on disait «race» en ce temps-là. Voilà pourquoi il me fallait à tout prix une «beauté nordique» et nous l'avons cherchée, des semaines durant, tout comme Visconti son Tadzio[3].

À ce ressort profond – un affront à laver –, s'en ajoutaient certes d'autres, plus classiques, comme la haine du nazisme, l'amour de la liberté et des idéaux de la République, amour partagé avec les autres garçons que la propagande allemande baptisa l'«armée du crime». Mais j'ai choisi Tommy parce que son ressort était plus complexe, moins rabâché. À bien des égards, d'autres jeunes combattants étaient plus sympathiques, et surtout suscitaient plus de compassion. Après la rafle du Vél d'Hiv[4], Fingercweig, par exemple, s'était retrouvé à dix-huit ans seul au monde, sans ressources, et recherché par la police en tant que Juif. Comment ne pas l'aimer? Le héros idéal, en quelque sorte, comme on le dit d'un gendre. Mais l'histoire était trop simple, déjà mille fois racontée, et les larmes trop faciles. Tommy, lui, n'eut jamais faim, ne fut jamais seul ni pauvre, et revenait chez

1. ***Ses coreligionnaires*** : ceux qui ont la même religion que lui.
2. ***Le ressort*** : la motivation.
3. ***Tadzio*** est le personnage principal de la nouvelle *La Mort à Venise*, de Thomas Mann (1875-1955), parue en 1912 et adaptée à l'écran en 1971 par Luchino Visconti (1906-1976).
4. ***La rafle du Vél d'Hiv*** : dans la nuit du 16 au 17 juillet 1942, sur ordre des autorités allemandes secondées par la police française, plus de treize mille Juifs non français, de tous les âges, furent arrêtés par surprise à Paris et en banlieue et emmenés au Vélodrome d'Hiver (XV$^{e}$ arrondissement), où ils furent provisoirement emprisonnés. La plupart furent déportés au camp d'extermination d'Auschwitz-Birkenau.

sa mère, après chaque attentat, se faire soigner, nourrir, réchauffer. Il m'évitait de montrer un tueur animé de trop bonnes raisons de tuer.

Pour ce rôle, j'ai pensé d'abord qu'il me fallait un acteur, pas un garçon choisi seulement pour la ressemblance, et un acteur assez doué malgré son jeune âge pour se laisser investir par le personnage. Que peuvent avoir de commun, en effet, deux adolescents que soixante-dix ans séparent, avec, d'un côté du temps, l'ombre entraînante du danger, de la douleur et de la mort, et, de l'autre, l'offre incessante de plaisirs d'autant plus fades qu'ils sont toujours accordés ? Seul un acteur, me semblait-il, pourrait tenter de montrer cette intimité amoureuse que Tommy connut avec la mort. Lors du casting, j'ai vu des dizaines de garçons du bon âge envoyés par des agents, acteurs plus ou moins débutants, blonds et pâles, mesurant entre un mètre soixante-quinze et un mètre quatre-vingts, disant correctement leur texte, mais ils m'apparaissaient tour à tour trop musclés, trop pileux, trop modernes, trop ternes, trop compliqués… Quelques-uns avaient une poésie, mais je les trouvais sans énergie, ou trop intellectuels, trop fragiles, trop efféminés. Après une semaine d'auditions, j'ai dû me rendre à l'évidence : je ne voulais pas d'un acteur.

Je voulais Tommy. Cela faisait des mois, déjà, que je vivais avec lui. J'avais suivi ses traces, refait ses chemins, analysé ses humeurs, découvert et scruté tous ses visages de l'enfance à l'adolescence, frappé à ses portes, senti les parfums de ses lieux, connu ses costumes, analysé son écriture. Outre sa beauté, j'admirais sa dureté, son orgueil, son extrême exigence qui ne souffrait aucun compromis. Tommy me rappelait précisément Louis, mon frère, qui avait décidé l'heure de sa mort. En conséquence, je ne voulais pas d'un jeu, d'une simulation. J'étais conscient que ce désastre pouvait tout compromettre, mais j'ai mis fin au défilé des blondinets des agences. Je me suis résolu à passer des annonces dans divers magazines, sur des sites Internet spécialisés, et à envoyer des assistants casting draguer[1] des Tommy plausibles[2] à la sortie de lycées parisiens et de salles de cinéma, dans les écoles de danse, les *skateparks* (l'idée venait bien sûr de *Paranoid Park*[3]) et les salles de sport. Dix jours plus tard, une vingtaine de jeunes blonds avaient été ramassés dans ce coup de filet. Fiers et frétillants. Il y eut ceux qui parlaient avec un accent de cité anachronique, ceux qui étaient venus pensant qu'ils allaient chanter, ceux – souvent les mêmes – qui savaient à peine lire, ceux que le trac paralysait, ceux qui récitaient un poème d'école primaire, ceux dont la mère voulait tout de suite de l'argent… La deuxième évidence, tout aussi désastreuse, fut que les Tommy ne couraient pas les rues.

Et pourtant… J'ai rencontré Gabriel par hasard, un jour d'hiver, dans la rue. Dans l'une de ces avenues riches et mornes[4] dont le seul avantage, tout bien considéré, est de mener au Trocadéro[5]. Un an après le casting raté, alors que j'avais remisé[6] mon projet et travaillais à d'autres choses tout en ne pensant qu'à Tommy, je marchais là vers un rendez-vous quand j'ai été dépassé par un vent de boulet[7] (du moins comme on les imagine), accompagné d'un grondement. Il venait d'une silhouette qui s'éloignait de moi, penchée, ondulante, couronnée de blond et perchée sur des roulettes. Parvenue à l'angle d'une rue où passaient des voitures, au lieu de stopper net pour attendre que le

1. ***Draguer*** : ici, chercher (emploi argotique).
2. ***Plausibles*** : vraisemblables.
3. ***Paranoid Park*** : film dramatique franco-américain de Gus Van Sant sorti en 2007, dont le héros, Alex, évoqué plus loin, est un adolescent skateboarder qui tue accidentellement un agent de sécurité.
4. ***Mornes*** : tristes, sans éclat.
5. ***Trocadéro*** : place et parc situés dans le XVI^e^ arrondissement de Paris, face à la tour Eiffel.
6. ***Remisé*** : rangé.
7. ***Vent de boulet*** : souffle de boulet de canon ; cette image suggère la rapidité de l'apparition.

feu passe au rouge, elle s'est retournée en une courbe gracieuse et s'est approchée, sur son erre[1], dans ma direction. C'est ainsi que j'ai rencontré Gabriel. J'ai reconnu sa taille, la régularité des traits, l'intensité du regard et ce mépris dans la bouche, quelque chose d'encore féminin, ou d'indifférencié dans son visage, enfin, qui faisait qu'on surnommait parfois Tommy «Bébé Cadum[2]», dans la Résistance. Il est venu très près, et dans une contre-courbe tout aussi harmonieuse, juste après s'être aperçu de ma stupeur, s'est retourné encore, a dansé sur ses rollers pour reprendre de la vitesse et a traversé la rue en trombe, toujours au feu vert, entre deux voitures.

Comme j'ai pu, je l'ai suivi. Je l'ai vu, au loin, s'approcher du Trocadéro, puis disparaître sur la place. Il ne faisait plus de doute qu'il se rendait au *skatepark* que la jeunesse parisienne à roulettes avait aménagé, face à la tour Eiffel, sur l'esplanade et les marches du palais[3]. Là, j'ai retrouvé Gabriel et je ne l'ai plus quitté des yeux. Il dévalait les escaliers à reculons, s'élançait sur un tremplin pour s'envoler au-dessus d'une barre, slalomait entre des plots. Rien que de très classique, en somme, et qu'il accomplissait ni mieux ni plus mal que la vingtaine d'autres garçons présents ce jour-là.

Outre la ressemblance, frappante, avec Tommy, que pouvais-je espérer d'un patineur ? Mon sentiment à l'égard de ce genre de bipèdes[4] véloces[5], quand ils ont passé dix ou douze ans, a toujours été réservé. Comme ma propre adolescence rebelle n'aurait jamais pu s'équiper de patins à roulettes – jouets jugés incompatibles avec la gravité qu'induisaient la bonne littérature

---

1. ***Sur son erre*** : dans son élan.
2. ***Bébé Cadum*** : cette expression fait référence au bébé rose et joufflu choisi par la marque Cadum, dès le début du XX^e^ siècle, pour vanter la douceur de son savon dans ses publicités. L'expression est devenue moqueuse.
3. ***Palais*** : palais de Chaillot, place du Trocadéro.
4. ***Bipèdes*** : ici, individus (péjoratif).
5. ***Véloces*** : agiles, rapides.

et la révolution –, j'ai toujours eu tendance à considérer les patineurs ou *skaters* pubères comme infantiles et niais. En même temps, et à la condition qu'ils n'aient pas passé l'adolescence, j'ai dû admettre que le goût de la vitesse, du risque et de la liberté qu'ils exprimaient en roulant, parfois avec virtuosité, toujours au mépris de la prudence des vieux, suscitait chez moi une certaine sympathie. Réfrénée[1] toutefois par leurs manies grégaires[2], déplacements en bande, uniformes *streetwear*, communes expressions froides, même après l'exploit, comme si la manifestation d'une émotion pouvait les dégrader aux yeux du monde. Tel l'Alex de *Paranoid Park*, exactement, dont l'inexpressivité vous glace.

Pour ces raisons, observant Gabriel, je me demandais si la ressemblance, le côté casse-cou et l'agilité suffiraient. C'est un détail absurde qui m'a décidé : d'une poche arrière du *baggy* de Gabriel dépassait un livre. Absurde, car il y avait bien des chances que ce livre ne soit qu'un manuel scolaire, un traité d'informatique, une autobiographie de footballeur, bref rien qui puisse rapprocher le petit patineur de l'amoureux de littérature qu'était Tommy. Mais sans doute, alors, même une infime probabilité d'âme compatible m'aurait-elle suffi. Sans quitter Gabriel des yeux, j'ai donné quelques coups de téléphone pour trouver un photographe immédiatement disponible, qui devait arriver au Trocadéro dans la demi-heure. L'oiseau dansait encore dans le ciel de Paris quand Paul est arrivé. Je l'ai laissé là, avec pour mission de le capturer, et suis reparti vers mon rendez-vous.

J'avais le lendemain les photos sous les yeux, et je savais que Gabriel n'avait pas dit non, qu'il avait dix-sept ans et qu'il était en seconde au lycée Chaptal. Paul l'avait trouvé naturel devant l'objectif, ni intimidé ni frimeur. Les photos le montraient tel qu'il s'efforçait de paraître dans la vie, froid, blasé, voire importuné, par le regard des autres. Sauf sur l'une d'elles, où, souriant,

---

1. ***Réfrénée*** : retenue.
2. ***Grégaires*** : caractéristiques de ceux qui vivent en groupe et adoptent tous le même comportement.

il présentait la couverture du livre sorti de sa poche : un *Antigone*[1] de Sophocle, au programme de sa classe. Paul l'avait pris sous tous les angles, et avait fait des gros plans du visage. J'ai disposé toutes ces photos devant mon bureau et les ai observées quelques jours, avant de l'appeler. J'ai imaginé les lumières et les ombres qu'il faudrait construire pour qu'on le voie grandir entre seize et dix-neuf ans. J'ai tenté de deviner sa voix, je lui ai fait en songe la coiffure de Tommy, tempes et nuque rases, épaisseur drue sur le dessus. Je me suis demandé si cette apparente dureté allait me servir – car elle était celle que j'imaginais de Tommy – ou au contraire me gêner – car elle pouvait faire obstacle à l'imprégnation[2] du personnage. À dire vrai, je crois bien n'avoir hésité que pour la forme. Le garçon savait lire, suivait une scolarité normale à Paris (ce qui m'épargnait les accents), exprimait sans trop d'effort un très adéquat dynamisme nonchalant, un air supérieur, et finalement la ressemblance a tout emporté.

Au téléphone, enfin, sa voix m'a plu, jeune, calme, monocorde. L'aventure l'excitait beaucoup, l'idée d'y passer une partie de l'été l'enchantait. Mais le scénario l'avait effrayé : le rôle était écrasant, physique, certaines scènes atroces seraient éprouvantes à jouer. Je l'ai rassuré comme j'ai pu. Il est venu avec sa mère et, quelle que soit la cause de cette présence – est-ce elle ou lui qui l'avait voulue ? –, elle désarmait sa virilité naissante, ses airs supérieurs, l'attendrissait comme Tommy lorsqu'il s'abandonnait, épuisé, presque mort, à l'amour d'Hélène. Elle s'appelait Claire, divorcée, fleuriste boulevard de Courcelles. J'avais demandé à Gabriel d'apprendre, plutôt qu'un bout du scénario, quelques vers d'*Antigone* et c'est le premier texte qu'il a dit devant ma caméra : *Je ne devais pas, par crainte des volontés d'un*

---

1. ***Antigone*** est une tragédie grecque écrite par Sophocle au V^e^ siècle av. J.-C., qui a donné lieu à de nombreuses récritures, dont celle de Jean Anouilh (1910-1987) en 1944.

2. ***Imprégnation*** : influence forte qui permet à l'acteur de jouer le personnage avec exactitude.

*homme, risquer que les dieux me châtient. Je savais bien que je mourrais, n'est-ce pas ? même sans ta proclamation. Et si je meurs avant le temps,* etc. Non, décidément, Gabriel n'était pas un acteur. Il me regardait, vaguement inquiet, sans savoir que j'aurais détesté qu'il simule la vaillance d'Antigone. Ignorant aussi que son contrat était déjà prêt.

Longtemps après, aujourd'hui encore, je me demande pourquoi j'ai choisi Gabriel, sans savoir vraiment s'il deviendrait Tommy. Pourquoi lui plutôt qu'un autre, parmi ceux que j'avais rejetés parfois injustement ? Était-ce seulement pour sa grâce particulière de danseur qui effleurait toujours ses ombres, l'intensité de son regard qui cherchait la lumière ? Peut-être. Cette beauté-là, dont j'avais immédiatement aimé l'évidence et le mystère, sans doute aucun spectateur ne voudrait s'en défaire et, tout au long du film, craindrait qu'elle soit assassinée.

Le budget du film était réuni, il nous restait encore à former l'équipe, et le reste du casting, les repérages, la Hongrie, Dinard, les lieux des attentats. Durant tous ces mois, j'ai vu Gabriel une ou deux fois par semaine. Je voulais qu'il connaisse Tommy aussi bien que moi. Je lui ai montré les cinq photos, lui ai signalé les bons passages de *La Mémoire d'Hélène*, je lui ai raconté l'histoire des Francs-tireurs et partisans de la main-d'œuvre immigrée, ces FTP-MOI[1] dont il n'avait bien sûr jamais entendu parler, je l'ai emmené dans tous ses lieux, ses décors, dont ceux que j'avais moi-même identifiés lors de mes recherches et que j'étais le seul au monde, désormais, à connaître. Il ne manquait jamais un rendez-vous, m'écoutait avec attention, me posait des questions sensées qui me rassuraient sur son intelligence. Mais une chose m'inquiétait de plus en plus, les jours passant : une sorte de froideur, d'insensibilité, que j'espérais seulement apparente. Que des jeunes Juifs aient pris les armes contre l'armée allemande,

**1.** Voir p. 21.

presque seuls à le faire dans Paris occupé, au milieu d'une population longtemps hostile, ne semblait pas particulièrement le surprendre, ni encore moins l'émerveiller. Ce qui moi me fascinait et même parfois, en certains lieux, m'émouvait à en pleurer le laissait de marbre.

Quant au reste, il était déjà trop tard pour tester ses capacités à jouer. Afin de le dégourdir, et de savoir à quoi m'en tenir, nous avons essayé quelques séquences où il serait seul à l'image, avec ou sans texte. Il ne se passa rien durant les premières scènes. Devant la caméra, avec une facilité déconcertante, Gabriel disait les mots qu'il avait appris, faisait les gestes qu'il avait répétés. Mais en cherchant Tommy, il se perdait lui-même. Tout ce qui m'avait séduit en lui, la qualité de sa présence, s'anéantissait dans un rôle qu'il imaginait aux antipodes[1]. Puis, au fur et à mesure que l'univers de Tommy lui devenait familier, j'ai senti peu à peu, à quelques détails dans la voix, la démarche, dans certaines postures, que les deux personnages pourraient se rencontrer. Je n'imaginais pas encore à quel point ce sentiment allait se confirmer.

Trop occupé aux derniers préparatifs, puis tournant à Dinard, je n'ai pas vu Gabriel en juin, mois qui précéda le tournage de la première séquence avec lui, et je n'ai jamais su comment il l'avait occupé. Claire me disait qu'il n'allait plus au lycée, ce qui ne l'inquiétait pas car il passait en première, qu'il partait le matin et revenait le soir, et qu'il avait même disparu durant trois jours, prétextant qu'il était chez un copain qui pourtant avait démenti[2]. Nous nous parlions de temps à autre au téléphone. De sa voix toujours un peu monocorde, il me disait que tout allait bien, qu'il se préparait et qu'il serait là le jour dit.

1. ***Aux antipodes*** : à l'opposé.
2. ***Démenti*** : nié.

## [3]

*Encore lui. Il a grandi, doit avoir seize ou dix-sept ans. Il porte une chemise à grands carreaux au col largement ouvert, un pull marron tricoté, une veste anthracite et un pantalon gris. On le reconnaît à la forme de son visage allongé, à ses traits fins, ses cheveux blonds. Après qu'il a passé la porte du lycée Louis-le-Grand et s'est engagé dans la rue Saint-Jacques, un garçon plus jeune, onze ans, derrière lui, l'appelle par son prénom et le suit. C'est Béla, en culottes courtes[1]. Portant chacun un cartable, Tommy sous le bras, Béla à la main, les deux garçons marchent dans des petites rues du Paris des années quarante, on peut reconnaître la rue de l'École polytechnique avec un pan de la grande entrée de l'école au bout. Le temps est gris, les façades des immeubles sont noires. Il commence à pleuvoir, Tommy relève le col de sa veste et se met à marcher plus vite, suivi par Béla qui doit courir presque pour rester sur ses pas. Les enfants croisent des groupes d'étudiants, des passants vêtus pauvrement, ils ne jettent pas un regard sur un clochard assis sur le trottoir qui tend son béret. Juste devant l'entrée noire de Polytechnique, Tommy salue un homme qu'il croise, sans s'arrêter. Les garçons tournent à gauche et descendent la pente de la rue de la Montagne-Sainte-Geneviève. Après quelques mètres, sur le trottoir de gauche, Tommy s'arrête devant l'entrée d'un restaurant, Le Fer à Cheval. Il pousse la porte, se retourne, et laisse Béla entrer le premier.*

*On devine par le bruit la salle pleine de monde, elle est seulement éclairée par le faible jour gris qui traverse les voilages des grandes fenêtres. On ne voit pas tout dans la pénombre. Hélène est en train de prendre les commandes d'une tablée d'Allemands en uniforme. Les deux garçons entrent dans la cuisine du restaurant, cherchent et trouvent, un peu partout, des choses à grignoter.*

---

**1. *Culottes courtes*** : vêtements descendant jusqu'à mi-cuisses portés par les jeunes garçons.

*Tommy ressort dans la salle et Hélène le regarde serrer la main à quatre étudiants, trois garçons et une fille, vingt ans, et s'asseoir à leur table.*

Ces scènes se déroulent presque en temps réel[1]. Tommy habitait avec sa famille au premier étage du restaurant que sa mère avait repris en 1937, Le Fer à Cheval, au 42 de la rue de la Montagne-Sainte-Geneviève. À sept minutes à pied de son lycée, Louis-le-Grand. À quelques centaines de mètres de l'appartement de sa petite enfance, rue Rollin, et de son école primaire, rue des Boulangers. Tout près aussi de la chambre qu'il occuperait plus tard, 69 rue du Cardinal-Lemoine. Ce quartier du V^e^ arrondissement, entre le Panthéon au sud et le boulevard Saint-Germain au nord, la rue Saint-Jacques à l'ouest et la rue Monge à l'est, ce quartier serait son royaume dont il connaîtrait le moindre pavé, tous les immeubles, les commerces, et certainement quelques secrets. Un royaume d'où jamais il ne voudrait s'exiler, au risque de sa vie. Ce n'était pas alors le quartier propre, touristique et cher d'aujourd'hui. Ces rues étroites montant au Panthéon étaient plutôt misérables, et leurs vieux immeubles délabrés. Dans ses Mémoires, Hélène raconte qu'y grouillaient les clochards, *les plus adorables et les plus dégueulasses du monde*, tenant place Maubert leur marché aux mégots[2]. J'ai voulu tourner dans ces rues mêmes, qui n'ont pas trop changé. Il a fallu seulement salir les façades trop bien restaurées, grâce à la retouche numérique, et ajouter de faux pavés, réinventer les devantures de magasin…

Cette petite déambulation délivre, sans aucun dialogue, quelques informations importantes : le lycée de Tommy, le quartier où il vit, le restaurant de sa mère et les étudiants plus âgés

---

1. ***En temps réel*** : sur un temps dont la durée est la même que celle de la réalité.
2. ***Tenant*** […] ***leur marché aux mégots*** : revendant le tabac ramassé dans la ville.

qu'il y rencontre. Au regard de ce que l'on sait communément de l'occupation allemande et de la collaboration française, ce qui se passa au Fer à Cheval de 1940 à 1942 paraît invraisemblable. Hélène l'assure, pourtant. De nombreux Allemands, appréciant d'être accueillis par une patronne germanophone, y côtoyaient en effet, bien sûr sans le savoir, toutes sortes de réfugiés politiques d'Europe centrale et des résistants étrangers pour la plupart communistes – en particulier de nombreux combattants juifs de la guerre d'Espagne évadés des camps de rétention[1] français –, venus s'y rencontrer, s'y réchauffer, s'y alimenter et cacher des armes… Abrutis sans doute par une mixture de plaisirs parisiens et de routine disciplinaire, les Allemands ne soupçonnaient rien. Jamais l'idée ne leur vint qu'Hélène protégeait des résistants, encore moins qu'elle était juive. Elle raconte comment l'un d'eux la félicita un jour, alors qu'il voyait le blond Tommy traverser la salle, de l'impeccable aryanité de son fils. Respectant les lois françaises, Elek et sa famille s'étaient pourtant bien déclarés en tant que Juifs à la Préfecture de police, le 7 octobre 1940. Et tous les habitants du quartier, qui les connaissaient depuis près de dix ans, savaient à quoi s'en tenir. (Deux ans plus tard, la police française recevra d'ailleurs, probablement d'un voisin affamé, une lettre de dénonciation anonyme accusant Elek de se livrer au marché noir et de ne pas porter l'étoile jaune[2]. Une enquête sera diligentée[3], mais la famille avait déjà disparu.) En réalité, parce qu'ils étaient hongrois, Hélène et les siens furent

---

**1.** ***Camps de rétention*** : centres de rétention utilisés par l'administration française pour retenir les étrangers auxquels elle ne reconnaît pas le droit de séjourner sur le territoire. À la fin des années 1930, des camps, principalement situés dans le sud-ouest de la France, internent les réfugiés de la guerre civile espagnole (environ 500 000), vus comme des étrangers indésirables. Leurs conditions de vie y sont très difficiles.

**2.** À partir du 7 juin 1942, le commandement militaire allemand en France rend le port de l'*étoile jaune* obligatoire en public pour les Juifs de la zone occupée ayant plus de six ans, français ou étrangers.

**3.** ***Diligentée*** : aussitôt menée.

protégés des mesures antijuives jusqu'en 1942. Quelques Juifs ressortissants de pays neutres ou alliés de l'Allemagne échappèrent ainsi, quelques mois, au sort que l'État français s'empressa de réserver dès l'automne 1940 à ses «ennemis-nés»[1]. D'autre part, gérante d'un restaurant, qui plus est fréquenté par les Allemands, Hélène se ravitaillait sans peine. Tant qu'il put circuler librement dans son royaume, Tommy, jeune Juif sous l'occupation allemande, n'eut jamais faim.

En ce printemps 1941, Tommy rencontra au Fer à Cheval un groupe d'étudiants de la Sorbonne, pour la plupart communistes et membres de l'un des premiers mouvements de résistance en France, créé dès juin 1940, le Réseau du musée de l'Homme. Fédérant plusieurs groupes de résistants, le réseau comptait parmi ses membres Claude Aveline, le délicieux auteur de *L'Abonné de la ligne U*, créateur du prix Jean-Vigo[2], et l'un des plus grands écrivains français du XXe siècle, Michel Leiris. Le réseau, dont l'activité principale était le renseignement à destination de Londres et la distribution de son journal ronéotypé[3] *Résistance*, fut pour l'essentiel démantelé dans les premiers mois de 1941. Dix de ses membres, dont son fondateur, Boris Vildé, furent condamnés à mort et fusillés le 23 février 1942. Mais plusieurs groupes, dont celui de Tommy, continuèrent le combat.

---

**1.** Référence aux décrets du gouvernement de Vichy contre les Juifs. Le 3 octobre 1940, les premiers décrets définissent comme Juif «toute personne issue de trois grands-parents de race juive» : les Juifs deviennent donc une race à part et la discrimination est officielle. L'État les exclut de toute fonction conférant autorité ou influence (fonction publique, justice, enseignement...), limite leur nombre dans les professions libérales en établissant des quotas. Il oblige les autres travailleurs à signaler par une pancarte qu'ils sont Juifs.
**2.** ***Prix Jean-Vigo*** : récompense cinématographique française dont le nom rend hommage au réalisateur Jean Vigo (1905-1934). Il fut créé en 1951 par Claude Aveline (1901-1992), écrivain, poète et résistant, auteur du roman policier *L'Abonné de la ligne U* adapté en feuilleton télévisé en 1964.
**3.** ***Ronéotypé*** : reproduit à l'aide d'une machine appelée ronéo, avant l'invention de la photocopie.

C'est ainsi que Tommy devint résistant. Sans doute avait-on alors mille raisons de le devenir. Mais, à cette date, bien peu franchissaient le pas. Et parmi eux, rares étaient ceux, comme Tommy, âgés de seulement seize ans.

C'est par cette séquence de la sortie du lycée et du retour au domicile, apparemment anodine, que toute cette histoire a commencé. Celle où l'on découvre Tommy adolescent, qui est aussi la première du tournage avec Gabriel. Il se produit ici quelque chose : Gabriel marche comme jamais il n'a marché. La démarche n'est pas la sienne. Il y met une raideur et une sorte de férocité, la tête légèrement projetée en avant, le bras tenant le cartable plaqué contre son corps. Dès les premières secondes du tournage, Gabriel invente un Tommy, le sien, avec une spontanéité qui tient du prodige et que notre travail préalable ne pouvait laisser présager. Je me souviens avoir été impressionné, au point d'en frissonner, ce premier jour en extérieur, en découvrant combien Tommy l'avait pénétré[1]. Davantage encore qu'en voyant paraître quelques instants plus tôt Gabriel habillé et coiffé comme Tommy, souriant face à mon ébahissement[2], me disant se trouver horrible, il ne s'y fera jamais : *la honte*.

*Pendant une dizaine de secondes de calme et de silence, on voit, de haut, un long couloir vide du lycée Louis-le-Grand, avec sur sa gauche l'alignement des salles de classe, sur sa droite celui de grandes fenêtres. On entend juste les voix des professeurs faisant leur cours. Soudain retentit la sonnerie. Les portes s'ouvrent, et un flot de lycéens bruyants se déverse dans le couloir, s'approche de la caméra qui les surplombe, la dépasse. Tommy est tout au fond, on finit par l'apercevoir, il avance dans le flux, parlant à un camarade. Sa voix finit par recouvrir le brouhaha :*

*«… c'est un salaud ! On ne peut pas parler comme ça de l'Allemagne quand on sait ce qui se passe. Et il sait ce qui s'est passé*

1. ***Pénétré*** : imprégné (voir note 2, p. 43).
2. ***Ébahissement*** : étonnement extrême.

*ici avec les Juifs polonais. En Pologne, ils enferment tous les Juifs dans des ghettos*[1] *!*

*– Arrête, Elek... tu n'as aucune preuve, tu n'as que la propagande de Moscou... Tu devrais faire gaffe. C'est pas très prudent de te balader avec tes tracts. Et de clamer sur les toits que tu chies sur le Maréchal*[2]*, que tu es juif...*

*– Je le crierai jusqu'à ce qu'il crève, Pétain, jusqu'à ce qu'il soit fusillé!»*

*On suit maintenant les deux garçons dans le flux, ils s'engagent dans un escalier. Cinq marches plus bas, un lycéen cravaté, cheveux gominés, qu'on avait vu dépasser les deux garçons pendant qu'ils parlaient, se retourne vers Tommy et lui dit en élevant la voix :*

*«Elek, quand on est métèque*[3] *et juif, on ferme sa gueule!»*

*Alors Tommy, du haut des cinq marches, saute sur le lycéen, le renverse et le cogne violemment à coups de poing, de pied, avant que d'autres garçons l'empoignent et le retiennent.*

Cette séquence a été tournée juste après celle du retour au domicile dans les rues du Quartier latin, ce même jour où tout a commencé. Le premier plan a donné lieu à plus d'une dizaine de prises, avec cette masse de jeunes figurants si près de la caméra qu'ils en perdaient tout naturel, avec cette prise de son complexe, ce dialogue qui se détache du tumulte. On découvre ici sa voix. D'où vient-elle? Des acteurs d'autrefois, des speakers[4] de Radio

1. ***Ghettos*** : ici, quartiers surveillés, isolés du reste de la population, où les Juifs devaient habiter (sens historique).
2. ***Le Maréchal*** : Philippe Pétain (1856-1951), qui, le 22 juin 1940, signe l'armistice marquant la défaite de la France face à l'Allemagne et divisant le pays par une ligne de démarcation qui délimite au nord et à l'ouest la zone d'occupation par les Allemands et, au sud, une «zone libre». Le 10 juillet de la même année, il institue un nouveau régime dans la «zone libre» appelé «État français» (régime de Vichy), qui remplace la République et collabore avec le régime nazi allemand.
3. ***Métèque*** : étranger (péjoratif).
4. ***Speakers*** : présentateurs (mot anglais).

Paris[1], de ces gloires ou de ces anonymes des années trente ou quarante qu'on entend parler dans les actualités de Pathé, de Gaumont[2] ? Non. Elle n'est pas si théâtrale, exagérément modulée, ou bien si populaire comme en ce temps-là, traînante, à la parisienne grasseyante[3], à la provinciale aux *r* roulés… Néanmoins cette voix n'est pas celle d'un garçon d'aujourd'hui. Elle vient de ces années-là par son timbre, car en même temps que les complexions et les traits des visages, en un demi-siècle les timbres des voix ont changé. Je n'ai pas la moindre idée de la façon dont cette voix est arrivée chez Gabriel, car elle non plus, comme la démarche, n'est pas la sienne. Je ne peux imaginer que sa nouvelle apparence d'acteur, ses vêtements, ni que les accessoires, le décor, que tout ce théâtre l'ait naturellement amenée. Ni qu'il l'ait cherchée avant qu'elle ne sorte de sa bouche. En réalité, l'entendant ce jour-là pour la première fois, j'ai pensé au contraire que cette voix l'avait trouvé.

À ce moment-là, dès le premier jour de tournage avec Gabriel, après avoir observé sa démarche et entendu sa voix, l'idée de *possession* m'est venue à l'esprit. Après mille précautions. Je n'ai jamais pensé à une incarnation surnaturelle, à un prodige spirite[4] ou autre farce grand-guignolesque[5]. Non, mais à un phénomène seulement étrange, qui venait peut-être de mon vertigineux désir de voir Tommy revenir et s'incarner.

À ma question sur cette voix, Gabriel m'a donné une tout autre explication. Il m'a répondu sans hésiter qu'il avait des dons d'imitateur. Qu'il pouvait instantanément reproduire la voix, les

1. ***Radio Paris*** : entre 1940 et 1944, *Radio Paris* diffuse la propagande nazie dans la France occupée.
2. Pendant la guerre, les films projetés dans les cinémas Pathé ou Gaumont sont précédés de flashs d'informations appelés « actualités ».
3. ***Grasseyante*** : qui grasseye, c'est-à-dire qui prononce peu distinctement les « r ».
4. ***Un prodige spirite*** : une apparition miraculeuse d'esprits.
5. ***Grand-guignolesque*** : ayant le caractère exagéré et invraisemblable des spectacles présentés dans l'ancien théâtre parisien du Grand-Guignol.

tics, les gestes de plusieurs célébrités. Et donc qu'il ne lui était pas difficile d'imiter la voix de Tommy. Car il l'entendait. Oui, la voix d'un mort, jamais enregistrée. En observant son visage sur les photos – en particulier celle que je lui avais donnée le matin du tournage, pour lui rafraîchir la mémoire car il la connaissait déjà –, il prétendait pouvoir entendre sa voix. Tout comme chaque voyelle de l'alphabet s'associait chez lui naturellement à une couleur, et les notes de musique à une forme particulière, un visage muet faisait entendre sa voix. Et un corps immobile laissait imaginer sa démarche et la manière de ses gestes. Voilà ce qu'il m'a dit. Vrai ou faux ? Je me le suis demandé. Mais, au fond, peu m'importait. Car l'invention d'un tel mensonge me séduisait autant qu'un pareil don de synesthésie[1]. Des deux émanait un mystère qui grandissait Gabriel à mes yeux. En outre, comme il n'est rien de plus lassant que de diriger un acteur, qui plus est amateur, ou même débutant, j'aimais ainsi qu'il m'échappe, du moment qu'il semblait dès ce premier jour avoir trouvé Tommy. Il faudrait seulement, peut-être, l'empêcher de tuer.

Car, après la démarche, la voix, bientôt la fureur[2]. La scène du pugilat[3] dans l'escalier, pourtant dix fois répétée, faillit envoyer un jeune acteur à l'hôpital : à la fin de la première et unique prise[4], en constatant que celui-ci peinait à se relever, il fut clair que Gabriel n'avait pas retenu ses coups.

*Si on ne lui enlevait pas le gars, il le tuait*, écrit Hélène en racontant cette scène. Elle s'est déroulée en juin 1941 au lycée Louis-le-Grand. Le jour même, ou peut-être le lendemain, en tout

---

1. ***Synesthésie*** : association, par correspondance, de sensations – ici d'éléments – appartenant à des domaines différents.
2. ***Fureur*** : folie.
3. ***Pugilat*** : combat à coups de poings, bagarre, rixe.
4. ***Prise*** : enregistrement, captation.

cas le 12 juin, Tommy fut convoqué par le censeur[1]. La date est inscrite sur sa fiche d'élève, conservée, parmi des milliers d'autres, dans les archives du lycée. Le censeur, un brave homme, lui confia qu'il comprenait son indignation, mais qu'elle n'était pas une raison suffisante pour vouloir tuer. Il semble que Tommy ne lui ait pas laissé le temps de prononcer la sanction, probablement légère, qu'il avait décidée. D'après Hélène – qui se trompe d'année, elle parle de 1942 –, à cet instant, la décision de Tommy était déjà prise. Il remercia le censeur de tout ce qu'il avait fait pour lui, puis lui annonça qu'il quittait le lycée pour entrer dans la Résistance. En marge de sa fiche d'élève, petit carton jauni – où l'on peut lire manuscrits son nom, sa nationalité hongroise, ses date et lieu de naissance, son adresse au 42, rue de la Montagne-Sainte-Geneviève, et aussi qu'il apprenait l'anglais en première langue, et l'allemand en seconde –, est écrite à la verticale l'indication importante : *le 12 juin 1941 quitte fin d'études*.

Le 12 juin 1941, et non 1942. Pour mon film, aucune importance, et personne ne sait, en voyant la scène, qu'elle eut lieu à cette date. Moi j'ai voulu tout savoir de Tommy, connaître, toucher et sentir toutes les traces qui n'étaient pas encore perdues. Je me suis assis dans des cages d'escalier, j'ai refait les mêmes chemins, j'ai touché les murs. Le 12 juin 1941, Tommy avait seize ans, c'était un jeudi. Les cours de français et d'allemand lui avaient paru soudain vains[2], depuis quelques semaines déjà, depuis qu'il avait appris la première rafle de Juifs à Paris, le 14 mai, juste un mois plus tôt. Parce qu'il était juif, et surtout parce qu'il fréquentait déjà des étudiants communistes, il connaissait tous les détails de cette rafle. Le 13 mai, 6494 Juifs

1. ***Censeur*** : dans un établissement scolaire, personne chargée de veiller à la bonne marche des études et à la discipline générale de l'établissement ; on parle aujourd'hui de CPE (conseiller principal d'éducation).
2. ***Vains*** : inutiles, insignifiants.

immigrés, en règle, mais étrangers – la plupart polonais – ou apatrides[1], des hommes âgés de dix-huit à soixante ans seulement, avaient reçu une convocation les obligeant à se présenter le lendemain matin aux autorités : *Monsieur X* (suivaient l'adresse et la date de naissance) *est invité à se présenter en personne, accompagné d'un membre de sa famille ou d'un ami, à 7 heures du matin à…* (suivait le lieu de la convocation – un garage de la rue Édouard-Pailleron, la caserne des Tourelles, la caserne de la rue des Minimes, le gymnase Japy et d'autres) *pour examen de sa situation. La personne qui ne se présenterait pas aux jour et heure fixés s'exposerait aux sanctions les plus sévères.* Le «billet vert», comme on l'appela plus tard, était signé par le commissaire de police de l'arrondissement. 3710 Juifs avaient répondu à la convocation. *Examen de la situation.* Ils étaient confiants, ils étaient en règle. La présence requise d'un membre de la famille ou d'un ami était certes bizarre, peut-être demandait-on un témoin, une signature de garantie… En réalité, l'épouse ou l'ami était chargé de retourner au domicile du convoqué, puis de revenir avec quelques-uns de ses effets personnels. Les raflés avaient été immédiatement arrêtés, puis internés dans les camps de Pithiviers et de Beaune-la-Rolande[2]. Ils seraient plus tard déportés en Allemagne, d'où bien peu reviendraient. Déjà, en octobre 1940, les Juifs avaient dû s'inscrire en tant que Juifs dans les préfectures, et les commerçants juifs apposer une affichette «Entreprise juive» sur leur devanture (Hélène en fut dispensée jusqu'à l'été 1942). Le statut des Juifs[3], promulgué dans la foulée, les excluait d'un grand nombre de fonctions et professions, enseignants, hauts fonctionnaires, métiers de la presse et du cinéma. Mais soudain, au printemps 1941, on commençait à rafler et à

---

1. ***Apatrides*** : personnes sans nationalité, aucun État ne les considérant comme ses ressortissants.
2. ***Camps de Pithiviers et de Beaune-la-Rolande*** : camps d'internement situés dans le Loiret.
3. ***Statut des Juifs*** : voir note 1, p. 49.

arrêter des hommes parce qu'ils étaient juifs. Discriminés d'abord, puis assimilés à des criminels. Fin mai, soit quinze jours avant cette scène au lycée, le Parti communiste avait édité à des dizaines de milliers d'exemplaires un tract : *Brisons l'arme de l'antisémitisme! Unissons-nous!* La section juive de la Main-d'œuvre immigrée un autre tract invoquant Voltaire et Rousseau, Hugo, Zola et Jaurès [1], appelant les Français à s'insurger contre l'arrestation de *5000 victimes innocentes,* l'injuste sort *de 5000 foyers ruinés, d'enfants exposés à la faim et la misère…* Et il n'est pas impossible que Tommy en ait distribué quelques-uns. Tommy quitta Louis-le-Grand, mit fin à ses études pour s'engager dans la Résistance, au moment même où l'on commençait à arrêter en masse les Juifs de France. Et au-delà de l'injure de l'élève antisémite qui lui intimait de se taire parce qu'il était juif, sans aucun doute pour cette raison.

La photo que j'avais donnée le matin même à Gabriel, je l'ai trouvée aussi dans les archives du lycée. Dans un carton contenant quelques photos de classe de l'année scolaire 1940-1941. Par miracle, la seconde B s'y trouve. Quarante-deux élèves sagement étagés sur cinq rangs. Presque aucun ne sourit, et les rares sourires sont tristes. Les temps sont durs pour les enfants de l'Occupation. Les pères sont souvent prisonniers, on ne mange pas à sa faim, on ne trouve plus de vêtements. Les quelques Juifs ont peur. Sur les quarante-deux élèves, seulement dix ne portent pas de cravate, probablement fils d'ouvriers ou d'artisans. Tommy est de ceux-là. Au quatrième rang, le troisième partant de la gauche. Impossible de ne pas reconnaître cette moue de dédain, face à l'objectif, ici pour cette tradition de la photo de classe d'autant plus dérisoire que, dehors, les nazis ont Paris sous leur botte, que le statut des Juifs vient d'être promulgué, que

1. ***Voltaire et Rousseau, Hugo, Zola et Jaurès*** : hommes de lettres et d'État (Jaurès) des XVIII$^{e}$ et XIX$^{e}$ siècles, grands défenseurs des libertés, de la justice et de la paix.

l'avenir paraît bien incertain. Je ne sais en quel mois de l'année scolaire la photo a été prise. Vu les vêtements, il doit faire frais, temps d'automne 1940 ou de printemps 1941. Tommy n'a peut-être pas encore seize ans. Il porte ce que je lui fais porter dans le film. Je dirais que le pull à col rond a été tricoté par Hélène. Il est le seul à avoir son col de chemise grand ouvert, recouvrant celui de la veste. Tommy n'était pas frileux. Je parierais que l'élève à lunettes placé à sa droite, aux oreilles décollées, sans cravate non plus, mais portant un foulard, une veste au col et aux revers tout chiffonnés, peut-être juif, peut-être communiste, est son meilleur copain. S'il a survécu, j'imagine qu'il est devenu enseignant, ou journaliste. À sa gauche, pas de doute, l'élève à l'air chafouin[1], le regard perçant derrière ses lunettes, portant cravate, a dû faire carrière dans l'Administration, peut-être bien dans un cabinet ministériel. Tommy pose entre ses deux voisins telle une énigme, incandescent[2] comme une torche. Personne ne peut imaginer ce qu'il deviendra, lui, mais on ne s'étonne pas qu'il se soit rapidement consumé.

Les archives de Louis-le-Grand conservent aussi les bulletins scolaires calamiteux de cette dernière année scolaire interrompue. Tommy, en réalité, ne travaillait plus. *Peu de travail* en histoire, *travail insuffisant* en français, *réussirait bien s'il travaillait* en anglais, *travaille trop peu et de fréquentes absences* en maths… pas une matière n'échappe à cette désertion. À la fin du deuxième trimestre, en raison d'une *paresse inadmissible*, le conseil de classe lui infligea un *blâme précédant l'exclusion*. Il s'exclut lui-même. Cet univers où l'on s'obstinait à transmettre un élégant savoir, mais où les élèves juifs – après les professeurs déjà exclus – devenaient indésirables, lui semblait décidément invivable, aussi cruel qu'illusoire, déplacé, à la fois trop près et trop loin de la violente vérité du monde.

1. ***Chafouin*** : sournois, rusé.
2. ***Incandescent*** : qui rayonne, ardent, lumineux.

*Tommy va franchir une porte mais on l'interpelle :*

*« Hep! Jeune homme! »*

*Il se retourne. Un homme se tient derrière lui et lui tend une kippa*[1] *:*

*« Vous ne savez pas qu'il faut se couvrir la tête? »*

*Surpris, Tommy prend la kippa et l'ajuste tant bien que mal. Il franchit la porte, et l'on découvre la salle de prières d'une synagogue. Il n'y a personne, il y fait sombre, une seule lampe est allumée vers le fond. Dans l'allée centrale, entre les bancs, Tommy s'avance vers l'autel, la Tevah*[2] *ornée d'une étoile de David, tout en regardant autour de lui, se retournant quelques fois. Devant l'autel, il s'arrête longuement, observant le grand candélabre surélevé et quelques autres détails. Puis il reprend l'allée dans l'autre sens. On le voit de dos s'éloigner et sortir.*

Un grand nombre de Juifs de France, peut-être même la plupart, se souvinrent alors qu'ils étaient juifs. Sont devenus juifs, ou ont cherché à savoir, comme dit Hélène à propos de Tommy, *ce que c'était « être juif »*. Tommy, un temps, chercha *ce que c'était*. Il entra, pour la première fois de sa vie, et probablement la dernière, dans une synagogue. Peut-être celle de la rue Vauquelin[3], proche de chez lui, où j'ai tourné la scène. J'ai imaginé son étonnement, son incompréhension totale. Pour qui le découvre, un temple juif semble bien énigmatique, compliqué, et demeure indéchiffrable. Tommy renonça à la synagogue, peut-être pour la même raison qu'il avait renoncé au lycée. Mais il tenait à clamer haut et fort qu'il était juif, il le disait tout le temps, à n'importe qui, par bravade[4], pour défier les persécuteurs. Il avait l'âge le

---

1. ***Kippa*** : terme d'origine hébraïque qui désigne la calotte portée traditionnellement par les Juifs pratiquants.
2. ***Tevah*** : dans une synagogue, estrade où se lit la Torah (ensemble de livres regroupant l'enseignement religieux juif) et où sont célébrés les cérémonies, rites et prières.
3. La ***rue Vauquelin*** est située dans le V^e^ arrondissement de Paris.
4. ***Bravade*** : provocation.

plus naturel à la témérité[1], certes, mais au temps des premières rafles il y fallait, aussi, une insolente et implacable[2] volonté d'affronter le mal. Au-delà des premiers tracts qui ne coûtaient pas encore grand-chose, afficher partout sa judéité, faire semblant d'en être fier, fut son premier acte risqué de résistant. Il ne porta jamais l'étoile jaune. Du moins comme on voulait qu'il la porte, un humiliant fardeau. Jusqu'à l'été 1942, il décida plutôt de la brandir, cousue sur une muleta[3], devant les cornes du taureau.

Gabriel n'avait pas à ouvrir la bouche, quasiment rien à répéter. Quand je l'ai retrouvé à la synagogue, ce matin-là, son air absent m'a inquiété. Il était prêt, sa kippa sur la tête, assis sur le dernier banc, regardant vers le plafond, indifférent aux préparatifs. Je ne l'avais jamais vu ainsi. Nous en étions encore au début du tournage et je redoutais qu'il se lasse trop tôt des contraintes, des attentes, de cette coiffure qu'il trouvait horrible. Je lui ai demandé si tout allait bien. Sans me regarder, il m'a répondu que non, il n'allait pas trop bien, et m'a expliqué qu'il n'était jusqu'alors jamais entré dans une synagogue et qu'il y ressentait le même malaise que dans une église. Il détestait ces lieux, sans vraiment pouvoir expliquer pourquoi. Sinon que tout y paraissait faux. Et que le seul moyen d'éviter ce sentiment pénible était de s'extraire de leurs murs, par la pensée. De s'abstenir, de s'absenter.

Chacun des plans n'a demandé qu'une seule prise. Je n'ai pas eu à lui demander ce regard vide glissant sur le décor indéchiffrable, ni même de marcher plus vite, entre les bancs, au retour qu'à l'aller. Bien davantage que cette extraordinaire facilité qu'il

1. ***Témérité*** : audace imprudente, courage inconsidéré.
2. ***Implacable*** : inflexible.
3. Une ***muleta*** est un leurre fait d'un drap rouge monté sur un bâton et réservé à l'usage du matador, lors de la corrida. La métaphore souligne la témérité de Thomas.

avait à incarner Tommy par la voix, la démarche, les regards, ce malaise qu'il éprouvait, au-delà du jeu, m'a touché. Que dans une église un garçon de son âge ne puisse s'en tenir, comme moi, à une certaine indifférence, et cherche à tout prix à s'en évader, avait quelque chose de singulier. De poignant, aussi. Car sans doute fallait-il avoir au fond de soi un malheur nécessaire, une blessure si vitale qu'on ne voulait à aucun prix la guérir.

Je ne m'en suis pas rendu compte dès ce jour-là. J'ai compris seulement peu à peu, les jours suivants, que dans cette vieille synagogue aux murs imprégnés de trois siècles de prières s'était produit le premier miracle : désormais, même sans Tommy, Gabriel m'émouvait. Sous la façade lisse du patineur, sous le masque de l'acteur aux dons quasi surnaturels déjà le grandissant à mes yeux, ce qui se dissimulait de détresse en lui me le faisait aimer.

Une émotion inattendue, dont je me serais volontiers passé. Il est préférable de rester détaché de ses acteurs. Je ne voulais pas aimer Gabriel, tout comme je ne voulais pas aimer Tommy. Si la nature des relations n'était pas du tout la même, je craignais néanmoins une contagion, une confusion. Or j'avais choisi Tommy, aussi, plutôt que Fingercweig ou Wajsbrot, pour éviter l'empathie[1], l'écueil du sentimental où je m'étais échoué lors de mes précédents films.

## [4]

Puis nous avons tourné quelques séquences dans Paris, la nuit. Tommy et ses amis étudiants traçant des *VLF* (Vive la France) sur les murs à la peinture rouge, Tommy et Béla collant

1. ***Empathie*** : capacité de s'identifier à autrui, d'éprouver ce qu'il éprouve.

des papillons[1]. Durant ces nuits, Gabriel affichait un air sombre, fermé. Il demeurait à l'écart des autres acteurs, ne manifestait pas la moindre sympathie pour le petit Antoine, qui jouait Béla, ni la moindre curiosité pour notre travail. À mes questions, il a répondu qu'il ne supportait pas les autres acteurs, des cons insignifiants, leur conversation débile entre les prises, et cet Antoine horripilant qui passait des heures sur sa console. Gabriel devenait ombrageux[2]. Je me suis souvenu de ce que m'avait écrit l'un des condisciples de Tommy à Louis-le-Grand, Robert Bourdu, quatre-vingt-quatre ans, éminent botaniste amoureux des arbres qui, pour tout souvenir, avait gardé l'image d'un *grand blond pas très communicatif*. Mais l'imprégnation de Gabriel par Tommy suffisait-elle à expliquer cette mauvaise humeur? Que faisait-il en dehors du tournage? J'ai appelé sa mère : les rares fois qu'elle l'avait croisé, ces derniers jours, il s'était montré maussade et n'avait pas proféré plus de trois mots. Elle ne l'avait jamais vu ainsi. Elle s'était imaginé que le tournage se passait mal, ce que je me suis empressé de démentir. Il se passait au contraire à merveille, grâce à lui. Gabriel m'impressionnait toujours devant la caméra. Et, dois-je le dire, hors caméra aussi. Quelle que soit la nature de sa présence, elle me devenait de plus en plus indispensable, féconde. Ce que dissimulait son air buté me fascinait autant qu'il m'inquiétait. J'aimais son étrangeté et, malgré la menace qu'elles faisaient peser sur le tournage, son intolérance, sa nervosité. Comme s'il avait rayé la futilité de sa vie, son enfance, pour se retrancher dans une inexpugnable[3] gravité, exaspérant les acteurs et les techniciens qui la prenaient pour du mépris, une fatuité[4] de débutant s'imaginant star. Ils auraient aimé que le tournage se déroule dans la bonne humeur. Or, en

---

**1.** ***Papillons*** : ici, petites vignettes qui appellent à la résistance (ancêtres de nos autocollants).
**2.** ***Ombrageux*** : susceptible, capable de s'offusquer promptement.
**3.** ***Inexpugnable*** : qu'il semble impossible de faire disparaître.
**4.** ***Fatuité*** : satisfaction excessive et ridicule de soi-même.

ces premiers jours, Gabriel faisait tout pour l'assombrir. Il dégageait sur les plateaux une tension communicative. L'équipe ne se relâchait plus, toujours à l'affût, en alerte. Et chaque soir, aux rushes[1], je découvrais, même dans les rares petites séquences où Gabriel n'apparaissait pas, des images d'une surprenante intensité.

*Sur les quais de la Seine, un très beau jour d'été, Tommy, son frère, Béla, et sa sœur, Marthe, passent l'entrée des Bains Deligny[2]. Les garçons sont en short et chemise à manches courtes, Marthe porte une robe légère. Les Elek font la queue à la caisse, où une affiche indique « Établissement interdit aux Juifs ». Son tour venu, Tommy demande trois tickets. On les voit plus tard au bord du bassin, en maillot de bain, plaisantant avec une bande de filles et de garçons, peut-être des amis qu'ils ont rejoints, ou qu'ils viennent de se faire parmi toute la jeunesse insouciante profitant du soleil et de l'eau. Il y a foule tout autour du bassin sous les arcades et dans l'eau, et beaucoup de bruits, d'éclats de voix, de rires. Sous le regard admiratif de Béla, Tommy plonge et traverse le bassin en nageant un crawl parfait.*

Le 8 juillet 1942, une ordonnance interdit désormais aux Juifs les établissements publics culturels ou de divertissement. La liste comprenait les bars et les restaurants, les cinémas et les théâtres, les bibliothèques et les musées, les monuments historiques, les champs de courses, les stades et les piscines. Tant qu'il le put, Tommy défia les mesures antisémites de Vichy. Depuis février, il ne respectait pas le couvre-feu imposé aux Juifs à partir de 20 heures, il ne portait pas l'étoile, il entrait où il voulait. Hélène était furieuse qu'il risque ainsi sa vie pour des broutilles :

---

**1.** ***Rushes*** : au cours du tournage d'un film, ensemble des prises tournées d'un même plan et dont seule une partie sera utilisée au montage (lexique du cinéma).
**2.** ***Bains Deligny*** : piscine flottante sur la Seine, amarrée sur la rive gauche, dans le VII^e^ arrondissement de Paris. Elle coula en 1993.

*Ce n'est pas de la résistance que tu fais, c'est de la connerie. Si tu veux faire de la résistance, prends les armes et tue-les. Mais là, pour des conneries, on t'emmènera à Auschwitz.* Sans doute ne connaissait-elle pas déjà le nom d'*Auschwitz* mais, trente ans plus tard, c'est en ces termes qu'elle se souvient de sa colère.

Tommy allait souvent à la piscine, était très bon nageur, et j'ai imaginé qu'il y était allé dès l'été 1942, quelques jours après l'interdiction faite aux Juifs. Le mercredi 29 juillet, par exemple, la température à Paris frôla les 28 degrés, et les piscines découvertes se remplirent de lycéens en vacances. Un défi pour les jeunes Juifs. Mais pas seulement un défi. Dans le climat de plus en plus étouffant qui s'abattait sur eux, ces moments d'insouciance leur apportaient un peu d'oxygène, quelque chose d'indispensable à leur équilibre nerveux. D'une manière générale, les Juifs de cet âge ne sacrifièrent jamais par prudence l'intégralité de leur jeunesse. Au risque d'être arrêtés, ou de compromettre la sécurité de leurs réseaux, aucune injonction, aucune consigne ne les empêcha de jouir du peu de plaisirs qu'ils pouvaient voler. Les 10, 16, 20 et 28 août 1943, un mois avant d'assassiner le général SS Ritter[1], Marcel Rayman, vingt ans, alla se rafraîchir, en compagnie de son frère Simon, quinze ans, et de quelques camarades, aux piscines de Pantin et des Tourelles. On le sait parce qu'ils étaient filés par la police française.

Dès 1941, la situation s'était considérablement aggravée pour les Juifs de la zone occupée. En août, plus de quatre mille Juifs raflés dans les arrondissements populaires parisiens avaient été internés dans le camp de Drancy[2], jusqu'alors réservé aux

1. ***Julius Ritter*** (1893-1943) : général SS qui supervise en France le Service du travail obligatoire (STO), envoyant des dizaines de milliers de travailleurs français en Allemagne pour y soutenir l'industrie nazie. Le 28 septembre 1943, Marcel Rayman et Celestino Alfonso, membres des FTP-MOI, l'exécutent à Paris.

2. ***Drancy*** : camp d'internement. Drancy est le principal lieu de départ de la France vers les camps de concentration et d'extermination nazis, d'août 1941 à août 1944.

prisonniers de guerre. À cette date, les premières informations sur les massacres de Juifs perpétrés par les Allemands en Pologne et en Roumanie parvenaient en France, relayées par les communistes écoutant Radio Moscou. Certains Juifs se mirent à craindre non seulement pour leur liberté, mais aussi pour leur vie. Durant l'hiver, les atroces conditions de détention des Juifs à Drancy commencèrent à être connues. En mars 1942, les premiers convois de déportés juifs s'ébranlèrent de Compiègne et de Drancy, marquant le début de l'extermination des Juifs de France. Le 7 juin, le port de l'étoile jaune devint obligatoire pour tous les Juifs de la zone occupée âgés de plus de six ans. Les 16 et 17 juillet, douze mille Juifs parisiens, dont quatre mille enfants, de nombreux vieillards, des malades, des infirmes, furent arrêtés lors de la rafle du Vél' d'Hiv. Il devint évident que les rafles n'avaient pas pour but d'envoyer des hommes travailler en Allemagne. Au-delà de l'évidence ne restaient que des hypothèses, plus ou moins tragiques, mais toutes inquiétantes.

*Collée sur la vitre de la porte du Fer à Cheval afin qu'on la voie de la rue, une affichette blanche porte la mention* Jüdisches Geschäft, *«Entreprise juive». Un officier allemand pousse la porte, entre, salue Hélène d'un signe de la main et rejoint l'une des rares tables vides. Il retire sa veste et l'accroche au dossier de sa chaise, puis s'assoit. Hélène s'approche, engage une petite conversation avec lui avant de noter sa commande. La caméra la suit lorsqu'elle retourne en cuisine, la laisse en chemin pour se resserrer sur une autre table où Tommy est assis en face d'un homme qu'on voit seulement de dos, avec une chemisette bleu marine. Tommy, lui, porte une chemise à carreaux dont il a retroussé les manches. L'homme parle bas, avec un accent que certains peuvent reconnaître : il est roumain.*

*«Tu as des copains, une petite amie, tu fréquentes des gens régulièrement ?*

*– Non, tout notre groupe a été dispersé. Je ne vois plus personne maintenant.*

*– Et des copains du lycée ?*

*– J'ai arrêté le lycée il y a un an. J'ai perdu de vue les deux copains que j'avais.*

*– Tant mieux. Et tu es prêt à quitter tes parents, à vivre seul dans une clandestinité totale, avec des faux papiers, une nouvelle identité ?*

*– S'il le faut.*

*– Il le faudra. Pour l'instant tu ne fais rien. Je reviendrai te chercher pour te présenter à Adam, le chef du détachement. Tu peux déjà préparer pour lui une note sur toi, tes parents, tes études, ce que tu as fait. »*

*Tommy sourit, comme s'il trouvait cette formalité ridicule, et pour le cacher, baisse la tête.*

*« Tommy, regarde-moi.*

*– Oui, Johnny, je te regarde, répond-il, avec le même sourire.*

*– Si tu t'engages chez nous, tu deviens un soldat. En temps de guerre. Face à une armée cent mille fois supérieure à la tienne. C'est-à-dire que tu obéis, que tu souffres, et que probablement tu meurs.*

*– Va pour la tragédie..., dit Tommy, regardant Johnny droit dans les yeux.*

*– Et réfléchis à un pseudonyme. Chez nous, personne ne connaîtra ton nom véritable.*

*– C'est tout réfléchi, j'en ai déjà un : Tommy. »*

En août 1942, plus d'un an après avoir quitté le lycée et arrêté ses études, Tommy s'est engagé chez les FTP-MOI[1], dont la principale mission était de démoraliser l'occupant par des actions terroristes : essentiellement, alors, des lancers de grenades ou de bombes artisanales sur des détachements allemands, ou dans des lieux fréquentés par les militaires. *Terroristes*, en effet, non pour semer la mort et faire naître la peur

1. Voir encadré sur les FTP-MOI, p. 21.

au sein d'une population civile, mais pour démoraliser l'armée d'occupation. Les mois précédents, l'activité de résistant de Tommy, déjà dangereuse, s'était limitée à des distributions de tracts, des collages d'affiches, des inscriptions sur les murs, en compagnie des étudiants de la Sorbonne. Ce groupe s'était dispersé à la suite de l'arrestation d'un de ses chefs, qu'Hélène appelle Lalou, fusillé plus tard par les Allemands. Tommy s'était retrouvé inactif, au moment même où la situation des Juifs s'aggravait considérablement à Paris.

C'est au printemps 1942 que furent créés les FTP-MOI. Ils regroupaient les militants de l'OS-MOI, membres étrangers du Parti communiste déjà engagés dans la Résistance, au sein des Francs-tireurs et partisans, nouvelle organisation remplaçant le comité militaire du parti. Les mois suivants, progressivement, au fur et à mesure que s'engageaient d'autres étrangers, pas forcément militants communistes, et même quelques Français, furent créés au sein des FTP-MOI de la région parisienne quatre détachements distincts : le premier regroupait surtout des Roumains et des Hongrois, le deuxième surtout des Juifs polonais, le troisième des Italiens, le quatrième, qui se spécialiserait plus tard dans les déraillements, des anciens de la guerre d'Espagne de toutes nationalités. À ces quatre détachements s'ajouterait une «équipe spéciale», formée de quelques militants chargés des opérations les plus risquées et les plus spectaculaires. Quelques Arméniens – dont le plus célèbre, Missak Manouchian[1], dit «Georges» – s'engagèrent plus tard, à partir de février 1943. Manouchian fut le responsable militaire de tous les FTP-MOI parisiens durant quatre mois, d'août à novembre 1943. Mais dans la réalité, il n'y eut jamais de «groupe Manouchian», comme il n'y eut jamais de «groupe Holban», du nom de celui qui l'avait précédé et qui lui succéderait au même poste.

**1.** Voir aussi dossier, p. 228.

Le cloisonnement entre ces différentes équipes était strict d'un point de vue opérationnel, mais certains militants passèrent de l'une à l'autre, en particulier lorsque le 1er détachement fut démantelé une première fois par la police française, en novembre 1942. Certains rescapés furent alors versés dans d'autres équipes. Ce fut le cas de Tommy. En août 1942, au moment de son recrutement, il fut d'abord intégré dans l'équipe qui allait devenir le 1er détachement. Son chef, «Adam», s'appelait en réalité Edmond Hirsch. Il fut arrêté dès décembre et ne revint pas de déportation.

Johnny, quant à lui, demeure un mystère. J'ai longtemps cherché, en vain, qui il pouvait être. Ce pseudonyme n'apparaît dans aucun des communiqués des FTP, dans aucune filature de police, dans aucun livre de souvenirs ou d'histoire. Sauf celui d'Hélène. Un Roumain communiste, dit-elle, jeune, séduisant, élégant, d'un grand courage, qui recruta Tommy. Un lien particulier s'établit entre eux : *Il adorait Thomas, et Thomas, c'était rare qu'il aime quelqu'un, mais il était très attaché à Johnny.* Pas une véritable amitié. Hélène dit ailleurs : *Dans la Résistance, je ne crois pas qu'il ait fait amitié.*

Johnny *adorait Thomas.* Que pouvait donc avoir Tommy d'*adorable?* Henri Karayan[1], l'un des très rares survivants FTP-MOI avec qui j'ai pu m'entretenir par téléphone, en octobre 2008, m'a donné la réponse : Tommy, à la différence de la plupart des autres, était un intellectuel, un garçon cultivé, qui parlait volontiers littérature. Et sans doute ce sujet semblait-il un baume[2], une lumière, quelque chose qui venait adoucir la violence et la peur quotidiennes. «Georges», autrement dit Manouchian, poète et journaliste, sans aucun sens militaire, fut adoré

1. ***Henri Karayan*** (1921-2011) : d'une famille arménienne victime du génocide de 1915, il rejoint en avril 1943 le groupe des FTP-MOI et échappe de justesse à la rafle qui mène Thomas Elek et ses camarades au peloton d'exécution.

2. ***Baume*** : au sens propre, sorte de crème qui guérit ; ici, élément qui adoucit les maux de l'âme.

par ses hommes pour la même raison. Tommy l'aimait comme un père, dit Hélène. Et Manouchian, comme Johnny, aimait Tommy car il était différent des autres :... *c'est un père, il me traite tout à fait autrement que n'importe qui*, dit-il un jour à sa mère.

Johnny, je vais le laisser là, à cette table du Fer à Cheval. On n'aura jamais vu son visage, il n'apparaîtra plus dans le film. Il faut admettre qu'il est là, dans l'ombre, à côté, comme il le restera à jamais dans l'Histoire. Hélène raconte qu'il fut arrêté, mais sans donner la date. Qu'il fut emprisonné à la Santé[1], puis déporté. Qu'à la fin de la guerre, les Allemands embarquèrent tous les prisonniers de son camp sur un bateau, que le bateau fut coulé. Sans doute évoque-t-elle, sans le savoir, l'horrible fin des déportés du camp de Neuengamme[2]. Je vais laisser Johnny dans l'ombre car il ne reste plus aucune trace d'une action qu'il aurait accomplie avec Tommy. D'ailleurs, cette scène au Fer à Cheval n'a jamais eu lieu. Johnny, en réalité, a bien recruté Tommy en août 1942, et sans doute lui a-t-il tenu des propos semblables. Mais la scène s'est déroulée ailleurs. À Savigny, qu'on peut imaginer sur Orge. Deux étés de suite, en 1941 et 1942, Hélène loua une grande maison à la campagne pour se reposer et cacher toutes sortes de résistants pourchassés dans Paris. C'est ainsi qu'elle connut Johnny, et c'est là que Tommy entra, dit-elle, dans la *résistance, armes à la main*.

À part quelques détails de ce genre, je n'ai rien voulu inventer. Car je n'ai pas raconté n'importe quelle histoire, le Tommy que je filme n'est pas une reconstitution plus ou moins vraie, schématisée, qui voudrait le rendre plus explicite, identifiable, en mêlant fiction et réalité. Je me contente de la vérité. Je l'exalte et

**1.** ***La Santé*** : prison située dans le XIV^e^ arrondissement de Paris.
**2.** ***Camp de Neuengamme*** : camp de concentration situé au nord-ouest de l'Allemagne à vingt-cinq kilomètres de Hambourg. Cent six mille personnes de vingt-huit nationalités différentes y furent déportées.

la protège. Je voudrais qu'on sache que dans ce film tout est vrai et que l'émotion, la compassion, la haine, l'amour sont aussi, pour qui le verra, plus vrais que devant un film de mensonges.

Je ne sais pas précisément à quelle date Hélène fut obligée de coller l'affiche «Entreprise juive» sur la porte de son restaurant. Je sais seulement, par un rapport de police, qu'elle et sa famille déménagèrent en août 1942, probablement au retour de Savigny, pour aller habiter un peu plus bas dans la même rue de la Montagne-Sainte-Geneviève, au numéro 34. Juste après avoir fermé pour toujours Le Fer à Cheval. Et l'avoir fermé à cause de l'affiche. Hélène ne craignait pas pour elle, mais pour ses clients juifs : *Je ne voulais pas que les Allemands les prennent chez moi pour les emmener à Auschwitz.* Quelque temps, néanmoins, le restaurant fut ouvert alors que l'affiche le dénonçait aux passants. Elle ne fit pas fuir les habitués allemands, même les nazis convaincus, qui découvrirent, seulement alors, la vérité sur Hélène et sa famille. À l'un d'entre eux, qui lui avait déclaré un jour qu'il fallait exterminer tous les Juifs, même les enfants, et qui était entré malgré l'affiche puis s'était installé à sa table comme si de rien n'était, elle demanda si l'«entreprise juive» ne le dégoûtait pas. Il répondit en commandant une omelette, et lui serra la main en partant. La vérité des hommes est toujours plus belle, plus mystérieuse, que la fiction convenue[1].

Après la fermeture du restaurant, une autre vie commença pour la famille. Afin de gagner leur vie, Hélène et son mari se mirent à vendre aux soldats allemands des vêtements et des tissus achetés au marché noir. Si fou que cela puisse paraître, ils entraient dans les casernes. Hélène en profitait pour faire aux soldats un peu de propagande antinazie. Illégalement – les Juifs n'avaient plus le droit de changer de domicile depuis une ordonnance du 7 février 1942 –, les Elek déménagèrent donc au 34 de

1. ***Convenue*** : attendue, conforme à l'usage.

la rue de la Montagne-Sainte-Geneviève, un appartement de trois pièces dans l'une des vieilles maisons que l'on découvre si l'on pousse la porte qui n'est pas celle d'un immeuble mais d'une ruelle privée, biscornue, aujourd'hui charmante en sa verdure mais alors sûrement assez misérable. Tommy, lui, avait trouvé une chambre à la même adresse, dans une autre des maisons. C'est là qu'il mit au point ses premières actions armées.

*Hélène portant une pile de linge repassé sort d'une maison dans la ruelle, faiblement éclairée dans la nuit. Elle fait quelques pas puis entre dans une autre, on la suit, elle allume la lumière dans le hall d'entrée, s'engage dans un escalier étroit, puis au premier étage dans un petit couloir jusqu'à une porte où elle frappe trois coups. La porte s'ouvre sur une pièce éclairée, on la suit encore, on ne voit rien ni personne, seulement son dos, elle se dirige vers une armoire qu'elle ouvre, y dépose le linge propre, puis la referme. Elle se retourne enfin, on découvre alors la petite chambre de Tommy. Un lit sur lequel est posé un livre ouvert, une étagère pleine de livres, une table où il est assis. À l'aide d'un rasoir, il est en train de creuser les pages d'un livre épais. Hélène s'approche :*

*« Marx?* Le Capital[1]*? Tu as pris le Marx de ton père? C'est l'édition allemande, doublement rare, tu aurais pu prendre autre chose, Tommy, quand même, c'est dommage… »*

*Tommy sourit :*

*« Laisse-moi faire, maman…*

*– D'accord, comme toujours, je te laisse… »*

*Hélène lui glisse en passant une caresse dans les cheveux, puis sort. Bientôt Tommy a fini de creuser le livre. D'une vingtaine de petits sachets en papier qu'il déplie, il verse avec précaution de la poudre noire dans un petit tube de métal.*

---

1. ***Le Capital***, sous-titré *Critique de l'économie politique*, est l'œuvre maîtresse de Karl Marx (1818-1883), philosophe allemand et théoricien de l'économie politique, qui y dénonce le système capitaliste.

Novembre 1942. Tommy est membre des FTP-MOI sous le matricule 10306. Au titre de combattant permanent, il reçoit un salaire de deux mille francs par mois, soit à peu près le salaire minimum d'aujourd'hui, et de temps à autre des tickets de pain[1]. On lui a appris à confectionner des bombes à retardement. Il commence à verser le sang des Allemands. Je crois qu'on ne saura jamais combien il en a tué, les premiers mois de son engagement. De nombreuses actions sont demeurées secrètes, ou tout au moins n'ont jamais été répertoriées, ni citées par la direction des FTP-MOI. Henri Karayan m'a affirmé qu'à cette époque il avait fait équipe avec Tommy et Marcel Rayman, lors d'opérations particulièrement périlleuses et sanglantes. Mais, comme s'il avait encore peur de représailles, il n'a pas voulu me les raconter, et l'on n'en trouve aucune trace dans la documentation historique. La première action reconnue de Tommy est celle qu'il prépara seul, sans en référer à quiconque, dans sa chambre du 34 de la rue de la Montagne-Sainte-Geneviève, début novembre. Hélène surprit ces préparatifs, et la scène est authentique. Sa première bombe fut une édition allemande du *Capital* de Marx, volée à son père. Une bombe à retardement comme il avait appris à les faire, comprenant un liquide incendiaire, de la poudre et une amorce à acide. Il choisit le *Capital* pour son format, son épaisseur, et parce qu'il était en allemand. Sans doute un communiste aurait-il hésité à pulvériser un *Capital*, mais Tommy n'était pas communiste. Trop individualiste, détestant recevoir des ordres et, comme le dit sa mère, *très français*, à une époque où le Parti communiste obéissait à Moscou. Ses parents l'étaient, la plupart de ses camarades de combat aussi. On ne dira jamais assez que rien alors n'était simple, qu'en ce temps d'apocalypse les repères se défaisaient, et qu'une organisation communiste pouvait fort bien engager un combattant qui ne l'était pas.

1. ***Tickets de pain*** : dès septembre 1940, pour faire face aux pénuries, le gouvernement de Vichy a mis en place un système de rationnement.

On découvre dans cette scène la relation singulière qui se noua entre Hélène la rebelle et son fils en armes. Engagée elle-même dans la Résistance, la mère encouragea son fils au combat. Non pas directement, mais par un soutien et un amour constants, une présence affectueuse, un lien presque magique : *Je suis Antée*[1], *et toi tu es la terre,* lui disait-il, *quand je te touche, j'ai de la force.*

Nous avons tourné toutes les séquences avec Hélène et Tommy à la suite, durant une dizaine de jours d'une miraculeuse densité. Jamais Gabriel ne fut plus émouvant, pour une fois abandonné, désarmé, qu'en présence de Vilma. Vilma, elle non plus, ne composait pas son rôle de lionne. Son tempérament, sa véhémence, sa vitalité proche de la fureur s'accordaient naturellement au caractère d'Hélène. Devant elle, et seulement pour elle, Gabriel retrouvait son sourire, sa simplicité. Entre les prises, l'actrice chevronnée[2], formée à l'ancienne sur les scènes d'une très vieille Europe, livrait quelques-uns de ses tours au jeune Gabriel. Il le méritait, lui disait-elle. Car Vilma était fascinée par ses dons d'acteur-né. Après avoir observé, à mes côtés, Gabriel face à la caméra confectionner sa bombe, mimer la concentration avec des petits mouvements de bouche paraissant involontaires, elle me demanda si je connaissais le secret de cet enfant, car assurément il en avait un. Non pas un secret d'acteur, précisa-t-elle, mais un secret d'enfant. Quelque chose à cacher qui lui donnait cette force, cette énergie particulière.

Ce secret de Gabriel, Vilma tenta, les jours suivants, de le percer. Elle l'emmena déjeuner, en tête à tête, loin des plateaux. Elle l'emmena dîner, aussi, certains soirs. Gabriel ne jurait que

---

1. ***Antée*** : dans la mythologie grecque, fils de Gaïa (la Terre) qu'elle engendre, selon les versions, seule ou avec Poséidon. Il a la particularité d'être pratiquement invincible tant qu'il reste en contact avec le sol, car sa mère, la Terre, ranime ses forces chaque fois qu'il la touche.
2. ***Chevronnée*** : expérimentée.

par elle, elle seule jouait correctement, elle seule n'était pas conne dans cette équipe. Et comme Vilma était très belle, j'ai commencé à redouter quelque chose comme une idylle, et même pire, une histoire de sexe qui, probablement, en ces temps de nouvelle inquisition[1] morale, aurait mal tourné. Il n'est pas impossible, d'ailleurs, que Vilma ait entraîné Gabriel jusqu'à sa chambre d'hôtel. Un matin, le stagiaire chargé d'aller le prendre chez lui pour le conduire sur le lieu du tournage revint bredouille. Gabriel et Vilma débarquèrent ensemble d'une autre voiture, l'air de rien. Je n'ai jamais su s'ils avaient passé la nuit ensemble, mais ils jouèrent ce jour-là, à merveille, l'une des scènes les plus tendres entre Hélène et Tommy. La vérité, au moins sa plus grande part, se trouvait là, dans ce lien enflammé qui avait relié un fils prêt à donner sa vie et une mère follement amoureuse, jalouse de la mort qui valsait avec lui. J'ai fini par penser que Gabriel faisait tout pour renouer ce lien, avec Vilma.

Quand toutes les séquences avec Vilma furent tournées – souvent difficilement car elle trouvait à redire à tout, l'heure du tournage, ses costumes et son maquillage et parfois jusqu'au texte qu'elle avait à dire (elle avait refusé de lire *La Mémoire d'Hélène* sous prétexte qu'elle ne parlait pas assez bien le français, et trouvait incongrue la grossièreté de certaines répliques) –, on lui organisa une petite fête d'adieu. Elle me prit à part pour me conseiller de surveiller Gabriel, car il allait devenir incontrôlable dès qu'elle serait partie. Je me souviens précisément de ses mots, prononcés sur un ton théâtral qui sur le moment m'amusa : «Prends garde, cet enfant est le feu : la lumière et la brûlure à la fois.»

*Paris, une soirée d'hiver. On voit Tommy paraître à l'angle de la rue Victor-Cousin et de la place de la Sorbonne, un livre à la main. Il traverse la place et entre dans une grande librairie aux*

1. ***Inquisition*** : ici, extrême austérité, rigueur intransigeante.

*vitrines illuminées occupant tout le rez-de-chaussée de l'immeuble bordé par la place, la rue Champollion et le boulevard Saint-Michel : la librairie Rive Gauche. À l'intérieur, tout Art déco*[1]*, de nombreux officiers allemands côtoient d'autres clients en civil. On remarque des affiches d'expositions allemandes et, sur de grandes tables, principalement des livres en allemand. Tommy en feuillette quelques-uns, flâne un moment devant les étagères, puis pose son livre – on reconnaît le Marx – sur l'une d'elles au centre de la librairie. Il regarde d'autres livres encore, en prend deux assez minces, les paie à la caisse, enfin se dirige tranquillement vers la sortie. Il traverse le boulevard, fait quelques pas vers le Luxembourg et à peine a-t-il rejoint le café Pam-Pam et ses chaises jaunes, à l'angle de la rue Monsieur-le-Prince, qu'une détonation retentit. Comme les autres passants, Tommy s'arrête et se retourne vers la librairie. Il est rejoint par Béla, un béret sur la tête, en culottes courtes sous son manteau. Les deux garçons observent les dégâts de l'explosion, les livres brûlés propulsés sur le trottoir, les vitrines brisées par où s'échappe de la fumée, les clients sortant de la librairie, blessés, hagards*[2]*, certains en pleurs, certains criant leur colère. On entend la sirène d'un car de police qui s'approche.*

*« On se taille ! dit Béla à son frère.*

*– Moi oui, répond Tommy, sans quitter la librairie des yeux. Mais toi tu restes, tu observes tout ce qui se passe, et ce soir tu me fais un rapport complet. »*

*Tommy laisse son frère, remonte le boulevard vers le Luxembourg.*

Au début, Tommy entraîna son frère dans certaines de ses opérations. C'est le petit Béla, douze ans, qui repéra l'intérieur de la librairie allemande, en fit un plan, vérifia qu'elle n'était pas surveillée.

---

1. ***Art déco*** : style caractéristique des années 1920.
2. ***Hagards*** : effarés ou affolés.

«Il est trop petit, tu n'as pas peur qu'il aille tout raconter? s'était inquiétée sa mère.

– Non, non, Béla est un parfait résistant.»

Et Hélène put constater que Béla ne parlait jamais à tort et à travers : *Même à moi ce petit garçon n'a jamais raconté ce qu'ils avaient fait.*

La librairie Rive Gauche, «librairie du livre allemand en France» surnommée parfois «la rive gauche du Rhin», avait été inaugurée en avril 1941 à la place du café d'Harcourt, fermé quelques mois plus tôt. Son conseil d'administration comprenait trois Allemands et trois Français, dont Robert Brasillach[1]. Un premier attentat organisé par Pierre Georges, le futur colonel Fabien[2], et commis par de jeunes communistes, l'avait dévastée le 21 novembre de la même année. L'action de Tommy se déroula près d'un an plus tard, le 9 novembre 1942 à 19 heures. Au soir de sa vie, Béla raconta que cette action individuelle, accomplie sans ordre de la hiérarchie, fut sévèrement condamnée par les FTP-MOI : Tommy, jugé trop dangereux, incontrôlable, aurait même échappé de peu à une exécution.

J'ai voulu une reconstitution fidèle de la librairie Rive Gauche et du café Pam-Pam. Pour la librairie, il suffisait d'utiliser les photos prises par la police après l'attentat de novembre 1941. Pour le café, le chef décorateur s'est servi, comme souvent dans le film, d'une photo couleurs d'André Zucca[3], le reporter de la

1. ***Robert Brasillach*** (1909-1945) : écrivain et journaliste français, rédacteur en chef du journal collaborationniste et antisémite *Je suis partout* sous l'Occupation. Jugé pour ses écrits politiques, il est condamné et fusillé durant l'épuration qui, à la Libération, vise les personnes ayant collaboré avec les autorités d'occupation nazie.

2. ***Pierre Georges***, dit ***colonel Fabien*** (1919-1944) : militant communiste et résistant français.

3. ***André Zucca*** (1897-1973) : photographe réquisitionné en 1941 pour travailler au journal *Signal*, organe de propagande de l'armée allemande. Il est à l'époque un des seuls à pouvoir photographier en couleurs les scènes de la vie quotidienne parisienne.

version française de *Signal*, magazine allemand populaire de l'époque.

Les Elek demeurèrent au 34 de la rue de la Montagne-Sainte-Geneviève jusqu'en février 1943, date à laquelle Béla, jouant dans la rue, se fit traiter de sale Juif par un voisin, qui ajouta, semblant s'en réjouir, que la police allait bientôt l'arrêter. Se sentant soudain menacée, la famille quitta les lieux dès le lendemain. Elle s'installa 63, rue Daguerre, à Montparnasse, dans un logement laissé vacant par Feri, le frère d'Hélène, réfugié près de Rennes. C'était *un studio avec une espèce de cuisine*. Vu de la rue, le 63 était un petit immeuble à deux étages des années trente. Il n'a pas changé. Lorsqu'on pousse la porte, indiquant une «cité artisanale», on entre dans une impasse bordée d'ateliers d'artisans au rez-de-chaussée, de logements aux étages. Pendant la guerre, le peintre Jean Deyrolle habitait et travaillait ici, y recevait ses amis dont Nicolas de Staël[1]. Hélène n'en parle pas, et sans doute ne le fréquenta-t-elle jamais pendant les neuf mois où elle vécut ici. Sans Tommy. Comme s'il ne voulait pas quitter le quartier de son enfance et, je suppose, parce que le studio était trop petit, il emménagea seul, en mai, sous la fausse identité de Pierre Deschamps, dans une chambre au 69, rue du Cardinal-Lemoine. Lorsqu'il ne se trouvait pas sur le théâtre de ses opérations, il allait chaque soir rue Daguerre retrouver sa mère, sa chaleur, son réconfort. *Quand je te touche, j'ai de la force*. Il y venait aussi, presque toujours, au retour des actions les plus éprouvantes. Et souvent, épuisé, il s'endormait là, près d'elle.

1. ***Jean Deyrolle*** (1911-1967), ***Nicolas de Staël*** (1914-1955) : peintres de l'abstraction.

## [5]

*L'extérieur d'un petit immeuble de banlieue, au rez-de-chaussée la façade d'un hôtel-restaurant, Au Soleil d'Or, tout est calme et silencieux. Tommy et un garçon du même âge entrent dans le champ, ils marchent rapidement, le garçon fracasse la vitrine du restaurant avec un pavé, Tommy dégoupille puis lance une grenade à l'intérieur et les deux garçons détalent immédiatement, chacun dans une direction, alors qu'on entend une détonation. Après elle, la musique de Julian efface tous les bruits, sauf la respiration haletante des deux garçons qui courent, chacun dans une rue différente, on ne voit que leurs visages en gros plan, l'autre garçon se retourne, on lit la peur sur son visage, il se retourne encore, on le voit bientôt rattrapé par deux hommes, jeté à terre, alors que Tommy, dans l'autre rue, se retourne aussi, puis s'arrête, sort un pistolet de sa poche, tire dans la direction d'un homme qui s'enfuit. Tommy se remet à courir puis, parvenu sur une place, ralentit, s'engage dans une autre rue et disparaît du champ.*

L'autre garçon s'appelait Pavel Simo. Ce qu'on sait de lui tient en quelques lignes : âgé de dix-huit ans, de nationalité tchèque, né à Lednica, il était le fils d'un combattant des Brigades internationales[1], habitait Gennevilliers et était tourneur[2] sans emploi, avait «Paul» pour pseudonyme, autrement dit Pavel en français. *Pavel Simo* est un beau nom et j'ai toujours imaginé un beau visage. J'ai trouvé un jeune acteur aux cheveux bruns ébouriffés, que j'ai laissés tels quels. Aux essais, il avait assez

1. ***Brigades internationales*** : troupes de volontaires antifascistes venant du monde entier qui se battent aux côtés des républicains lors de la guerre civile espagnole, entre 1936 et 1939.
2. ***Tourneur*** : ouvrier qui travaille au tour, machine-outil utilisée pour façonner une pièce, généralement en rotation autour d'un axe.

bien mimé la peur en courant. On sait encore que Pavel Simo, après l'attentat, ne prit pas l'itinéraire prévu qui ménageait une fuite plus sûre, il fut poursuivi et rattrapé par deux gardiens de la paix et un passant. La police française le livra à la Gestapo. On trouva sur lui un pistolet automatique Savage muni d'un chargeur contenant dix cartouches, et une fausse carte d'identité au nom de Paul Jacquemont. Il fut exécuté au stand de tir de Balard, le 22 mai 1943. L'attentat perpétré avec Tommy contre un hôtel-restaurant fréquenté par des officiers allemands à Asnières, 146, avenue d'Argenteuil, moins de deux mois plus tôt, le 29 mars, vers 13 h 30, donna lieu au premier communiqué officiel des FTP-MOI citant une action de Tommy : *La grenade est tombée au milieu des nazis attablés pour déjeuner, faisant plusieurs morts et blessés.*

Le stand de tir de Balard où s'exerçait la police avant l'Occupation, aux confins du XV^e^ arrondissement, fut réquisitionné par l'armée allemande, confié à une police militaire très spéciale et cruelle, la *Geheime Feldpolizei,* qui le transforma en lieu d'exécution secret particulièrement atroce. On ne le découvrit qu'à la Libération. De multiples traces de mains trouvées sur un énigmatique mur d'amiante, souvent à plus de 2,50 mètres de hauteur, laissent imaginer que certains condamnés tentèrent de s'échapper par le toit du stand. On émit l'hypothèse que les Allemands tiraient les condamnés comme des lapins lâchés dans un enclos. On découvrit aussi des fours semblables aux crématoires des camps, des restes humains, des poteaux d'exécution déchiquetés par les balles… Pavel Simo, dix-huit ans, jeune tueur inexpérimenté dont les traces sur terre sont si légères qu'on les croirait seulement rêvées, mourut ici d'une façon barbare, on ne sait trop comment.

*Vêtus de bleus de travail, et chacun portant une moustache, trois garçons se rejoignent au carrefour de l'Odéon, l'un venant de la rue de l'Ancienne-Comédie, un autre – on reconnaît Tommy –*

*de la rue de l'Odéon, le troisième du boulevard Saint-Germain. Ils se postent chacun à l'un des angles du carrefour. Aucune circulation sur le boulevard, seulement quelques passants sur les trottoirs. On voit d'abord l'enfilade de la chaussée du boulevard, vide, puis, alors que paraît au loin une tache grise, on entend grandir le son cadencé d'une marche au pas et d'un chant. On distingue peu à peu un détachement de soldats allemands qui s'approche. Les trois garçons ne leur prêtent aucune attention, Tommy est adossé à un réverbère comme s'il attendait quelqu'un, un autre garçon allume une cigarette. Au moment où le détachement occupe tout le carrefour, où son premier rang s'engage rue de l'Odéon, Tommy lance une grenade sur les soldats et s'enfuit aussitôt dans la rue Monsieur-le-Prince. On entend une forte détonation. Des cris. Il y a des soldats au sol, ensanglantés. Les deux autres garçons sortent des pistolets de leur poche et tirent dans le tas, avant de détaler dans la même direction que Tommy. On les voit de dos, courir dans la rue, entrer dans un immeuble. Dans le hall où se trouvent deux jeunes filles, les trois garçons arrachent leur fausse moustache, se débarrassent de leur combinaison bleue et de leurs armes. Les jeunes filles leur tendent des livres, puis ramassent leurs affaires alors que les garçons, trois étudiants leurs livres à la main, sont déjà repartis.*

*Tommy, vêtu comme on vient de le quitter, avec les mêmes livres en main, sonne à la porte d'un appartement, sa mère ouvre. À peine entré, il voit assis dans la seule pièce une femme et deux hommes.*

*« Que fait ce tas de merde ici ? Je n'en veux pas ! » s'exclame-t-il, en hongrois. Il prend Hélène par le bras, l'entraîne dans la cuisine.*

*« Enfin Thomas, tu pourrais quand même parler français, dit Hélène, furieuse mais à voix basse. Tu sais que ces gens parlent hongrois.*

*– C'est bien pour ça que je le dis en hongrois. Je ne tourne pas autour du pot. Je dis ce que je pense. Merde, maman ! Y a toujours*

*du monde ici, on ne peut jamais être seuls ! Viens, il faut que je te raconte...* »

Tommy raconta en détail cette action à sa mère le soir même, le 16 avril 1943. Elle en parle dans son livre, ajoute que les trois garçons entrèrent dans un bistrot, juste après l'opération, pour entendre la réaction des gens, mais elle ne la rapporte pas. En 1943, la répression démesurée contre des otages innocents aussi bien que les premières victoires des Alliés faisaient basculer peu à peu le sentiment des Français envers les « terroristes » de l'hostilité à un début de compréhension, voire de sympathie. Tommy était allé ensuite à la piscine. Oui, juste après avoir tué quelques soldats allemands, il était allé se plonger dans l'eau fraîche et chlorée d'une piscine. Avant d'aller retrouver sa mère. À cette date, ce devait être rue Daguerre. On découvre ici le studio où vécut la famille de Tommy quelques mois.

À plusieurs reprises, Hélène raconte que Tommy n'aimait pas trouver des gens chez elle, lorsqu'il rentrait d'opération, car il la voulait entièrement pour lui, toujours disponible, prête à entendre le récit de ses exploits. Elle relate cette scène, le jour où Tommy trouva chez elle quelques Hongrois qu'il n'aimait pas, comme un exemple parmi d'autres de sa dureté, de son impolitesse, de cette façon qu'il avait de dire ce qu'il pensait en toutes circonstances. La scène me permet aussi d'indiquer que Tommy parlait un peu hongrois. *Le hongrois de ses cinq ans*, comme le précise Hélène. Qu'elle ne cessa d'enrichir, apparemment, de ses expressions fleuries[1].

Un communiqué des FTP-MOI attribue cette action au 2e détachement, alors que la précédente, celle d'Asnières une quinzaine de jours plus tôt, relevait du premier. Il se peut que Tommy ait été ainsi muté du groupe à dominante roumaine et hongroise vers celui à dominante juive polonaise. Toujours est-il

1. ***Fleuries*** : imagées, voire grossières.

que j'ai fait paraître ici, pour la première fois, deux garçons du 2e détachement : Mosca Fingercweig et Marcel Rayman. Le communiqué des FTP-MOI n'indique ni les pseudonymes ni les matricules des trois résistants qui menèrent l'opération et, sans le récit d'Hélène, personne ne saurait aujourd'hui que Tommy était l'un d'eux. Quant aux deux autres, on ne connaîtra jamais leur identité. Fingercweig et Rayman sont seulement plausibles. Wajsbrot, que je fais apparaître plus tard, le serait aussi. J'ai voulu Rayman parce qu'il m'a plu d'imaginer une action commune entre lui – l'ange terroriste juif polonais, aux yeux si clairs, au sourire si doux – et Tommy, avant qu'ils ne se retrouvent quelque temps plus tard, cette fois désarmés, pour ne jamais plus se quitter. Et j'ai voulu Fingercweig, figure bientôt familière dans la vie de Tommy, en quelque sorte pour l'annoncer.

Il m'a été impossible de trouver un acteur ressemblant à Rayman. L'ouvrier tricoteur, né le 1er mai 1923 à Varsovie, vivant en France depuis 1931, avait un visage d'une intense *étrangeté*, quelque chose d'asiatique et de slave, dont on peut aujourd'hui scruter les détails sur sa photo d'identité judiciaire. Où il sourit encore. Un visage où la détermination, qu'on devine inflexible, s'efface dans le baume de ses yeux clairs. Rayman avait une expression d'une telle pureté, d'une telle bonté dans le regard qu'il dut paraître un ange, oui, un ange, aux Allemands et aux collabos qu'il exécuta. Comment trouver un jeune acteur qui pourrait incarner cette sorte d'illumination ? Nous avons cherché les yeux. Le jeune Boris qui tient le rôle est d'ascendance russe. On ne l'entend jamais parler, dans le film. Rayman avait un fort accent polonais, comme son petit frère Simon, résistant lui aussi, mais qui vécut longtemps et dont on possède des enregistrements.

Fingercweig, lui, né à Varsovie le jour de Noël 1922, était arrivé en France à l'âge de cinq ans, et peut-être avait-il pu se débarrasser, dans la rue ou à l'école, de l'accent de ses parents.

Il était ouvrier tapissier. Orphelin de mère depuis 1933, il avait aussi perdu son père, ouvrier tailleur, et ses deux frères aînés, tous trois déportés en juillet 1942. Ce qui ne l'avait naturellement pas privé de son humour juif, don du ciel pour les situations tragiques. Simon Rayman, plus tard, en témoigna. «Mosca» pour l'état civil, ou «Maurice» pour ses copains et encore «Moïshe» pour sa famille, s'était aussitôt engagé dans les FTP-MOI. Il avait choisi «Robert» comme pseudonyme. Plus tard, versé dans le détachement[1] des dérailleurs, il prendrait celui de «Marius», parfois décliné en «Mario». Pour mieux l'incarner, j'aurais aimé ajouter quantité de détails. Mais on ne sait presque rien d'autre de Fingercweig, à part son activité terroriste. Deux choses encore, néanmoins : il possédait son certificat d'études[2] et habitait Alfortville. Et son signalement aux Renseignements généraux : *20 ans, 1,68 m, cheveux bruns, coiffure raie à gauche, figure traits grossiers, nez long, type sémite, petite moustache à la Charlot, teint légèrement bronze, complet marron foncé, chemise blanche, col Danton, souliers jaunes*. Les images qui nous restent de lui ne montrent pas de traits grossiers, son type y apparaît à la rigueur plus «sémite[3]» que slave ou asiatique, et l'on n'y distingue aucune moustache à la Charlot. Pour l'évoquer, j'ai cherché seulement une certaine maigreur et des yeux malicieux, sur un très bon acteur de dix-huit ou vingt ans qui saurait manier l'humour juif avec naturel. Jonathan s'en tire plutôt bien.

*Paris la nuit, sur la voie du métro aérien une rame d'autrefois pénètre dans une station. En contrebas, on distingue tour à tour Tommy en compagnie d'un homme plus âgé placé sous la voie à*

---

1. ***Versé dans le détachement*** : affecté au détachement.
2. ***Certificat d'études*** : diplôme décerné de 1866 à 1989 sanctionnant initialement la fin de l'enseignement primaire élémentaire, il attestait ainsi l'acquisition des connaissances fondamentales.
3. ***Sémite*** : ici, propre aux Juifs.

*l'entrée du métro Jaurès, deux autres hommes postés sur le trottoir du boulevard de la Villette, deux autres hommes encore un peu plus loin rue La Fayette. Vêtus comme des ouvriers, tous portent des sacs à outils en bandoulière. Venant du quai de Valmy, paraît un détachement de plusieurs dizaines de soldats allemands, marchant vers le métro. Chacun de son côté, les six hommes, simultanément, s'approchent de lui. Soudain, ils extraient des armes et des grenades de leurs sacs, et une courte fusillade commence, accompagnée de détonations. Des soldats s'affaissent, d'autres sont projetés en arrière par le souffle des grenades. On voit aussi, à l'arrière-plan, deux femmes tomber. Dix secondes plus tard, les six hommes s'enfuient en courant par la rue La Fayette, déjà trop loin pour les quelques soldats allemands qui tirent sur eux sans les atteindre.*

Accomplie par le 1^er^ détachement, cette action fut l'une des plus spectaculaires des FTP-MOI au printemps 1943, précisément le 1^er^ juin, à 22 h 55. Six hommes, dont Tommy et le chef militaire des MOI parisiens, Boris Holban, attaquèrent un détachement de soixante-dix soldats allemands. Tommy était donc revenu au 1^er^ détachement. Un soldat fut tué, deux autres gravement blessés, de nombreux autres plus légèrement. Deux passantes françaises reçurent aussi quelques éclats de grenades, sans conséquence grave, ce que ne mentionne aucun des communiqués ni des mémoires évoquant l'attentat. Ce genre d'omission fut la règle durant toute la guerre, et l'est restée depuis. Il n'était pas pensable de signaler les victimes «collatérales», seuls des «Boches» et des collabos tombaient sous le feu des partisans. Même les livres d'histoire demeurent silencieux sur ce sujet délicat, comme si toute la vérité n'était pas bonne à dire, comme si tous les soldats allemands méritaient mieux de mourir qu'un passant innocent, comme si les résistants ne lésaient[1] que le Mal,

1. ***Lésaient*** : causaient un préjudice, blessaient.

comme si les désigner tels des guerriers sans pitié allait les rendre moins héroïques, moins indispensables à l'humanité. L'héroïsme n'est pas nécessairement une chevalerie, encore moins une sainteté. Aussi, je m'étonne de n'avoir lu dans aucun livre d'histoire, ni dans aucun livre de souvenirs, par exemple, que l'attentat manqué contre le général Schaumburg, commandant du Grand-Paris[1], commis le 28 juillet 1943 par l'équipe spéciale des FTP-MOI (Léo Kneler, Marcel Rayman, Spartaco Fontano, Raymond Kojitski), n'ait fait qu'une seule victime, un motocycliste français qui se rendait à son travail, tué par l'explosion. Les archives de la Préfecture de police conservent pourtant le rapport irréfutable et détaillé des inspecteurs dépêchés sur les lieux. Pour Tommy, pour Manouchian sans doute aussi, le bien et le mal n'étaient pas aussi simples que pour certains historiens et mémorialistes[2]. Tommy, raconte Hélène, ne haïssait pas les soldats allemands au point de se réjouir de leur mort, il pensait qu'ils avaient, eux aussi, une mère, et qu'ils étaient des enfants naïfs, croyant n'importe quoi, n'importe qui, du moment que ce n'importe qui parlait fort. Il savait que la plupart d'entre eux étaient faibles, manœuvrés, abrutis de propagande. Il savait par sa mère que, parmi eux, bon nombre détestaient Hitler et son régime. Mais il savait aussi qu'il fallait les tuer, sans faire le détail. Et qu'en lançant des bombes et des grenades dans les rues de Paris, même en y prenant garde, un innocent français pouvait mourir. C'est ainsi qu'il faut l'aimer.

Ces trois scènes représentent les dernières actions recensées de Tommy avant qu'il ne commence sa carrière de dérailleur de train, en juillet 1943. Nous avons tourné les plans parisiens sur les lieux mêmes, carrefour de l'Odéon à l'aube, métro Jaurès en

1. ***Grand-Paris*** : voir note 1, p. 9.
2. ***Mémorialistes*** : auteurs de mémoires historiques.

pleine nuit. Vilma était déjà partie. Gabriel commençait à montrer des signes inquiétants. Les dernières scènes avec Vilma, nerveusement épuisantes, l'avaient ébranlé. Il ne parlait presque plus. Et souvent, lorsqu'il parlait, même entre les prises, c'était avec la voix de Tommy.

Depuis quelques jours déjà, il refusait obstinément qu'un stagiaire ou un assistant vienne le chercher et le reconduise chez lui. J'ai tenté de lui faire comprendre que cela posait un problème d'assurances. Mais c'était à prendre ou à laisser : il était assez grand pour circuler tout seul, il voulait dormir où bon lui semblait sans en référer à quiconque, il n'était plus question, dans Paris, de monter dans une voiture de la production. J'ai bien dû céder. Mais la nuit de l'attentat de Jaurès[1], l'idée m'est venue de le raccompagner moi-même, d'autant qu'il habitait sur mon chemin. Il s'était montré particulièrement mutique[2] et maussade au cours du tournage, cette nuit-là, et je voulais profiter du moment qu'on passerait seuls pour le sonder[3] un peu. Il n'a pas refusé. J'étais épuisé, mais pas lui et, du coin de l'œil, je le voyais dévorer du regard les images de Paris la nuit, les derniers feux de Pigalle puis de la place Clichy où il prononça ses premiers mots :

« Regarde, le cinéma Wepler, là il y avait une *Soldatenheim*. Un moment, ils ont pensé à la faire sauter.

– Qui ça ?

– Le 1^er^ détachement. Mais la place était toujours pleine de flics, et il n'y avait pas de bonnes rues pour se dégager. Ils ont abandonné. »

J'ai demandé à Gabriel comment il savait cela, il m'a répondu qu'il l'avait lu quelque part, il ne se souvenait plus où. J'avais lu tous les livres sur les FTP-MOI, et je ne me rappelais pas ce projet

---

**1.** ***La nuit de l'attentat de Jaurès*** : la nuit où a été tournée la scène de l'attentat du métro Jaurès (voir p. 83).
**2.** ***Mutique*** : silencieux, muet.
**3.** ***Le sonder*** : l'interroger, connaître ses pensées.

d'attentat. Je ne me souvenais d'ailleurs d'aucune mention de projet abandonné, les historiens ayant déjà assez affaire avec les actions bel et bien menées, dont beaucoup n'ont pas été répertoriées et ne seront jamais connues. Et je ne savais pas non plus qu'il y avait là une *Soldatenheim*, un de ces foyers du soldat allemand, cibles courantes des résistants. Je l'ai vérifié le lendemain même. Aucune trace, en revanche, du projet d'attentat. Gabriel l'avait-il inventé ? Et si oui, pourquoi ? Et si non, comment l'avait-il su ? Passait-il tous ses moments libres, depuis quelques semaines, dans les bibliothèques, dévorait-il toutes les thèses non publiées, tous les articles confidentiels pour tomber sur des faits méconnus concernant Tommy et ses camarades de combat ? Cela me semblait inimaginable.

Alors que nous approchions de la rue de Berne où il habitait, il m'a dit qu'il ne rentrait pas chez lui, et m'a demandé si je pouvais le déposer au Quartier latin. Et parce que je voulais qu'il me parle encore, j'ai accepté. Il n'a plus dit un mot jusqu'aux guichets du Louvre[1]. Nous traversions la Seine quand il m'a demandé soudain pourquoi j'avais choisi Tommy. Question déjà mille fois posée par d'autres, mais jamais par lui. J'avais choisi Tommy parce que sa mère avait publié ses Mémoires, et que grâce à ce témoignage on en savait beaucoup sur lui. Aucun jeune résistant des FTP-MOI ne pouvait être connu plus intimement que Tommy.

« Tu n'aurais jamais dû, m'a-t-il dit après un silence.

– Je n'aurais jamais dû quoi ? Choisir Tommy ?

– Oui, Tommy. Ou un autre. Rayman, Wajsbrot. Tu n'aurais jamais dû faire un film sur ces gens-là. Jean Moulin[2], Guy

1. ***Guichets du Louvre*** : grandes ouvertures voûtées servant de passage entre les cours intérieures du palais et les quais de Seine.

2. ***Jean Moulin*** (1899-1943) : haut fonctionnaire et résistant français qui dirigea le Conseil national de la Résistance pendant l'Occupation. Ses cendres ont été transférées au Panthéon le 19 décembre 1964.

Môquet[1], eux oui, c'était des agneaux, ils n'auraient jamais tué de sang-froid, de leurs propres mains. Mais pas eux. Eux, personne aujourd'hui ne peut les comprendre. Tu ne peux pas dire qui était vraiment Tommy dans un film. Il était beaucoup plus grand que celui que tu vas montrer. Là tu le réduis, tu ne dis pas tout, tu ne peux pas tout faire comprendre. C'est nul de faire un film sur lui. Il aurait mieux valu qu'on l'oublie pour de bon, plutôt que ça.»

Une sorte d'hébétude s'ajouta soudain à mon épuisement. J'étais incapable de jauger ces propos, cette agressivité. Pensait-il vraiment ce qu'il disait? Et que voulait-il dire précisément? J'étais trop fatigué pour entamer un débat sur un tel sujet. J'ai répondu que ce n'était pas le moment d'en parler, que de toute façon c'était trop tard. Gabriel jetait des coups d'œil de tous les côtés, comme s'il cherchait quelque chose ou quelqu'un. Au moment où nous passions le carrefour de l'Odéon, là où nous avions tourné un attentat l'avant-veille, il a repris la parole pour me demander pourquoi j'avais choisi de faire un film sur un résistant, et pourquoi je l'avais choisi juif. Et si je l'avais choisi de cet âge seulement par goût pour les jeunes gens. Ces questions-là étaient les bonnes, mais personne ne me les posait jamais. Je lui ai promis d'y répondre plus tard, car cela demanderait du temps. Alors il m'a fait une petite scène violente, c'était nul, ce *trop tard* et ce *trop tôt*, pourquoi pas ici et maintenant, on était seuls, on pouvait enfin se parler... Soudain j'ai eu l'impression d'avoir en face de moi un adolescent hostile face à son père. Et il est vrai que je l'étais en quelque sorte, son père, depuis que je l'avais engagé, revêtu de la dépouille d'un mort que je tenais à ressusciter. Je réfléchissais au moyen de répondre à ses questions en peu de mots, des mots simples mais suffisamment sincères et convaincants, lorsque je l'ai entendu dire, comme s'il me donnait un ordre :

---

1. ***Guy Môquet*** (1924-1941) : militant communiste français, voir dossier, p. 230.

« C'est ici que je descends. »

Nous nous trouvions déjà près de la Seine, le boulevard Saint-Germain était désert au petit jour d'été, le soleil n'était pas encore levé. Il n'a pas dit un mot en descendant de voiture, a claqué la portière. Je l'ai vu s'éloigner. S'engageant à grandes enjambées dans la rue du Cardinal-Lemoine, Tommy rentrait chez lui.

## [6]

*Du haut des gradins des arènes de Lutèce*[1]*, on voit, au centre, des enfants jouer au ballon en soulevant de la poussière. On entend leurs cris. Il fait très beau, plein soleil, et l'on devine qu'il fait chaud car la plupart des garçons jouent torse nu. À l'écart, des filles en robes légères jouent à la marelle. À la circonférence, faisant le tour à pas lents, deux hommes se parlent. On reconnaît Tommy, et un homme d'une quarantaine d'années, au front dégarni, qu'on a déjà vu plusieurs fois dans le restaurant d'Hélène. Tommy est en chemisette, l'homme est en bras de chemise et tient sa veste sur l'épaule. On les voit ensuite en plan resserré, ils marchent toujours, et les cris des enfants qui jouent couvrent presque leurs voix.*

*« Au 1er détachement, beaucoup sont tombés avant-hier, dit l'homme avec un fort accent. Marcus aurait été arrêté, et Roger aussi, et Henri, et Liuba. Je n'ai pas de nouvelles depuis hier, mais je crois que beaucoup vont tomber. Pour l'instant tout est stoppé au 1er et au 2e détachement. Il faut que je te dise, Tommy, pour Albert…*

---

1. Situées dans le Quartier latin et édifiées entre le Ier et la fin du IIe siècle, les ***arènes de Lutèce*** sont un des seuls témoignages de la période gallo-romaine encore visibles à Paris.

*– Quel Albert ? Tu veux dire Joseph ? demande Tommy, à voix basse, les yeux rivés vers le sol.*

*– Oui. Ils l'ont eu. Avant-hier, lui aussi, mais en opération. Au repli, il a été touché, il ne pouvait plus courir, Robert et Marcel ont voulu le porter mais il a refusé, il leur a dit qu'il pouvait se débrouiller tout seul, parce qu'il connaissait bien le quartier, à Clichy. Henriette m'a dit que ce n'était pas vrai, il leur a dit ça pour les laisser filer. Il s'est caché dans la cave d'un immeuble, et il a attendu que les choses se calment. Mais les Boches le cherchaient partout, et finalement ils l'ont trouvé, on suppose qu'un locataire de l'immeuble l'a surpris et l'a dénoncé. Ils ont encerclé l'immeuble. Albert a tiré toutes les balles qu'il avait par le soupirail, sur les Boches, sauf la dernière.*

*– Pour moi c'était Joseph, dit Tommy après un long silence. Je ne l'ai jamais appelé Albert.*

*– Je sais. Et moi tu ne m'as jamais appelé Pierre.*

*– Toi aussi ton nom est Joseph. Il va falloir s'occuper d'Henriette, et du petit Serge.*

*– Ta mère s'en occupe. »*

*Ils se taisent, et continuent à marcher. Les enfants jouent toujours, parfois un garçon vient chercher le ballon devant eux. Chaque fois de la poussière s'élève, transpercée par les lances de soleil fusant des feuillages des grands arbres bordant l'arène.*

*« Maintenant tu vas travailler avec moi, dit l'homme à Tommy.*

*– Les déraillements ?*

*– Oui, le 1er et le 2e détachements décrochent, pour le moment. Toi tu viens avec moi dans le quatrième. Tu es le meilleur. Je prends aussi Marius, Robert, Julien, attends... (il sort un petit carnet de sa poche, et continue l'énumération) Maurice, Charles, Jean, Ricardo, et le petit Marcel. Celui-là, tu t'en occuperas, je crois qu'il est encore plus jeune que toi.*

*– Joseph, je suis content de venir avec toi. Maman aussi va être heureuse... »*

*Joseph s'arrête soudain, se tourne vers Tommy :*

*« Tommy, désormais tu es sous mes ordres. Tu ne m'appelles plus Joseph. Personne ne m'appelle Joseph. Mon nom est Pierre. C'est clair ? »*

*Tommy ne répond pas, un ballon roule à ses pieds, qu'il renvoie aux joueurs et que l'on suit de passe en passe entre les gamins, dans la poussière.*

Deux Joseph ont compté dans la vie de Tommy, qui tous deux étaient aussi des amis proches de sa mère. Deux guerriers exceptionnels. Joseph Clisci était un Juif roumain communiste né en 1915, militant clandestin depuis l'âge de quatorze ans, ancien des Brigades internationales. Devenu chef militaire du 1er détachement en décembre 1942, il fut tué, de la manière que je raconte, lors d'une opération contre un autobus transportant des soldats allemands à l'hôpital Beaujon, à Clichy, le 2 juillet 1943. À Paris, ce jeune mathématicien marié et père de famille, sans autre ressource que son maigre salaire de combattant, rendait des petits services à Hélène, comme lui faire sa vaisselle, en échange de repas. Sa femme, Henriette, juive elle aussi, fut arrêtée quelque temps plus tard, déportée et assassinée. Hélène recueillit leur fils, Serge, âgé de trois ans, et le garda plusieurs mois. Puis les sœurs d'Henriette demandèrent à prendre l'enfant, et Hélène s'en sépara à contrecœur. Les sœurs et le petit Serge furent déportés peu après et ne revinrent jamais.

La mort de Joseph Clisci coïncida avec la chute du 2e détachement. Le 2 juillet 1943 fut donc un jour noir pour les FTP-MOI. Seuls huit membres du 2e détachement, sur la cinquantaine qu'il comptait en juin, échappèrent au coup de filet lancé par la Brigade spéciale 2 des Renseignements généraux, après une filature de plus de deux mois.

L'autre Joseph était le chef du 4e détachement, celui des dérailleurs. *38 ans, 1,70 m, châtain clair, coiffé raie à gauche, front haut, tempes dégagées, nez busqué. Deux rides prononcées allant des narines aux coins de la bouche. Corpulence mince, complet bleu marine, souliers noirs*. Joseph Boczor s'appelait en réalité Francisc Wolf. Né en 1905 en Transylvanie, ce Juif de famille aisée avait fait de bonnes études d'ingénieur à Prague, était devenu communiste, s'était engagé dans les Brigades internationales où sa formation scientifique l'avait conduit à se spécialiser dans les explosifs. Interné à la fin de la guerre d'Espagne dans les camps français, il s'en était évadé en avril 1941 et avait rejoint le groupe des combattants étrangers du Parti communiste avant de former le 4e détachement des FTP-MOI. Son pseudonyme était «Pierre». Soldat aguerri, d'un grand courage et d'une intelligence supérieure, il était l'homme que Tommy admirait le plus, avec le mystérieux Johnny. Hélène raconte qu'il venait souvent chez elle, qu'elle le cacha plusieurs fois, qu'il aida les Elek à déménager quand ils durent quitter le restaurant.

J'ai situé cette scène imaginaire, mais plausible et surtout indispensable, le 4 juillet 1943. D'après un communiqué des FTP, il semble en effet que Tommy ait participé dès le début du mois à un déraillement, pour lui le premier, en compagnie de Boczor et d'Émeric Glasz, dit «Robert», sur la ligne Paris-Évreux. Ce 4 juillet, il y eut une petite vague de chaleur à Paris : la température monta jusqu'à 30 degrés.

Il faisait chaud, aussi, le jour du tournage. Gabriel endura vaillamment le soleil, bien mieux qu'Imre, l'acteur hongrois interprète de Boczor, qu'il fallait rafraîchir au ventilateur. Gabriel, en revanche, ne supportait pas les récriminations[1] des petits figurants : ils avaient soif, ils avaient chaud, ils s'ennuyaient entre les prises, il n'y avait pas de Coca... Il alla leur faire une scène violente et absurde, hurlant que les enfants de leur âge, pendant la guerre, n'avaient presque rien à manger, pas de sucre, pas de chocolat, pas de beurre, et qu'eux ne se plaignaient pas, qu'ils n'emmerdaient personne et que beaucoup,

1. ***Récriminations*** : reproches amers, protestations virulentes.

même, étaient morts de faim. Sa voix furieuse résonnait dans les arènes. Les enfants le regardaient, ébahis, certains terrorisés. Il m'a fallu presque une heure pour le calmer.

J'avais repéré les arènes de Lutèce un an plus tôt, en plein été, alors que j'explorais le quartier de Tommy avec un petit compact numérique[1]. Dans ces rues inchangées, son fantôme me suivait partout, je le sentais près de moi. Je ne voulais plus le quitter. Après l'escalier de la rue Rollin, j'avais traversé la rue Monge. Les arènes sont là. Tommy était passé par là des centaines de fois en allant à l'école. Je m'étais installé en haut des gradins, et j'avais filmé quelques minutes d'une partie de foot entre des gamins du quartier. Puis j'avais imaginé la scène avec Boczor. En la tournant, un an plus tard, je me suis senti submergé par la nostalgie de ce repérage, du temps où Tommy m'accompagnait dans la douceur d'un rêve alors que devant moi, réincarné, il m'imposait son agressivité, sa violence. Un court moment, je m'en suis voulu de n'avoir pas choisi Wajsbrot et sa belle et tragique histoire d'amour. *Wolf et Sarah*, des torrents de larmes, Cannes, cinq millions d'entrées[2]. Mais le soir, en regardant les rushes, l'éclair dans le regard de Tommy au moment où il apprend la mort de Joseph Clisci, la façon dont il retient sa voix pour ne pas crier sa douleur et sa colère, sa démarche de fauve, la rage avec laquelle il renvoie le ballon, toute cette force m'a convaincu que je ne m'étais pas trompé. Le film serait à l'image du personnage, complexe, ambigu, violent. Si je le terminais. Car rien n'assurait que cette flamme devant moi, de plus en plus imprévisible et brûlante, n'allait pas s'éteindre ou s'échapper.

*Tommy est de dos, appuyé au chambranle[3] de la porte de la cuisine, rue Daguerre, observant sa mère qui fait la vaisselle et prépare à manger.*

---

1. ***Petit compact numérique*** : petit appareil photo numérique.
2. Le narrateur-cinéaste évoque l'histoire entre Wolf Wajsbrot et Sarah Danciger plus loin dans le récit (p. 118). Moqueur, il imagine le succès d'un film consacré à l'histoire d'amour entre le résistant et sa bien-aimée.
3. ***Chambranle*** : cadre.

*« Va, Tommy, va, et prudence, prudence… » dit-elle sans interrompre son travail et sans le regarder.*

*Tommy ne répond pas, ne bouge pas.*

*« Tu sais que je te vois, poursuit-elle comme si elle voulait le rassurer, partout où tu es je te vois, je t'accompagne.*

*– Si tu m'accompagnes, tout ira bien, maman. Tu sais, si tu es avec moi, je n'ai pas peur.*

*– Je suis avec toi. Allez, va, Tommy, et prudence, prudence… » Elle lève enfin la tête et regarde vers la porte de la cuisine, où Tommy a déjà disparu. On entend la porte de l'appartement qui s'ouvre et se referme.*

*Il fait nuit, une voie de chemin de fer sous une pluie battante, on distingue des silhouettes baissées sur les rails, une autre debout sur le talus les surplombant, et des faisceaux de lumière provenant de lampes de poche. Plus près, on distingue quatre hommes. Deux d'entre eux, dont Tommy, déboulonnent des traverses*[1] *à l'aide d'énormes clés, éclairés par les deux autres.*

*Dans un train de nuit, on entend des chants en allemand et des rires, on suit un soldat allemand dans le couloir longeant les compartiments pleins de soldats à moitié ivres. Il entre dans l'un d'eux, distribue des bouteilles de bière, et la caméra s'arrête sur le visage en gros plan d'un soldat blond, très jeune, joyeux, riant aux plaisanteries des autres.*

*À nouveau les dérailleurs sous la pluie battante, dans les faisceaux des lampes. Les quatre hommes se synchronisent*[2] *pour déplacer le rail. Revient la lumière électrique du train, le jeune soldat allemand se fait offrir une cigarette par un autre, plus âgé, qui l'allume, puis, d'un geste rapide mais tendre, lui passe la main dans les cheveux. Les autres soldats s'amusent de ce geste.*

---

1. ***Traverses*** : pièces de bois placées en travers de la voie pour maintenir les rails.
2. ***Se synchronisent*** : coordonnent leurs actions.

*On les entend parler en allemand : « Notre petit Hans va manquer à Ugo ! Dis, Ugo, tu vas aller voir sa mère pour le demander en mariage ? » On demeure longuement sur le visage du garçon en gros plan, souriant, un peu gêné, puis éclatant de rire. Sur la voie, dans la nuit et sous la pluie, on entend un bref coup de sifflet. Le rail est maintenant déplacé. Les quatre hommes ramassent rapidement des outils, les rangent dans des sacs, gravissent le talus et disparaissent dans l'ombre en compagnie d'un cinquième qui faisait le guet, on voit encore les faisceaux lumineux s'éloigner sur une route, quelques éclairs de lumière, puis le visage du jeune Allemand en gros plan, souriant, plaisantant, fumant sa cigarette. Dans la nuit, sous la pluie, les cinq hommes marchent d'un pas rapide sur la route, alors que grandit le bruit d'un train qui s'approche. Ce même bruit de train d'autrefois s'amplifie encore alors qu'on retrouve le compartiment des soldats allemands, leurs voix fortes, leurs rires, et Hans et Ugo, assis l'un en face de l'autre, comme isolés des autres, se regardant, se souriant cette fois d'une façon moins obligée[1], plus naturelle, plus vraie. Sur la petite route longeant la voie ferrée, les cinq hommes voient le train passer, toutes les fenêtres éclairées, des silhouettes de passagers défilant dans la nuit. Bientôt tout le train est passé. On entend aussitôt un énorme grincement, suivi d'une série de chocs, d'un fracas de tôle, d'une explosion. Une lumière nouvelle, celle d'un incendie, éclaire le dos des cinq hommes qui se remettent en route dans la nuit, sous la pluie battante.*

*Il fait nuit dans la rue Daguerre. Tommy portant son grand sac entre dans un immeuble, monte deux étages d'un escalier, ouvre une porte avec une clé, entre dans le studio où tout est sombre, laisse tomber son sac et aussitôt une lumière est allumée, celle d'une lampe de chevet : Hélène est seule dans son lit, éveillée.*

*« Maman, tu m'as vu ? demande Tommy, très excité.*

---

1. ***Obligée*** : convenue, polie.

*– Oui, je t'ai vu, Tommy. Je t'attendais, je tremblais en t'attendant.»*

*Il s'avance rapidement vers le lit, s'y couche tout habillé à côté de sa mère.*

*«Enlève au moins tes chaussures, mon chéri, lui dit-elle, c'est plein de boue.»*

*Tommy enlève ses chaussures, s'enfouit sous la couverture, se blottit contre sa mère, l'embrasse, lui caresse la joue, d'un doigt.*

*«Tu m'as vu, chuchote-t-il, tout s'est bien passé, c'était Ricardo qui commandait, je savais que tu étais avec moi. J'ai déboulonné quinze traverses, le train a déraillé. Il était plein de Boches, je me demande combien sont morts...»*

*Hélène regarde son fils, longuement.*

*«Tu as bien travaillé, lui dit-elle enfin. Mais je tremble pour toi, je ne veux pas que tu t'en ailles, je ne veux pas te perdre, et peut-être qu'un jour tu ne reviendras pas.*

*– Je reviendrai toujours, ne t'en fais pas.»*

*Il pose sa tête contre son épaule, ferme les yeux, Hélène lui caresse les cheveux, doucement, longtemps, même après qu'il s'est endormi.*

Croira-t-on à ces scènes étonnantes entre Hélène et Tommy ? Hélène, mère aimante, affolée, mais donnant tout son amour comme une arme à son fils ? Tommy, pour exécuter des dizaines d'êtres humains, exigeant cet amour et cette complicité, non sans cruauté, et se blottissant contre elle comme un enfant apeuré ? Ces scènes, je les ai recopiées, telles quelles ou presque, dans le livre d'Hélène, et je sais qu'elles sont vraies. Ce sont elles, et quelques autres du même genre entre la mère et son fils, qui m'ont entraîné dans l'aventure de ce film. Ce sont elles qui lui donnent un sens. Après les mille résistants qu'on a déjà montrés, leur héroïsme, leur patriotisme, ce portrait n'aurait rien ajouté si Tommy n'avait pas tué avec ce sentiment d'une immunité totale[1], quoi qu'il arrive : celle qu'assure l'amour d'une mère.

1. ***Sentiment d'une immunité totale*** : certitude de ne pas être puni.

Le déraillement que j'évoque ici eut lieu dans la nuit du 3 au 4 août 1943. Un communiqué de la direction des FTP le décrit avec de nombreux détails, dont la pluie torrentielle. «Dans l'obscurité de la nuit, l'espace a été éclairé par le feu de la locomotive. Les wagons se sont écrasés les uns sur les autres. Des centaines d'Allemands morts et blessés, d'après nos renseignements contrôlés. Les camarades se sont repliés en bon ordre, dirigés par leur chef.» Suivent les matricules des combattants ayant participé à l'action. Le chef s'appelait Ildo Stanzani, dit «Ricardo», matricule 10211, un communiste italien de quarante-quatre ans, ancien de la guerre d'Espagne qui, jusqu'à ce qu'il soit rétrogradé pour une raison qu'on ignore, dirigea souvent les opérations sur le terrain. Il quitta les FTP-MOI avant la fin de l'année 1943 et survécut à la guerre. Cette nuit-là, outre Ricardo et Tommy, étaient présents «Gasso», quarante-deux ans, matricule 10282, «Jean-Claude», quarante-huit ans, matricule 10199 et «Assau», quarante-trois ans, matricule 10350. Tous communistes. Qui ont appartenu au détachement des dérailleurs durant de longs mois, mais qui n'ont jamais été identifiés par quiconque après la guerre et dont on ne sait rien d'autre aujourd'hui.

Les centaines d'Allemands morts ou blessés étaient des permissionnaires[1] en route pour quelques jours de plaisir et d'oubli chez eux. Tommy savait qu'ils avaient, eux aussi, une mère, une épouse, des enfants peut-être qui les attendaient et n'étaient que bien involontairement complices de l'entreprise nazie. J'ai voulu insister sur cela. Si Tommy endura vraiment des *souffrances horribles*, comme le prétend sa mère, pour tuer des Allemands, c'est qu'il les savait pour la plupart innocents. Comme l'étaient en avril 1945 à Berlin les soldats minuscules flottant dans leur uniforme dont un Hitler croulant, provisoirement réanimé par une injection de glucose, tripotait la joue. Comme l'était même, en

1. ***Permissionnaires*** : soldats en permission.

août 1944, cet enfant soldat prisonnier en uniforme chiffonné, les cheveux blonds hirsutes, sur le point de s'effondrer en larmes devant les caméras américaines qui filmaient en couleurs l'humiliation des vaincus lors de la libération de Paris. Peut-être avait-il tué des Français, mais son masque d'effroi me bouleverse, autant que le visage de Tommy, et j'aurais aimé en savoir davantage sur lui pour un autre film. J'ai pensé à lui, en inventant ce Hans et cette idylle entre soldats, comme il y en eut tant dans l'armée allemande, comme il y en eut toujours dans toutes les armées du monde, mais que seuls les Grecs de Thèbes, avec leur *bataillon sacré*[1], eurent la bonne idée d'instituer en instruments de victoire. Cette scène du train est fugace, à peine quelques secondes du film, mais j'espère qu'elle marque les esprits. Car j'y dépense toute ma réserve de compassion.

*Une voie de chemin de fer au petit jour, vue dans l'enfilade*[2], *à deux mètres cinquante de hauteur. On distingue un rail déplacé. Peu à peu grandit le son rythmé d'un train à vapeur, la locomotive passe sous la caméra immédiatement noyée dans la fumée, on devine ensuite la première voiture, puis on voit la locomotive s'affaisser sur le côté, suivie aussitôt par un grand vacarme, la première voiture venant s'encastrer dans la locomotive couchée, glissant encore de façon chaotique sur le bord de la voie.*

*En plein jour, il pleut, un cheminot longe à pied une voie ferrée en frappant régulièrement le rail à l'aide d'une barre de fer. Après s'être retourné, il oblique vers le bois qui longe la voie, s'y enfonce. Plusieurs hommes sont allongés à plat ventre sur le sol boueux, trois tiennent une arme à la main. « C'est moi, Couderc ! » crie le cheminot. Les hommes couverts de boue, trempés, hirsutes,*

---

1. ***Bataillon sacré*** : dans la Grèce antique, au IVe siècle av. J.-C., corps d'élite de l'armée thébaine, composé de cent cinquante couples homosexuels.
2. ***Dans l'enfilade*** : ici, en longueur.

*pas rasés, se relèvent et l'entourent. Tommy est parmi eux. On reconnaît aussi Fingercweig, dit «Marius», et deux hommes du déraillement nocturne sous la pluie, et l'on découvre un garçon du même âge que Tommy, mince, cheveux bruns en arrière, avec des mèches mouillées tombant sur les côtés, vêtu d'une canadienne beige serrée à la taille par une ceinture.*

*«Il ne passera pas aujourd'hui, dit le cheminot au groupe réuni autour de lui.*

*– Merde, il passera quand, ce train! s'exclame l'un des hommes du premier déraillement, avec un fort accent italien.*

*– Ça fait deux jours maintenant qu'on l'attend», dit Tommy.*

*Il se tourne vers l'homme à l'accent :*

*«On décroche*[1]*, Ricardo?*

*– Pas encore, on décidera demain, répond-il.*

*– Je reviens cette nuit», dit le cheminot.*

*Il serre les mains des hommes du groupe puis les quitte par le chemin d'où il était venu.*

*Les hommes se rassoient dans la boue. Tommy est à côté du jeune à la canadienne. On entend à nouveau les coups réguliers donnés par le cheminot contre la voie.*

*«T'as plus rien à bouffer, Marcel? demande Tommy.*

*– Ça fait longtemps.*

*– Robert, t'as plus rien à bouffer? demande alors Tommy à un homme d'une quarantaine d'années en blouson de cuir, portant moustache, coiffé d'un béret.*

*– Non, il va falloir visiter une ferme. Qu'est-ce que t'en penses, Ricardo?*

*– Je pense que c'est risqué. Mais faut y aller. Robert et Marius, allez-y. Au moindre problème vous tirez.*

*– L'un sur l'autre...», dit en souriant Fingercweig au dénommé Robert.*

*Les deux se lèvent et disparaissent dans le bois.*

---

1. ***Décroche*** : abandonne.

*« Putain, j'en ai marre... », soupire Tommy, exaspéré, tout en s'allongeant le dos dans la boue.*

*On voit longuement son visage en gros plan, sale, épuisé, mouillé par une pluie fine.*

*« Marcel, t'as une mère ? demande-t-il.*

*– Oui, j'ai une mère qui se planque à Alfortville avec de faux papiers, répond Wajsbrot. Je vais la voir de temps en temps. Et toi ?*

*– Moi aussi j'en ai une. Je me demande si elle me voit, là, couché dans la boue, trempé, affamé. »*

*Plein soleil, un train de marchandises déraille, la locomotive s'élève puis retombe sur le côté, les voitures se couchent dans un énorme fracas, la chaudière de la locomotive explose. Le train finit par s'immobiliser après d'ultimes soubresauts. Du flanc des voitures enchevêtrées, aux portières arrachées, s'échappent de longues coulées de grains de blé. On entend des cris et des gémissements.*

Entre les mois d'août et d'octobre 1943, Tommy participa à sept déraillements de train réussis, si l'on en croit les communiqués de la direction des FTP. Il y eut aussi quelques échecs, et plusieurs autres actions non officiellement revendiquées, comme l'incendie d'un train de marchandises en gare, je ne sais laquelle, gorgé de blé à destination de l'Allemagne, que rapporte Hélène dans ses Mémoires. Poursuivis par des soldats allemands, Tommy et ses compagnons, cette nuit-là, auraient couru cinq kilomètres sans s'arrêter. Certaines de ces actions duraient plusieurs jours, car les trains désignés par Boczor n'étaient pas toujours au rendez-vous. Les dérailleurs, souvent, étaient renseignés par des cheminots français.

Pour les effets spéciaux, j'ai laissé carte blanche à Steve et son équipe. Les trois déraillements du film résultent d'une combinaison entre locomotive et voitures d'époque véritables, maquettes et images de synthèse. Le résultat est spectaculaire, même si l'on n'obtiendra jamais plus l'effet de réel donné par René Clément, dans *La Bataille du rail*, avec ce sacrifice d'un vrai train qu'avait consenti la SNCF en 1945. Davantage qu'avec les attentats dans les rues de Paris, rarement reconstitués au cinéma, c'est en tournant ces scènes annexes aux déraillements proprement dits, le déboulonnage d'un rail, l'attente dans les bois, que me revenaient sans cesse les images de tous ces films à la gloire de la Résistance qui jalonnent le cinéma français depuis la guerre, *La Bataille du rail, Jéricho, L'Armée des ombres*[1]... Avec un sentiment de gêne, la crainte de m'inscrire, par mes propres images, dont je ne pouvais gommer le côté Épinal[2], dans une lignée conventionnelle. Pour tenter d'y échapper, Christopher, le directeur de la photographie, a patiemment élaboré ses lumières, en particulier dans les séquences de nuit où une nouvelle pellicule Kodak permettait de pousser la sous-exposition, de faire apparaître toutes les nuances des contrastes gris d'une quasi-obscurité. Mais je n'ai pas inventé la pluie ni la boue, documentées, ni non plus les costumes, ceux des signalements policiers. C'est aussi pour cela que j'ai imaginé l'idylle entre les soldats allemands, une humanité chez l'ennemi rarement montrée dans les films de ce genre.

La gêne que j'éprouvais, ces jours-là en extérieur, à la campagne, venait aussi du jeu de Gabriel. Après le départ de Vilma, nous en étions encore dans sa phase plus que maussade, dont je m'accommodais plus ou moins. Mais je remarquais désormais que son incarnation devenait excessive. Jouant Tommy en pleine action militaire, Gabriel en rajoutait dans l'acerbité[3] de ses

---

1. ***La Bataille du rail*** est un film français de René Clément sorti en 1946 (voir affiche, p. 3 de couverture); ***Jéricho*** est réalisé la même année par Henri Calef; ***L'Armée des ombres***, film franco-italien de Jean-Pierre Melville, voit le jour en 1969.
2. ***Le côté Épinal*** : ici, conventionnel, dénué d'originalité.
3. ***L'acerbité*** : la méchanceté mordante.

expressions, dans la brusquerie de ses gestes, dans l'agressivité de ses intonations, et je devais déployer des trésors de diplomatie pour le convaincre, prise après prise, d'émousser cette véhémence[1]. Il le faisait à contrecœur, nous perdions du temps dans des discussions sans fin sur des détails, la façon de saisir la clé à tire-fond[2], la tenue d'un regard, le rythme de son élocution. Ma gêne venait de ce qu'il m'avait jusqu'alors habitué à tant de justesse – d'autant plus étonnante qu'elle semblait spontanée – que je me demandais s'il n'avait pas raison. Le Tommy déchaîné qui lui venait là, sur ces voies ferrées, dans ces gares, n'était-il pas le bon ? Dès lors, je m'apercevais que le Tommy que je voulais voir à l'écran était celui que j'avais imaginé, et pas celui d'un autre, ni forcément le vrai. Entre cette remise en cause de la validité de ma reconstitution et, pour Gabriel, ce déni[3] de ses dons étranges, une tension supplémentaire s'installa entre nous. Pour la relâcher un peu, je cédai sur quelques plans. Ainsi, Tommy put échapper à mon contrôle. Celui qu'on voit s'acharner contre un boulon avec sauvagerie, par exemple, n'est pas celui que j'avais imaginé.

Nicolas, qui joue « Marcel », autrement dit Wolf Wajsbrot, ne m'a pas posé ce genre de problèmes. C'est un garçon simple, comme l'était l'apprenti mécanicien né le 3 mars 1925 à Krasnik en Pologne, entré à l'âge de dix-sept ans chez les FTP après avoir quitté l'École du Travail, un foyer d'apprentissage pour jeunes Juifs, rue des Rosiers à Paris. On ne sait pas grand-chose sur ses actions de résistant avant qu'il ne rejoigne les dérailleurs, en juillet 1943. Jusqu'à cette date, il fut membre du 2e détachement, participa semble-t-il à plusieurs attentats dont un seul est connu, sans certitude : le 3 janvier, il aurait fait partie d'un groupe,

**1. *Émousser cette véhémence*** : atténuer cette violence.
**2. *Clé à tire-fond*** : type d'outil servant à serrer ou desserrer un tire-fond, grosse vis à bois utilisée pour fixer les rails de chemins de fer.
**3. *Déni*** : négation, refus.

dirigé par Rayman, qui lança deux bombes sur un détachement allemand, avenue de Lowendal, à Paris, faisant plusieurs morts.

Mais nous filmions la peur, le courage, la mort, et Nicolas et Jonathan qui n'avaient pas vingt ans s'amusaient entre les prises comme si de rien n'était. Tout comme Mathieu qui jouait Lajb Goldberg, dit «Julien», né le 14 février 1924 à Lodz[1] et grandi à Belleville, fils de tailleur, lui aussi orphelin depuis la rafle du Vél d'Hiv, lui aussi ancien du 2e détachement muté chez les dérailleurs. Passé les premiers jours et le choc de la lecture du scénario, ces garçons – à l'inverse de Gabriel qui avait quitté le monde présent, ses rollers, son look, ses sorties – portaient toujours, greffés, leur portable, leur iPod, et papillonnaient gaiement entre les amusements de leur jeunesse insouciante. Au moment du tournage, alors que ma longue infusion[2] dans le monde de Tommy parvenait à son paroxysme[3] dans la recréation de ce monde, le contraste, déchirant, m'empêchait de les aimer vraiment. Comment pouvaient-ils incarner des jeunes Juifs combattant le nazisme avec la quasi-certitude d'en mourir, et ne se préoccuper que de l'organisation d'une soirée à venir, de la réservation en août de leur club de vacances? J'ai admis bien plus tard seulement que Wajsbrot, Fingercweig et Goldberg s'étaient battus pour cela, pour cette futilité dont ils devaient rêver, cette liberté de l'inconsistance, cette jouissance de la vanité[4]. Mais sur le moment, non, cela m'était difficile. Seul Gabriel me semblait digne de son personnage, malgré ses excès. Lui seul m'accompagnait dans la nostalgie d'un temps de grandeur et d'intensité, aux antipodes de l'anodine vacuité du présent. Gabriel ne m'était pas seulement indispensable comme acteur, sa présence même m'arrimait au rêve où je voulais m'enfermer. Parfois, sous

---

**1.** ***Lodz*** : ville de Pologne.
**2.** ***Infusion*** : immersion.
**3.** ***Paroxysme*** : degré extrême, point culminant.
**4.** ***La vanité*** : ce qui est vain, inutile, sans importance.

différents prétextes, je demandais qu'il soit là même s'il n'avait aucune scène à tourner. Il n'était pas dupe, mais acceptait de rester à mes côtés, patient, silencieux. Comme si, jugeant que je rapetissais Tommy et parfois me détestant pour cela, il avait voulu par sa seule présence m'encourager, me communiquer sa force et sa vérité. J'y voyais le signe d'un attachement pour moi, inconscient, non souhaité, celui d'un adolescent pour son père. La suite m'a prouvé que je ne me trompais pas. Dans ses souffrances, dans ses secrets, dans ses excès, dans le rejet, même, de ce que j'incarnais à ses yeux, il m'émouvait chaque jour davantage. Au point qu'un beau jour, il me parut inutile de résister à l'affection – le mot me paraissait alors approprié – que j'éprouvais pour lui.

*Tommy, coiffé d'un feutre bleu marine, d'un pardessus*[1] *de la même couleur, d'un pantalon gris et de souliers noirs, marche dans la rue Mouffetard en compagnie de «Robert», autrement dit Émeric Glasz, lui portant un béret, un blouson et un pantalon de drap bleu. La caméra les suit dans la rue, on ne les voit plus que de dos, on ne les entend pas mais on voit qu'ils se parlent. C'est la respiration d'un homme qu'on entend, et les bruits de ses pas, très proches, alors que Tommy et Robert arrivent sur la place de la Contrescarpe, puis poursuivent leur chemin qui redescend maintenant par la rue Descartes. Dans le champ*[2]*, au premier plan, apparaît alors une main tenant un portemine*[3] *et griffonnant rapidement quelques mots dans un carnet.*

Cette scène s'est déroulée le 22 septembre 1943, à 14 heures. Ce jour-là, les inspecteurs André et Lavoignat des Renseignements généraux rencontrèrent pour la première fois Tommy. Il

1. ***Pardessus*** : manteau.
2. ***Champ*** : espace dont l'image est enregistrée par la caméra (lexique du cinéma).
3. ***Portemine*** : sorte de crayon dans lequel on place des mines très fines.

était habillé ainsi, précisément de cette manière, comme un citadin bourgeois. On reverra plus tard ce manteau. Dans leurs fiches, les inspecteurs le nommèrent désormais «Mouffetard». Glasz, qui l'accompagnait ce jour-là, était un communiste hongrois, né en 1902 à Budapest, mécanicien installé en France depuis 1937, engagé volontaire étranger dans l'armée française en 1939. Tout comme Tommy – avec qui, sans doute, il échangeait quelques mots de hongrois –, il avait été membre du 1er détachement avant d'être muté chez les dérailleurs, dont il était devenu l'un des principaux responsables.

Les inspecteurs revirent Tommy trois semaines plus tard, mais sans le reconnaître, en compagnie de Boczor rue Clovis, aussi porte-t-il également, dans les notes policières, le surnom de Clovis. La filature des dérailleurs avait commencé le 8 septembre, jour où les inspecteurs décidèrent de suivre Lajb Goldberg, qu'ils avaient «logé[1]» depuis le 30 juillet, probablement après une dénonciation. Goldberg conduisit involontairement les inspecteurs d'abord à Fingercweig, puis à Glasz, puis à deux autres dérailleurs, Jonas Geduldig, *alias* «Jean», Juif polonais et ancien des Brigades internationales né en 1918, et Willy Schapiro, *alias* «Maurice», Juif polonais né en 1910, installé en France – après la Palestine et l'Autriche – depuis 1938. Chacun d'eux fut à son tour filé, et la police put tisser patiemment sa toile. Le 20 septembre, Glasz mena André et Lavoignat à Boczor, le chef des dérailleurs, et le 22, donc, à Tommy. Le lendemain, Tommy, qui se rendit à un rendez-vous avec Boczor et Wajsbrot square Paul-Painlevé, à 17 heures, permit aux indécollables André et Lavoignat de repérer le plus jeune des dérailleurs. Le 24, en filant Boczor, la police put situer le domicile de Manouchian – dont elle ne savait pas encore qu'il était le chef militaire des FTP-MOI parisiens – rue de Plaisance, dans le XIVe arrondissement. Le 28, Manouchian entraîna André et Lavoignat jusqu'à

1. ***Logé*** : ici, repéré.

Mériel, dans l'Oise, où le responsable militaire se rendait à son rendez-vous hebdomadaire avec son chef direct, Joseph Epstein, responsable des FTP de l'Île-de-France. L'araignée ramifiait sa toile avec une habileté diabolique, prenant son temps, sacrifiant des filatures qui l'auraient démasquée, laissant en apparente liberté ses proies pour enfin les saisir toutes.

Désormais une ombre noire suivait en permanence Tommy dans son dos. Elle ne le lâcherait plus, mais il ne la voyait pas. Une ombre effrayante : la mort en marche sur ses pas. Cette menace constante porte en elle une tension nouvelle, un suspense que naturellement Julian devait accompagner en musique. Je voulais qu'elle fasse osciller le spectateur entre la peur, autrement dit encore une lueur d'espoir, et la résignation face à la fin qui s'annonce. Il y est parvenu par ce simple bruissement grave et mélodieux, rythmé comme un cœur qui bat.

J'avais lu tous les livres, je connaissais toute l'histoire, j'avais écrit le scénario et pourtant – outre aussi la conduite du film qui m'obligeait à m'attacher à mille détails du présent – j'aurais voulu effacer cette ombre noire. J'avais choisi Tommy plutôt qu'un autre en partie pour m'épargner un encombrant *pathos*[1], et voilà que les forces du mal penchées sur son épaule, devant ma caméra, désarmaient sa dureté, sa violence, pour me le rendre en oisillon transi que j'aurais aimé réchauffer entre mes paumes. Comment le dire ? Il va de soi que je devais cette soudaine et tendre compassion à ce qui me reliait désormais à Gabriel. Le jour de cette aube grise où nous avions pour nous le haut de la rue Mouffetard, le voyant marcher comme sûrement Tommy marchait avec sur ses pas un homme en costume sombre, les deux garçons se confondaient et j'ai pensé, avec effroi, que Gabriel lui aussi pouvait mourir.

---

**1.** ***Pathos*** : source d'émotion vive, qui attendrit.

# [7]

*On voit de dos deux hommes en bleu de travail d'ouvrier, accoudés à la balustrade Art nouveau*[1] *du métro Temple. À l'arrière-plan, face à eux, une rangée d'immeubles noirs de la rue Turbigo dont, au centre, le numéro 85. Quelques cyclistes passent, puis une Simca 5*[2]. *La porte en bois clair du 85 s'ouvre et un homme sort de l'immeuble, on reconnaît Joseph Boczor qui prend la rue de Turbigo sur sa gauche. L'un des deux hommes en bleu de travail, après avoir regardé sa montre, écrit quelque chose dans un carnet. On comprend que ce sont des inspecteurs de police. Ils se mettent à suivre Boczor dès qu'il a dépassé le métro. Boczor arrive place de la République, descend les marches du métro, s'engage dans les couloirs, patiente dans la queue avant de faire poinçonner son ticket et attend parmi des dizaines de voyageurs sur le quai, direction Place-d'Italie. Les deux faux ouvriers demeurent à quelques mètres de lui, et le suivent dans le wagon vert.*

*Boczor sort du métro Porte-d'Ivry et, toujours suivi par les deux hommes, s'engage boulevard Masséna. À l'angle de la rue Patay l'attend Ildo Stanzani,* alias *«Ricardo», vêtu d'une veste de drap bleu et d'un pantalon kaki, chaussé de gros brodequins*[3]. *Les deux hommes se serrent la main, font quelques pas puis entrent dans un café. Les deux inspecteurs se postent sur le trottoir d'en face. Quelques véhicules passent dans la rue, vélos, vélos-taxis, vieilles voitures, et sur les trottoirs de nombreux enfants jouent.*

*Les deux inspecteurs suivent désormais Stanzani, qui vient de sortir du café. Il marche sur le boulevard, dans le sens inverse de Boczor, s'engage dans l'avenue de Choisy. On le voit entrer dans*

---

**1.** ***Art nouveau*** : style qui se développe en Europe à la fin du XIXe et au début du XXe siècle et se caractérise par une esthétique des lignes courbes.
**2.** ***Simca 5*** : modèle de voiture de l'époque.
**3.** ***Brodequins*** : chaussures montantes de marche.

*un modeste petit immeuble de trois étages, au numéro 41. Les inspecteurs se postent sur le trottoir d'en face, espacés de quelques mètres, l'un assis sur un banc, notant quelques mots dans un carnet, l'autre allant d'un magasin à l'autre, dont il semble observer les vitrines.*

*Stanzani sort de l'immeuble, cette fois tenant à la main un grand panier d'osier. Les deux hommes le suivent dans le métro Porte-de-Choisy. Ils le suivent encore lorsqu'il pénètre dans le hall de la gare de l'Est, toujours portant son panier, allant s'asseoir sur un banc. Les deux inspecteurs se postent dans le hall, l'un contre un kiosque à journaux, l'autre sur un autre banc. Dans le hall, apparaissent d'abord Boczor puis, successivement, Goldberg, Geduldig, Fingercweig, Tommy, Wajsbrot. Goldberg et Tommy portent chacun un sac à dos, les trois autres jeunes des musettes*[1] *en bandoulière. Arrivés séparément, ils se cherchent, puis se rejoignent devant le banc où Boczor s'est assis aux côtés de Stanzani. Après un court conciliabule*[2]*, on voit Stanzani extraire deux paquets de son panier et en donner un à Geduldig et un à Goldberg. Ce dernier et Fingercweig, suivis à distance par Tommy et Geduldig, quittent le groupe, s'avancent vers un train à quai, à destination de Troyes, où ils montent séparément, dans deux voitures distinctes. Les deux inspecteurs montent dans un troisième wagon. On annonce par haut-parleur que le train va partir. L'horloge du quai indique 11 h 45. Un cheminot donne un coup de sifflet, le train s'ébranle.*

*Les inspecteurs avancent dans le couloir du train en marche, en jetant un coup d'œil dans chaque compartiment. Ils repèrent en passant Tommy, assis près de la fenêtre et qui regarde le paysage défiler, et Geduldig assis en face côté couloir, qui somnole.*

*Les dérailleurs, parmi d'autres voyageurs, descendent du train en gare de Troyes. L'horloge marque 14 h 45. Toujours deux par*

---

**1.** ***Musettes*** : sacs de toile.
**2.** ***Conciliabule*** : conversation chuchotée.

*deux et espacés de quelques dizaines de mètres, ils sortent de la gare. Observés par les deux inspecteurs, ils entrent dans une brasserie, Le Lion de Belfort.*

*Les quatre dérailleurs sont à table et mangent avec bon appétit. Il n'y a pas grand monde dans la vaste salle, faiblement éclairée, et on les voit d'abord de loin, penchés les uns vers les autres comme s'ils parlaient à voix basse. Tous se mettent à rire alors qu'on se rapproche d'eux.*

*« C'est la famille Rosenblum*[1]*, raconte Fingercweig, qui tente de passer la ligne de démarcation avec de faux papiers. Ils sont contrôlés par un officier boche qui les observe de la tête aux pieds, l'air méfiant, et demande à voir les papire*[2]*. M. Rosenblum lui tend les fausses cartes de toute la famille et le Boche les examine. "Fou fou zappelez Maurice Tubois ? – Oui, monsieur l'officier. – Et comment zappellent fotre femme et fos enfants ? – Eh bien vous voyez, monsieur l'officier, ma femme s'appelle Lucie Dubois, née Martin, et les petits, Robert et Marie Dubois. – Zert gut... zer gut... et fou n'êtes pas juif, nèze pas ? – Oh non ! monsieur l'officier, bien sûr que non... – Alors quelle est votre religion, monzieur Tubois ? – Eh bien nous sommes goy*[3]*, monsieur l'officier, nous sommes goy..." »*

*Les garçons rient. Après un silence, Geduldig commence une autre histoire :*

*« Moishe et Samuel, deux vieux amis, se promènent dans les rues du ghetto... »*

*Pendant qu'il continue son histoire (même son avec les mêmes bruits du restaurant) on voit les deux inspecteurs assis à une table de la terrasse de la brasserie, à l'extérieur, l'air sombre, devant deux verres vides.*

---

**1.** Fingercweig raconte une histoire drôle qui met en scène une famille juive, comme le laisse deviner le patronyme Rosenblum.

**2.** ***Papire*** : « papiers ». Fingercweig caricature l'accent de l'Allemand, quand il parle français (« fotre », « monzieur »), mais aussi allemand (« zert gut » – pour *sehr gut*, qui signifie « très bien »).

**3.** ***Goy*** : non donné par les Juifs aux personnes étrangères à leur culte.

*«Samuel, dit Moishe, si tu possédais deux Hispano-Suiza J12[1], avec intérieur tout cuir, tableau en ronce de noyer[2], poignées en argent, exactement les mêmes, est-ce que tu m'en donnerais une? – Naturellement, répond Samuel, tu sais bien, on est allés à l'école ensemble, on a fait le service militaire ensemble, ça fait trente ans qu'on se connaît… Si j'en avais deux, je t'en donnerais une. – Mais Samuel, dit encore Moishe…»*

*On entend toujours Geduldig raconter son histoire, mais on voit les quatre dérailleurs sortir de la brasserie, Tommy et Goldberg replacent leur sac à dos. Les deux inspecteurs les laissent parcourir quelques mètres, se lèvent à leur tour et les suivent dans les rues du vieux Troyes.*

*«Si tu possédais deux appartements dans les beaux quartiers, avec un grand salon et quatre chambres, tous les deux avec salle de bains et eau chaude, avec le chauffage central, tu m'en donnerais un? – Mais enfin Moishe, bien sûr que je t'en donnerais un, tu as été témoin à mon mariage, je suis le parrain de ton fils, n'est-on pas les meilleurs amis du monde?»*

*Alors qu'ils marchent désormais dans des rues plus calmes, aux contours estompés par un léger brouillard, on entend encore Geduldig :*

*«Mais Samuel, dis moi encore, si tu avais deux poulets… – Arrête-toi là Moishe! s'exclame alors Samuel. Tu* SAIS *que j'ai deux poulets!»*

*Des rires, toujours dans le même son de l'intérieur de la brasserie, puis le silence. Un brouillard désormais assez dense recouvre une rue, bordée de maisons cossues[3] enfouies dans les arbres. On voit cette image longtemps, rien ne bouge. Peu à peu deux silhouettes apparaissent dans le brouillard et l'on distingue*

1. ***Hispano-Suiza J12*** : modèle de voiture. Dans les années 1930, Hispano-Suiza était une marque d'automobiles de luxe.
2. ***Ronce de noyer*** : bois de noyer.
3. ***Cossues*** : bourgeoises.

*bientôt Tommy et Goldberg, marchant sac au dos, qui s'approchent. Ils dépassent la caméra. Un cycliste entre dans le champ et disparaît dans l'autre sens, au moment où apparaissent deux nouvelles silhouettes, celles de Fingercweig et Geduldig.*

*Toujours dans le brouillard, mais de plus en plus obscur car la nuit tombe, les quatre dérailleurs, ensemble, passent un fleuve sur un pont. On les regarde s'éloigner, devenir de plus en plus flous, disparaître. On n'entend plus rien qu'un bruit d'eau comme celui d'une cascade, quelques chants d'oiseaux. Et soudain le martèlement de pas sur la chaussée du pont alors qu'apparaissent les deux inspecteurs courant à la poursuite des dérailleurs.*

Dans tout cela, non, je n'ai pas inventé grand-chose. Les horaires, les lieux, les personnages, tout est vrai, précisément consigné dans les rapports de filature des inspecteurs André et Constant, qui permettent de reconstituer cette journée du 21 octobre 1943. De constater surtout l'extraordinaire stratégie policière, cette façon de filer les terroristes le plus longtemps possible, quitte à les laisser commettre leurs crimes sous les yeux des inspecteurs, afin de n'en laisser échapper aucun. Tout est vrai, même ce qui demeure énigmatique comme, par exemple, ce panier d'osier que Stanzani alla chercher et dont on ne sait ce qu'il pouvait bien contenir. Des armes, peut-être, que Boczor distribuait aux dérailleurs au dernier moment. Énigmatique, aussi, le fait que Stanzani et Wajsbrot ne montèrent pas dans le même train que les autres, que tous se retrouvèrent plus tard, on ne sait comment ni où. Tout est vrai, sauf les histoires juives à la brasserie du Lion de Belfort où les dérailleurs déjeunèrent. Les inspecteurs n'entrèrent pas dans la salle et je me suis plu à imaginer qu'à ce moment de leur opération minutieusement préparée depuis quelques jours, quelques semaines peut-être, les dérailleurs n'avaient rien de plus utile à faire que se détendre avant de passer à l'action.

*Il fait nuit, dans une forêt, les quatre dérailleurs sont assis adossés au mur d'une maison qui semble abandonnée. Soudain Goldberg se lève : «Les voilà!» Stanzani et Wajsbrot apparaissent alors, tous se lèvent. «On part tout de suite», dit Stanzani. Ils se mettent en marche. Des nappes de brouillard flottent sur les différents paysages qu'ils traversent, un petit chemin devant un horizon dégagé, un sentier dans une forêt, une voie de chemin de fer. On les distingue à peine, on n'aperçoit que les faisceaux de leurs lampes car il n'y a pas de lune, seuls quelques halos de lampadaires, parfois, les éclairent faiblement dans la nuit. Devant l'entrée du village de Sourdun, Stanzani qui marche en tête s'arrête, sort de son sac une carte, la déplie sur le sol, l'éclaire avec sa lampe. Tous les autres dérailleurs l'entourent.*

«Ma che ci facciamo qui[1]... *On a marché dix kilomètres pour rien..., soupire-t-il.*

*– Oh non!» s'exclame Tommy, exaspéré.*

*On les voit ensuite marcher dans quelques-uns des précédents paysages, mais dans l'autre sens.*

*Des faisceaux de lampes dans le brouillard laissent apparaître des fragments flous d'une voie ferrée, au-dessus de laquelle sont penchés les dérailleurs, dévissant les boulons des rails.*

*À la lumière d'un petit jour, dans la gare de Troyes où une horloge suspendue indique 6 h 10, arrivent sur le quai, deux par deux, espacés de quelques mètres, tous les dérailleurs. Ils semblent épuisés, Tommy en particulier marche difficilement, en boitillant. Ils sont hirsutes, sales, de la boue macule leurs chaussures et le bas de leurs pantalons. La caméra s'arrête longuement sur chacun de leurs visages exténués. Plus loin, on remarque les deux inspecteurs, aussi sales, assis sur un banc.*

*Dans un compartiment de train d'autrefois, Tommy dort, incliné sur l'appuie-tête, tandis que Wajsbrot s'est endormi sur son épaule.*

---

1. ***Ma che ci facciamo qui*** : «mais que faisons-nous ici ?», en italien.

Que se passa-t-il, la nuit du 21 au 22 octobre, dans la région de Troyes ? Dans leur rapport, les inspecteurs André et Constant notèrent avoir perdu de vue les dérailleurs à la sortie de Saint-Julien-des-Villas, proche banlieue de la ville, après un pont, le 21 à 18 h 15, et qu'ils les retrouvèrent le lendemain dans la gare de Troyes vers 6 h du matin, une fois leur forfait accompli. Les inspecteurs, toujours selon leur rapport, auraient appris plus tard que Stanzani et son groupe avaient fait dérailler un train à proximité de la gare d'Hermé, à soixante kilomètres de Troyes à vol d'oiseau. Comment les inspecteurs les retrouvèrent-ils à la gare, comment eurent-ils connaissance de l'attentat ? Bizarrement, leur rapport reste muet à ce sujet. L'hypothèse la plus probable est qu'ils assistèrent à toute l'opération, laissant agir les dérailleurs pour ne pas casser trop tôt la filature du réseau. Une tactique qu'il était impossible d'avouer dans leur rapport.

Stanzani et ses hommes s'étaient perdus en chemin, qui de ce fait s'était allongé d'une vingtaine de kilomètres. Les dérailleurs avaient dû parcourir ainsi au moins cent cinquante kilomètres, une distance impossible à franchir à pied en un temps si court. Sans doute avaient-ils pris des trains de marchandises pour une grande partie du chemin, et probablement avec la complicité de cheminots. Je ne suis pas entré dans ces détails, seul m'intéressait que les dérailleurs, mal préparés, imprudents, se soient égarés. Et que, trop confiants face à une police d'exception qui ne les lâchait plus, ils aient été suivis tout au long de leur périple. André et Constant ne les abandonnèrent, provisoirement, qu'à leur retour à Paris. Ils notèrent que Tommy quitta ses camarades à 10 h 30 et regagna son domicile à 11 h 40.

*Sous une pluie battante, dans une rue de Paris, Wajsbrot entre dans un vieil immeuble parisien. Il gravit les étages d'un bel escalier en bois à montée circulaire, avec jour central, éclairé entre chaque étage par des fenêtres façon vitrail. Au dernier étage, celui des cinq chambres de bonne, le sol est en tomettes rouges. Il frappe à une porte et dit à voix basse : « C'est moi. » La porte s'ouvre, on découvre une jeune fille souriante, il entre, elle repousse la porte, ils s'embrassent longuement tandis que revient, crescendo, le bruit de la pluie.*

*Hélène, dans son studio rue Daguerre, ouvre la porte d'entrée. Tommy est là, trempé, sac au dos, tenant ses chaussures à la main.*

*« Tommy, mais tu es pieds nus, gémit-elle.*

*– Je ne pouvais plus marcher avec ces godasses, lui dit-il, j'ai marché pieds nus depuis le métro. Il n'y a personne ?*

*– Non, il n'y a personne… Allez, entre », dit-elle seulement.*

*Dans le studio, on entend encore la pluie, une faible lumière du jour entre par les voilages de la fenêtre, mais la lampe de chevet est allumée sur la table de nuit. Tommy ne portant qu'un caleçon court, tout propre et bien coiffé, est à demi allongé sur un lit, à contresens, adossé à un oreiller placé contre le bord de bois, les pieds posés sur les genoux de sa mère, assise du côté tête de lit et dont la lampe de chevet éclaire le visage penché. L'un des pieds est bandé. Hélène enduit l'autre de graisse, le masse doucement, puis le bande. Parfois Tommy grimace, veut retirer son pied mais sa mère le retient.*

*« Il nous a fait marcher vingt kilomètres pour rien, maman. Il s'est gouré dans le brouillard. On n'en pouvait plus, à la fin, on avait tout le matériel sur le dos.*

*– Est-ce qu'il a déraillé, au moins, votre train ?*

*– Je le saurai demain. »*

*Tommy se tait un moment, observe sa mère pendant qu'elle le soigne, puis :*

*« Maman ?*

*– Quoi, mon fils…*

*– Tu sais que tu es la plus belle du monde ?*

*– Tu dis n'importe quoi, Tommy, répond-elle en souriant, on voit que tu manques de sommeil.*

*– Tu n'es pas la plus belle ? Si, je t'assure, tu es la plus belle du monde… »*

*Dans la cuisine de la rue Daguerre, attablé, Tommy, toujours en caleçon mais portant une veste de pyjama qu'il n'a pas boutonnée, les pieds nus bandés, s'est endormi en mangeant. Sa tête repose sur son bras replié contre la table, devant un bol fumant ; un morceau de pain dépasse de sa bouche. Hélène s'approche, retire le morceau de pain, délicatement, pour ne pas le réveiller.*

Depuis que l'ombre noire avait glissé de Tommy sur Gabriel, j'étais devenu un réalisateur imprévisible, se jouant des contraintes avec une certaine désinvolture[1]. Mais, à mes yeux, mon inquiétude et les moyens d'y faire face pesaient désormais bien davantage que ma réputation de sérieux. Voilà pourquoi j'ai tourné ces séquences – le retour d'opération de Wajsbrot et de Tommy – qui n'étaient pas dans le scénario. Sans être sûr encore qu'elles verraient le jour, je les ai écrites, pour l'essentiel, dans la salle d'attente de la gare de Pontarlier (dont l'émouvante vétusté permettait de représenter celle de Troyes des années quarante), alors que j'attendais que l'équipe soit prête pour la scène du petit matin. Devant moi, quelques minutes auparavant, on avait préparé Gabriel, on lui avait passé je ne sais quoi sur le visage pour marquer la fatigue, on lui avait mouillé les cheveux, on avait débraillé ses vêtements humides et lui m'avait regardé fixement, une anxiété dans les yeux, comme un appel au secours d'un enfant à un père, à une mère, comme si moi seul pouvais le sauver de l'ombre noire. Peut-être aurait-il fallu arrêter le film à cet instant, délivrer Gabriel de Tommy, mais je n'ai pas eu ce courage. Au lieu de cela, j'ai eu l'idée de rappeler Hélène, la mère, et de cette gare j'ai rappelé Vilma, dont le départ, ainsi qu'elle l'avait prévu, avait fait chavirer Gabriel dans le noir. C'est ainsi que j'explique cette folie, ces scènes imprévues qui m'ont valu

1. ***Désinvolture*** : légèreté, insouciance.

des heures de négociation, de supplication, de justifications absurdes et finalement de menaces, avec la production. Car toutes les séquences prévues avec Hélène, et qui viendront plus tard, avaient été tournées. Il a fallu faire revenir Vilma de Budapest, pour un seul jour de tournage, payer des dédommagements à un théâtre où elle répétait Strindberg[1], je m'en souviens, *La Danse de mort*. Rien que pour cette scène d'amour, qui condense trois passages de *La Mémoire d'Hélène* : le retour de Tommy pieds nus, un jour, après un déraillement, et comment elle avait bandé ses pieds couverts de cloques après les avoir enduits de graisse de mouton, un autre jour son épuisement au point qu'il s'était endormi en mangeant, un morceau de pain dépassant encore de sa bouche, un autre jour où il lui avait dit, sur un ton qui ne supportait pas de réplique, qu'elle était la plus belle du monde. Trois moments vrais de la vie de Tommy, petit soldat de l'armée du crime, dorloté, consolé, protégé par une mère plus qu'aimante. J'ai donc fait revenir Vilma comme si je n'avais pas le droit de priver Gabriel de sa mère, et que sa présence le sortirait de la détresse où, avec une peine, une inquiétude qui finissaient par me paralyser, je le voyais se noyer. Vilma et moi étions devenus des acteurs dans le film que Gabriel se jouait.

J'ai su qu'il était allé l'accueillir à l'aéroport avec des fleurs, qu'il l'avait accompagnée à son hôtel et qu'il ne l'avait plus quittée. Pour la deuxième fois, ils arrivèrent ensemble le matin du tournage. Mais, cette fois, Vilma semblait bouleversée. «Il ne tient plus qu'à un fil, me dit-elle, il est malade, il ne veut plus vivre, je le sais, il ne le dit pas, mais je le sens. Il me regarde comme s'il était certain de ne jamais plus me revoir, et que j'étais la dernière image qu'il voulait avoir devant les yeux. Il me sourit alors qu'il voudrait pleurer. C'est une impression horrible.»

Nous avons dû remonter le décor de la rue Daguerre. J'ai demandé le silence sur le plateau dix minutes avant de tourner

1. ***August Strindberg*** (1849-1912) : écrivain et dramaturge suédois, auteur, entre autres, de *La Danse de mort* (1900).

la scène du lit. Je voulais que Gabriel se retrouve dans le calme du studio, de l'abri maternel, et qu'il oublie l'ombre noire comme certainement Tommy l'oubliait dans ce genre de circonstance, abandonné à l'amour d'Hélène. Et, pour la seule fois lors du tournage, avec le secret espoir que les mains douces et caressantes d'une vraie mère agiraient longtemps comme un onguent[1] miraculeux, je lui ai dit, en guise d'indication : « Gabriel, souviens-toi… » Il a simplement hoché la tête, et Vilma m'a regardé comme si moi aussi j'étais fou. Mais le résultat est cette scène qui n'était pas prévue, et que je trouve la plus touchante du film.

Belles, la pose du corps pour une fois alanguie de Gabriel, la façon dont il a replié un bras derrière sa tête et relâché l'autre au bord du lit. Émouvante aussi la générosité avec laquelle il s'offrait à mes lumières, aux regards de ma caméra. Que serait devenu le film sans cette scène improvisée où, telle une étoile imprévue dans la nuit de la douleur et de la mort, paraît soudain la grâce troublante du tueur ?

Pourtant je ne l'avais pas écrite pour cela. Je rêvais seulement que Gabriel soit apaisé, pour un temps, jusqu'à la fin du film peut-être, par la tendresse d'une mère qui pouvait toujours venir à son secours. La magnifique Vilma la lui a donnée sans avoir à la feindre, comme si vraiment le petit acteur dont elle massait les pieds, dont elle réchauffait l'âme, était son enfant agonisant que l'amour pouvait encore sauver. On voit son sourire de façade, le même sans doute que celui qu'elle avait enduré de Gabriel, la nuit précédente. On voit la grâce appliquée de ses mains d'infirmière, on voit son plaisir à peine dissimulé d'être déclarée la plus belle par un fils qui n'est plus un enfant. Craignant pour lui, elle n'a pas à feindre, elle n'a pas à jouer Hélène dont elle n'avait d'ailleurs pas lu les nombreux passages où la mère de Tommy évoque la force du lien qui les unissait, les déclarations

1. ***Onguent*** : pommade apaisante.

d'amour du fils, sa fierté, par exemple, quand il se promenait avec elle au Luxembourg, la tenant par la taille ou par les épaules en la serrant contre lui comme s'ils étaient amants.

Tommy et son propre corps, la sexualité de l'ombrageux adolescent, Hélène l'évoque à deux reprises dans son livre, mais je n'ai pas su ni même voulu placer les scènes dans mon scénario. Parce qu'elles relevaient d'une intimité trop grande. La première quand Hélène explique qu'elle lavait elle-même son fils, dans un grand baquet[1], jusqu'à l'âge de quatorze ans, qu'il s'était ensuite caché d'elle, et qu'elle l'avait surpris nu, quatre ans plus tard, en entrant innocemment dans sa chambre sans frapper alors qu'il se lavait, qu'elle avait été ahurie de découvrir soudain un homme bien développé et que lui, furieux, honteux, était devenu tout rouge, lui avait reproché de ne pas avoir frappé. À dix-huit ans, déjà combattant sans pitié, Tommy demeurait un jeune garçon timide et pudique, pas seulement devant sa mère : *Il était gêné, écrit Hélène, qu'une femme – il m'a toujours prise pour une femme – qu'une femme le voie nu.* Scène qui nous apprend deux choses essentielles sur Tommy, d'abord sa pudeur d'enfant, et ensuite qu'il prenait sa mère pour une femme; mais c'est une scène que je n'ai pas voulu montrer car je suis sûr qu'il n'aurait pas aimé qu'on l'exhibe sur la place publique. Tout comme la deuxième occurrence, dans le livre d'Hélène, sur la même page, quand elle raconte que Tommy, et d'autres qu'elle rencontrait, se plaignaient de ne pouvoir entretenir de relation suivie avec une femme et qu'elle ajoute : *Thomas est allé quand même, je crois, de temps en temps, chez les putains*. Pour la même raison, je n'ai pas filmé cela, et pour le *je crois*, aussi, qui laisse une incertitude et même me permet de conjecturer[2] qu'elle se trompe, que Tommy l'aimait trop pour désirer d'autres femmes. Je suppose que certains cinéastes se seraient empressés d'exploiter cette

1. ***Baquet*** : bassine, cuve.
2. ***Conjecturer*** : supposer, soupçonner.

phrase. Outre ce *je crois*, c'est par une sorte de respect, d'égard pour mon personnage comme s'il vivait encore et qu'il allait souffrir d'être exhibé, que je l'ai évitée. Je ne vois pas qu'il y ait quelque chose de dégradant à monnayer l'assouvissement du désir, mais je devine que Tommy l'orgueilleux, s'il l'avait fait, ne s'en serait pas vanté. Qu'il n'aurait pas aimé cette page de sa mère, qu'elle ne l'aurait pas écrite s'il était vivant. Mais pour moi Tommy vivait encore, il m'avait accompagné lors des repérages, il renaissait sous mes yeux, et je respectais sa pudeur et son orgueil. Ce genre de précaution est une limite à mon art, peut-être, mais l'art n'est rien que de l'art, une petite chose utile mais somme toute anodine, un reflet dérisoire des beautés, des larmes et du sang du réel, et je ne suis pas disposé, pour me faire valoir, à lui sacrifier des secrets brûlants.

C'est pour souligner l'étrange intensité de cet amour qui les unissait, Tommy et sa mère, que j'ai fait précéder la scène par la métaphore d'un autre lien, l'amour entre Wajsbrot et la jeune fille, qui s'appelait Sarah Danciger. J'étais heureux de le faire, aussi, car Wajsbrot vibrait d'un amour de jeunesse, simple et spontané. J'aime Wajsbrot pour cela. Quitte à céder à mes faibles penchants, j'en ai fait un personnage tendre, timide et souriant. C'est ainsi que je l'imagine. Souriant, il l'est sur l'une des dernières images qu'il nous reste de lui, une image extraordinaire, essentielle, que l'on voit à la fin du film. Timide, on le devine à ses regards, et à la façon dont il s'inclina devant l'autorité de Tommy. Tendre, car malgré les consignes, au mépris des règles de sécurité et donc risquant sa vie par amour, il emménagea au cours de l'été 1943 chez celle qu'un flic sordide, le commissaire Pierre Gautherie, consigna dans un procès-verbal comme sa «maîtresse». L'amour de Wolf s'appelait donc Sarah Danciger. Parce que Sarah était devenu un prénom dangereux, on l'appelait Suzy. Elle avait dix-sept ans, était née le 14 mai 1926 à Varsovie et habitait une chambre de bonne qu'elle louait au nom de

Leblanc, au 35, rue des Archives, sixième étage droite face. Peut-être était-elle la fille orpheline de Benjamin Danciger, tailleur demeurant rue Oberkampf, né en 1901 à Varsovie, emporté par la rafle du Vél d'Hiv comme la mère de Wolf. Elle avait interrompu ses études, ne combattait pas dans la MOI, n'avait d'autres revenus que ceux de Wajsbrot, à cette date 2300 francs par mois. Je l'imagine frêle et apeurée, n'osant pas sortir, vivant dans le supplice de l'absence de Wolf tant qu'il n'était pas rentré, guettant ses pas dans l'escalier, priant un dieu spécialement inventé pour qu'il revienne.

[8]

*Hélène en manteau marron et Tommy en manteau bleu marine entrent au cimetière du Montparnasse par la rue Froidevaux, Tommy a passé son bras autour des épaules de sa mère.*

*« Tu habites là, à cent mètres, et tu n'es jamais entrée ici? demande Tommy.*

*– Tommy, j'ai déjà tellement de morts, de fantômes autour de moi… Qu'est-ce que tu veux? Tu veux que je m'occupe aussi de tous ces morts que je ne connais pas?*

*– Mais Baudelaire, maman, Baudelaire! Il est ici!*

*– Montre-le-moi, ton Baudelaire, et allons nous promener ailleurs… »*

*Ils marchent vite dans une allée du cimetière, croisent un corbillard d'autrefois suivi par un cortège d'endeuillés, se trouvent bientôt devant la tombe de Baudelaire.*

*« Viens, maintenant on va voir Maupassant[1]!*

---

**1.** Le poète ***Charles Baudelaire*** (1821-1867) et le romancier ***Guy de Maupassant*** (1850-1893) sont inhumés au cimetière du Montparnasse.

*– Tu me fatigues, Tommy...»*

*On les voit quitter la tombe de Maupassant.*

*«Pigeon*[1]*, l'inventeur de la lampe, je te jure c'est la dernière, il faut absolument que tu la voies...»*

*Ils sont assis sur un banc, dans une allée du cimetière. On distingue derrière eux une tombe sur laquelle veille une veuve éplorée*[2]*, ou une mère, couverte d'un voile, sculptée dans la pierre. Tommy est penché en avant, comme s'il regardait le gravier de l'allée, comme s'il ne voulait pas voir sa mère, tournée vers lui :*

*«Combien ont été arrêtés? demande-t-elle.*

*– Trois : Robert l'Italien, Maurice et Julien.*

*– Et ça s'est passé comment?*

*– Au retour de l'opération, ils sont tombés sur une patrouille. On n'a plus de nouvelles. C'est la première fois que des dérailleurs sont pris. Mais le déraillement a été magnifique, j'aurais voulu y être, tout le train est tombé dans un ravin, c'était du ravitaillement pour les Boches.*

*– Vous n'avez pas de nouvelles... Donc vous ne savez pas s'ils ont parlé.*

*– C'est impossible, jamais ils ne nous donneront.*

*– Tu ne sais pas, Tommy, tu ne sais pas. Georges a été arrêté il y a trois jours. Qui l'a conduit jusqu'à lui? Est-ce que Joseph t'a dit quelque chose?*

*– Maman, Joseph a disparu. Marcel aussi. Ils n'étaient pas au dernier rendez-vous avant-hier, ni hier au rendez-vous de secours. Ils doivent se planquer quelque part... je ne sais pas.*

*– Tommy, il faut que tu partes, maintenant. Ils sont en train de vous arrêter tous. Ils vous filent depuis des semaines. Tu m'as déjà promis deux fois : "Oui, maman, dimanche prochain je pars*

---

**1. *Charles Pigeon*** (1838-1915) fut le premier à produire et à commercialiser la lampe à essence.

**2. *Éplorée*** : tout en pleurs.

*avec toi", et tu te décommandes. Promets-moi, ce dimanche, tu viens, je t'emmène chez Marguerite, à la campagne, elle a tout préparé pour toi. Tu attendras là-bas le débarquement, il n'y en a plus pour longtemps maintenant, les Américains sont en Italie.*

*– Et les autres?*

*– Quoi, les autres?*

*– Je ne peux pas laisser Marcel, peut-être qu'il se planque, qu'il va essayer de me contacter.»*

*Tommy n'a toujours pas relevé la tête. Hélène lui caresse la nuque :*

*«Thomas, mon fils, ils ont tous été arrêtés, il n'y a pas d'autre explication. Et toi ils te cherchent, et ils finiront par te trouver. Jure-moi que tu viendras dimanche, je t'emmènerai là-bas. Tommy, jure-le.»*

*Tommy ne répond pas. Hélène lui secoue l'épaule :*

*«Regarde-moi, Tommy, jure que tu viendras», dit-elle avec un sanglot dans la voix.*

*Tommy relève la tête, la regarde, la prend dans ses bras.*

*«Je te le jure, maman, je te jure que dimanche je viendrai avec toi.»*

J'ai inventé la promenade des tombes, ce décor, car je ne peux imaginer que Tommy et Hélène ne se soient jamais promenés dans ce cimetière, à quelques mètres du studio de la rue Daguerre, en passant par la rue Roger. Je n'ai rien inventé d'autre, sinon novembre en juillet, ces manteaux, ces chapeaux en plein été. Mais le dialogue, à peu de chose près, se trouve éparpillé dans les Mémoires d'Hélène. Elle y raconte ses supplications pour qu'il quitte Paris, évoque la planque qu'elle lui avait préparée chez une amie dans l'Orne, regrette qu'il ait différé son départ à plusieurs reprises.

Ce qu'on voit dans cette scène – qui dans le plan de travail initial devait être la dernière réunissant Gabriel et Vilma – peut être daté précisément du vendredi 19 novembre 1943. Cela faisait déjà trois semaines que l'araignée noire, lassée d'accumuler ses proies, s'était mise à les dévorer. Le matin du 26 octobre, après avoir fait dérailler à 4 h 44 un train sur la ligne Paris-Troyes, mais cette fois près de Grandpuits, le communiste italien Amedeo Usseglio, dit «Robert», né en 1911, le Juif polonais communiste Willy Schapiro, dit «Maurice», né en 1910, le Juif polonais Lajb Goldberg, dit «Julien», né en 1924, tous trois membres du détachement des dérailleurs, furent arrêtés par la police française qui enquêtait déjà sur l'attentat, alors qu'ils circulaient encore dans les environs, pour des raisons qu'on ignore, huit heures après celui-ci. La police trouva sur eux deux pistolets, des instruments de déboulonnage et des faux papiers. Aussitôt transférés à Paris, à la brigade régionale de police de sûreté, puis à la Brigade spéciale 2 des Renseignements généraux, ils finirent par avouer leur véritable identité, et qu'ils avaient participé à d'autres attentats. Shapiro n'avoua que le 30 octobre, après trois jours d'interrogatoire, et après avoir été confronté aux deux autres.

Ce même 26 octobre, dans la gare de Conflans-Sainte-Honorine, les policiers de la BS 2 arrêtèrent un homme qu'ils filaient depuis longtemps, mais dont la surveillance était devenue impossible tant il se méfiait : Joseph Dawidowicz, dit «Albert», Juif polonais communiste, né en 1905, responsable politique et trésorier des FTP-MOI parisiens depuis le mois de mai. Torturé peut-être, ou menacé de représailles contre sa famille, Dawidowicz donna de nombreuses informations à la police. Cinq semaines plus tard, il accepta de simuler une évasion afin de réintégrer les combattants comme indicateur. Il fut exécuté pour trahison par les FTP à la fin décembre. Les informations données avaient déjà permis le démantèlement quasi complet du réseau. Grâce à ses indications, Georges, autrement dit Manouchian, avait été arrêté le 16 novembre en compagnie de Joseph Epstein. Quelques heures plus tard, était venu le tour de Marcel Rayman et d'Olga Bancic, dite «Pierrette», Juive d'origine bessarabienne[1] née en 1912, communiste, responsable du dépôt d'armement des FTP-MOI.

Le lendemain, mercredi 17 novembre, tombèrent la plupart des dérailleurs, dont «Marcel» et «Pierre», autrement dit Wajsbrot et Boczor – alors les deux plus proches compagnons de Tommy –, mais aussi Fingercweig, Glasz, et Geduldig. Stanzani, dit «Ricardo», avait quitté le réseau quelque temps plus tôt, et les inspecteurs avaient perdu sa trace. Quant à Tommy, il échappa par miracle à la rafle : une méprise avait conduit les inspecteurs de la BS 2 sur les pas d'un jeune homme qui lui ressemblait. Il s'appelait Tiberio Fegyveres. Un Juif ressortissant de Palestine britannique[2], qui logeait à l'hôtel Voltaire, 3, rue des Carmes, dans le quartier de Tommy. Il fut amené ce même 17 novembre dans les locaux des Renseignements généraux, mais les inspecteurs ne reconnurent pas «Mouffetard», et l'homme fut relâché après qu'on eut vérifié qu'il était en règle : il pointait tous les jours, en effet, au commissariat de la rue Dante. Il fut déporté plus tard, si l'on en croit Hélène : l'homme qu'on avait pris pour son fils vint lui rendre visite, après la guerre, à son retour des camps.

Tous ses compagnons ou presque avaient été arrêtés, mais Tommy ne le savait pas encore. Sans doute aurait-il pu le deviner, puisqu'ils ne venaient plus aux rendez-vous. Mais il ne voulait pas s'y résoudre. Surtout pas se résigner à la disparition de Marcel, le dérailleur amoureux, le seul dont il était l'aîné, celui que Joseph lui avait confié. Il ne pouvait imaginer le pire : Wajsbrot entre les mains de la Brigade spéciale, arrêté en compagnie de Suzy dans la chambre de bonne, 35, rue des Archives, à l'aube du mercredi 17 novembre.

---

1. ***Bessarabienne*** : de Bessarabie, région située entre la Moldavie et l'Ukraine, à l'est de la Roumanie.

2. La Palestine fut placée sous mandat britannique par la Société des Nations, dès les années 1920 et jusqu'à la fin de la Seconde Guerre mondiale.

Tommy en manteau bleu marine gravit quatre à quatre les marches de l'escalier menant chez Wajsbrot et Suzy. Il frappe à la porte, murmure : « Marcel… Suzy… c'est moi, Tommy… » Il attend, colle son oreille contre la porte, frappe encore, attend quelques secondes de plus puis redescend l'escalier. Dans le hall d'entrée, il ouvre la porte donnant sur la cour et la loge de la concierge. Il frappe, une vieille concierge d'autrefois ouvre, il lui demande un papier et un crayon pour laisser un mot à Marcel Lambert, le jeune qui habite au sixième chez Mlle Leblanc. La concierge disparaît dans la loge, revient en lui tendant un papier et un crayon mine. Tommy s'appuie sur le mur pour écrire ces mots : « Je t'attendrai aujourd'hui samedi à 2 heures et demie au Luxembourg. Tom. » Il tend le papier et le crayon à la concierge :

« Vous le lui donnerez?

– Oui, répond-elle, la petite demoiselle passera comme d'habitude à midi pour voir s'il y a du courrier. »

Tommy est assis sur une chaise en fer du jardin du Luxembourg, devant le bassin où des dizaines d'enfants emmitouflés font voguer des voiliers miniatures. Il se lève, fait le tour du bassin, passe devant le Sénat dont l'horloge indique 15 h 20 puis s'éloigne à grands pas vers la sortie du jardin, côté Saint-Michel.

On voit un homme en manteau et chapeau noirs dans la cour de l'immeuble de Wajsbrot, face à la concierge. « Un grand blond, frisé, en manteau bleu, lui dit-elle, alors qu'il observe le mot de Tommy.

– Il était quelle heure?

– Vers les 11 heures. »

L'homme note quelques mots sur la feuille avec un crayon bleu, la range avec le crayon dans la poche de son manteau avant de dire, en soulevant son chapeau pour saluer la vieille femme : « Merci beaucoup madame Lefrançois. Vous nous avez rendu un grand service. Je repasserai ce soir. »

*Tommy entre dans l'immeuble de Wajsbrot, gravit à nouveau les escaliers, frappe à la porte de la chambre de bonne de Wajsbrot et Suzy, attend un peu, frappe encore, redescend chez la concierge :*

*« Vous ne les avez pas vus, depuis tout à l'heure ? lui demande-t-il.*

*– Eh non, je n'ai vu personne, ni lui ni elle, mais j'ai glissé votre mot sous leur porte.*

*– Vous auriez encore une petite feuille et un crayon ? »*

*La concierge pénètre dans la loge, revient avec ce que Tommy a demandé. Tommy s'appuie à nouveau contre le mur et écrit : « Je te verrai Dimanche à midi à (métro) Pont-Marie, puisque tu n'as pas pu recevoir mon premier mot à temps. Tâche d'être là à tout prix. Tommy. »*

Bien sûr, pensait Tommy, Marcel reviendrait chez Suzy d'un moment à l'autre, au moins pour récupérer le matériel qu'il y entreposait et dont le groupe avait besoin, deux pistolets – un petit Bayard de poche 9 mm et un 7.35 Vencedor espagnol – ainsi que des clefs à tire-fond pour déboulonner les rails. Il ne voulait pas imaginer le pire. Que tous avaient été arrêtés et qu'il était le dernier du groupe à goûter des instants de liberté. Qu'il était seul, perdu sans Georges, sans Joseph, séparé de sa mère, que le combat s'était achevé pour lui. Qu'en ce samedi 20 novembre, Marcel était torturé depuis déjà trois jours dans les bureaux des Renseignements généraux, à la Préfecture de police, dans l'île de la Cité. Wajsbrot avait été arrêté avec Sarah, dite Suzy, en leur domicile du 35, rue des Archives. Pour accéder à l'escalier de l'immeuble, aujourd'hui, il faut d'abord connaître le code de la porte de la rue, puis le code de la porte de l'escalier. J'ai attendu que quelqu'un entre pour le suivre. C'était un jeune gay à la mode du Marais, qui s'est imaginé que je le suivais pour des raisons qui n'étaient pas les bonnes. Je l'ai laissé prendre quelques étages d'avance. Il est monté jusqu'au sixième, je l'ai entendu ouvrir et refermer sa porte et lorsque je suis arrivé à l'étage, je n'ai pas osé frapper à celle de Suzy qui était peut-être désormais la sienne. Celle de Suzy et Marcel, derrière laquelle il devait passer des heures à peaufiner son apparence. Dans la même chambre, un autre monde. Un monde d'une vanité inimaginable pour Marcel, mais pour lequel il avait pourtant donné sa vie. J'ai redescendu le bel escalier de bois, celui que Tommy avait gravi plein d'espoir et d'inquiétude, celui dont Wolf et surtout Suzy connaissaient le moindre bruit et qui les avait vus partir encadrés par des hommes en manteaux noirs. J'ai laissé ma main glisser sur la rampe.

Lors de son interrogatoire, Suzy déclara n'avoir jamais été au courant des activités de Marcel. Ce dernier le confirma, mais dut admettre qu'elle connaissait la présence des armes à son domicile. Je ne sais où elle fut incarcérée, ni même si elle le fut sur-le-champ. Mais on apprend dans les archives du Mémorial de la Shoah que Sarah Danciger, âgée de dix-sept ans, étudiante, fut internée au camp de Drancy le 20 janvier 1944, puis déportée à Auschwitz le 3 février par le convoi nº 67. On peut supposer qu'elle n'en revint pas.

Comme beaucoup d'autres FTP-MOI arrêtés, Marcel, malgré la torture, n'avoua que ce que la BS 2 des Renseignements généraux savait déjà, outre quelques informations sans importance tant elles étaient inexploitables, trop vagues ou mensongères. Pour la protéger, il affirma que sa mère avait été déportée, ce qui était faux. Il déclara avoir été recruté en juillet 1943, car manifestement la police ne connaissait pas son implication dans les actions qu'il avait effectuées avant d'être muté, à cette date, dans le détachement des dérailleurs. Il ne donna jamais d'autres noms que des pseudonymes, ceux de ses compagnons lors des six actions qu'il avoua, une tentative de déraillement et cinq déraillements réussis, dont quatre avec Tommy. Cela suffisait largement pour savoir déjà qu'il allait mourir. Comme ses tortionnaires avaient manqué Tommy et le cherchaient encore, ils voulurent lui extorquer son adresse. Marcel inventa une fable : *Je suis allé une fois au domicile de «TOMMY» vers Saint-Cyr, au-dessus de Versailles, mais il avait pris la précaution de me bander les yeux et je ne connais pas son adresse exacte. Il habite une chambre au quatrième étage, il est âgé d'environ dix-neuf ans, il est étranger et est assez instruit, il doit posséder son baccalauréat.*

Je savais que Tommy avait voulu laisser à Marcel deux mots, après sa disparition, mais je n'avais aucun espoir d'en connaître la teneur exacte, ni encore moins de les trouver lorsque je suis tombé sur eux par hasard, glissés dans un mauvais dossier des archives de la Préfecture de police. Celles-ci contiennent des trésors inestimables mais rangés au hasard de classements énigmatiques dans l'abandon des encres qui s'effacent et des papiers qui se déchirent. Entre autres trésors, ces deux documents autographes[1] de Tommy, parmi les quatre qui nous sont restés, qui sont loin d'être anodins puisque son destin s'y scella.

Dans la petite salle des archives où j'aimais tant me rendre car elle se trouve au cœur de l'histoire de Tommy, au bas de la rue de la Montagne-Sainte-Geneviève, j'ai découvert par hasard et tenu entre mes mains ces feuilles que Tommy toucha de ses doigts, imprégnées de son inquiétude et du risque de mort qu'elles lui faisaient courir. Ce sont des fiches de livraison de la Samaritaine[2] – où peut-être travaillait le mari de la concierge –, manuscrites sur leur verso blanc. Sur la première, sous le texte écrit par Tommy, se trouvent ces mots tracés avec une grosse mine bleue par un inspecteur de police : *Pli déposé chez la concierge 35 rue des Archives ce jour 20-11-43 vers 11 heures.* Au recto, trois lignes manuscrites, cette fois à la mine noire : *Le Blanc, 35 rue des Archives, 6^e^ droite face.* Cette mention m'a

1. ***Autographes*** : écrits de la propre main de quelqu'un.
2. ***La Samaritaine*** : grand magasin situé dans le I^er^ arrondissement de Paris. Ouvert en 1870, il a fermé ses portes en 2005.

permis d'aller jusqu'à la porte de Marcel et Suzy. Ce premier mot est signé *Tom*, abréviation qui m'a fait imaginer entre les deux garçons une relation affectueuse. Le second message que Tommy rédigea dans l'après-midi du même jour, de retour du jardin du Luxembourg où Marcel n'était pas venu, est plus comminatoire[1]. Il ajouta après coup, entre parenthèses, le mot *métro* qui précisait le lieu du rendez-vous. Signé cette fois *Tommy*, il ne comporte rien d'autre que ces lignes d'une folle imprudence, à cette époque où tous les jours en France de simples mots conduisaient à la mort.

Ces scènes de la rue des Archives et du jardin du Luxembourg, relativement simples à jouer pour Gabriel, furent tournées au lendemain du départ cette fois définitif de Vilma. Il ne l'avait pas accompagnée à l'aéroport, elle s'était enfuie, tremblante, sans au revoir, sans un mot. Longtemps je me suis reproché de l'avoir laissée repartir, abandonner Gabriel encore plus désemparé qu'avant sa venue. Il sembla ce jour-là tel un souffrant à qui l'on retire à jamais l'antalgique[2] qui vient de lui apporter, après un long martyre, un peu de soulagement. Jamais il ne m'avait paru si mal, d'autant plus que tout coïncidait. On le privait d'un réconfort alors que s'annonçait le pire. Il connaissait le scénario. Tout comme Tommy privé de mère, Gabriel, empli de l'inquiétude du combattant traqué comme il l'était de tout son personnage, fébrile à l'extrême, s'enferma dans une totale hostilité au monde. L'équipe l'aurait bien étranglé pour le mépris qu'il affichait, les caprices et les crises de nerfs. Moi je n'ai rien fait pour le calmer, ce jour-là, car sa mine décomposée, sa nervosité, son énergie du désespoir – celle de dernières forces raclées au fin fond d'un ressort épuisé – libérée dans sa façon de marcher, de monter les escaliers, de parler à la concierge, d'écrire en tremblant, tout cet effort de vivre car on ne veut pas mourir était, au

1. ***Comminatoire*** : menaçant.
2. ***Antalgique*** : médicament qui calme la douleur.

souffle près, l'air de Tommy qu'il devait jouer. Tout cet effort de vivre, et précisément de vivre libre, qui l'animait depuis plus de trois ans. Cette flamme sur laquelle l'ombre noire voulait souffler.

Chercha-t-il à la fuir encore ? Gabriel, qui confondait tout pour le meilleur et pour le pire, voulut-il échapper au destin de Tommy ? Toujours est-il que, le lendemain, jour d'août où nous devions filmer le midi d'un novembre, il ne vint pas au rendez-vous que le soldat perdu de l'armée du crime avait fixé à Marcel, au métro Pont-Marie.

## [9]

Au métro Pont-Marie, le dimanche 3 août, le décor était prêt. Il avait fallu « ventouser », autrement dit empêcher les voitures de se garer, les remplacer par quelques autres d'autrefois, puis maquiller la boîte aux lettres et démonter les signalisations modernes ainsi que l'arrêt du 67, situé juste entre les deux bouches du métro, mais sans le remplacer car la ligne n'existait pas encore en 1943. Steve réglerait plus tard l'hibernation des arbres[1] du quai, la vue dégagée sur l'île Saint-Louis, la couleur des façades. Précédés par l'équipe technique dès 3 heures du matin, les figurants et les acteurs étaient arrivés au lever du jour, vers 6 h 30, et nous avions l'autorisation de tourner jusqu'à 8 heures, heure à laquelle il deviendrait gênant d'arrêter la circulation sur le quai de l'Hôtel-de-Ville. Mais Gabriel n'arrivait pas, laissait les messages remplir sa boîte vocale.

**1.** Le narrateur évoque ici les effets spéciaux ou trucages qui permettent au cinéma de modifier l'apparence des arbres en supprimant leur frondaison estivale.

J'ai appelé Claire à 7 h 15. Elle dormait encore en ce dimanche, n'avait pas vu son fils depuis plusieurs jours. Il téléphonait de temps à autre, prétendait que je lui avais prêté une chambre chez moi, plus commode pour le tournage. Elle vérifia qu'il ne dormait pas dans sa chambre et qu'aucune trace d'un passage récent n'apparaissait dans la cuisine ou la salle de bains. Puis elle me demanda de venir, ajoutant qu'elle trouvait quelque chose d'intrigant à la chambre de Gabriel.

Depuis quand Tommy habitait-il la chambre de Gabriel ? Claire ne le savait pas, elle n'y entrait jamais, comme sans doute elle n'entrait jamais dans l'âme ni le cœur de son fils. Il avait recouvert les murs de portraits de Tommy agrandis, les cinq photos que l'on connaît de lui et que je lui avais données, multipliées à l'infini sur les murs et même sur la fenêtre par où ne passait plus la lumière. Sur son bureau s'empilaient tous les livres où l'on citait Tommy, celui d'Hélène, ceux de quelques historiens, ceux des combattants, Boris Holban, Abraham Lissner, Adam Rayski[1]... S'y trouvait aussi le livre des photos couleurs de Paris sous l'Occupation, d'André Zucca[2]. J'ai remarqué que le livre d'Hélène avait deux pages cornées, et je l'ai pris avec moi, pour tenter plus tard de déchiffrer ces marques. Tout le reste – affiches, objets et livres divers qui devaient, il y a peu, donner à ce lieu l'air d'une chambre d'adolescent ordinaire – était entassé dans deux grands sacs-poubelle jetés sur le lit.

Claire n'avait pas la moindre idée du lieu où pouvait être son fils. Elle téléphona à sa mère, à son ex-mari – le père toujours absent de Gabriel –, à deux amis dont elle connaissait le numéro. Personne n'avait de nouvelles. L'idée lui vint d'appeler la police, ce que je lui déconseillai fermement. Certes, Gabriel rêvait peut-être, confusément, d'avoir la police à ses trousses, mais j'espérais

---

**1.** ***Boris Holban*** (1908-2004), ***Abraham Lissner*** (1902-1981), ***Adam Rayski*** (1913-2008) : membres importants des FTP-MOI.
**2.** Voir note 3, p. 75.

encore une issue moins dramatique à sa disparition qu'un interrogatoire, une mise en garde, des questions sur le tournage et ma personne. J'imaginais déjà les articles dans les journaux, les insinuations, une situation qui finirait encore plus mal qu'elle n'avait commencé.

Je savais où aller. Le chemin passait par la place Clichy, où n'avait pas eu lieu un attentat envisagé contre la *Soldatenheim* ; par le pont du Carrousel où Gabriel m'avait demandé pourquoi j'avais choisi Tommy ; par le carrefour de l'Odéon où je n'avais pas répondu à ses questions plus essentielles ; par le boulevard Saint-Germain qui conduisait au royaume du frère qu'il s'était inventé et avec lequel il s'était laissé confondre. Tout en remontant la piste de Gabriel – mesurant que la scène perdue du métro Pont-Marie et même la perspective d'interrompre, voire d'abandonner, le tournage, et même la pensée que tout ce travail, ce temps et cet argent menaçaient de s'évaporer comme un rêve en ruinant ma réputation, ne me touchaient pas autant que l'inquiétant mystère de Gabriel, m'importaient moins que ce que j'allais trouver au bout de ce chemin –, m'est apparue la force du lien qui m'attachait désormais à ce garçon, tissé de fils qui n'avaient plus rien à voir avec le cinéma. C'était une autre araignée qui m'avait pris dans sa toile, alors que depuis la scène de la synagogue, je m'acharnais à l'éviter. Il faut dire que j'étais tombé sur un insecte rare. Comment le patineur banal du Trocadéro avait-il pu ainsi se transformer, ou plutôt se remplir ? Était-ce justement parce que la nature a horreur du vide, et qu'il fuyait alors sur ses roulettes d'autant plus vite qu'il était léger, inconsistant, inhabité ? Peut-être. Tommy n'avait eu qu'à entrer, avec armes et bagages, à prendre ses aises, dans un espace inoccupé. Mais encore fallait-il que cet espace lui convienne, et qu'il y soit comme aspiré. Je voyais presque tous les jours Jonathan, Mathieu, Nicolas, jeunes acteurs doués, pleins de bonne volonté, attachants bien que souvent préoccupés par des riens. Eux non plus n'avaient pas l'âme trop encombrée mais aucun ne s'était laissé investir, ni même vraiment approcher. La différence tenait peut-être à ce qu'ils étaient acteurs, qu'ils savouraient paisiblement la perspective d'une carrière, alors que Gabriel, sans vocation manifeste, se voyait devant l'avenir comme sur la rive d'un océan à traverser, avec le seul moyen d'un radeau ingouvernable. Gabriel ne se savait pas acteur, et peut-être ne le serait-il jamais plus après ces quelques jours d'été. Déserté par son locataire, ou au contraire à jamais occupé. La différence tenait peut-être, aussi, et plus sûrement, à la nature douloureuse du vide, issu d'un grand ménage dans des espaces de malheur. Mais que cherchait-il à effacer ?

Depuis quand Gabriel habitait-il la chambre de Tommy, où je le découvris le jour même ? Je m'étais donc souvenu de l'avoir laissé à l'aube d'un jour au bas de la rue du Cardinal-Lemoine, comme s'il était Tommy rentrant chez lui, au numéro 69 de cette rue. À l'intérieur de ce bizarre immeuble, je suis allé sonner à la porte de la chambre dont je connaissais depuis un an l'emplacement exact, espérant que Gabriel avait trouvé le moyen de l'occuper. J'ai sonné à la porte et j'ai prononcé son nom, deux fois, en vain. Je repartais et m'engageais dans l'escalier, au bout du couloir, lorsque j'ai entendu dans mon dos mon prénom murmuré. Je me suis retourné, Gabriel était dans le couloir, vêtu seulement du caleçon court d'autrefois qu'il avait porté pour jouer sa dernière scène avec Vilma, avec sa peau blanche irradiant dans l'ombre, ses cheveux encore à la Tommy, mais aussi, et surtout, une expression de profonde détresse, des yeux qui devaient avoir pleuré. Quelques jours plus tôt, parlant d'une séquence que nous devrions tourner, nous avions débattu du sujet des pleurs : Tommy, près de la mort, avait-il pleuré, comme le pensait Hélène ? Gabriel affirmait que c'était impossible. Ici, ce fantôme désespéré semblait attester le contraire. D'une voix lasse, mais qui résonnait dans le couloir, il m'a dit :

« Je ne savais pas que c'était toi, j'ai eu peur que ce soit les flics. Tu veux entrer ? »

Cela faisait un an que je voulais entrer. Un beau jour d'août, l'année précédente, j'avais trouvé dans les archives de la Préfecture de police l'adresse précise de la dernière planque de Tommy, assortie d'un numéro de chambre qui, ironie du sort, était le 22. Aussitôt, je m'étais hâté de parcourir les quelques centaines de mètres qui séparent les archives, au bas de la rue de la Montagne-Sainte-Geneviève, du 69, rue du Cardinal-Lemoine. C'est un immeuble étrange, sans âge identifiable, avec une cour fleurie derrière une porte en fer forgé inscrite dans une grande arcade. Juste à côté, le 71 est en fait une voie privée bordée d'un petit bâtiment à plusieurs escaliers, où vécurent Valery Larbaud[1], de 1919 à 1937, et surtout, pour l'histoire qui nous concerne, l'un des meilleurs amis d'Hélène, et peut-être de Tommy, le docteur László Farkas. Ce Juif hongrois communiste né en 1911, installé en France depuis 1933, fut membre du service de renseignements puis du service médical des FTP-MOI, sous le matricule 10201. En février 1944, les autorités allemandes, informées de son adresse, vinrent pour l'arrêter ; le logement étant déjà vide, ils demandèrent à la police française de mener une enquête. Dans son rapport, celle-ci mentionna qu'Hélène lui rendait fréquemment visite. Avant que Farkas ne quitte précipitamment son domicile à la fin novembre 1943, au moment de la grande rafle, et disparaisse dans la nature. Il n'est pas douteux que c'est lui qui trouva, dans l'immeuble qui jouxtait le sien, la planque de Tommy. László Farkas combattit avec les FTP jusqu'à la fin de la guerre, avant de repartir vers la Hongrie communiste de ses rêves.

Dans la cour fleurie, dallée de pierres claires, la loge du gardien était fermée, mais à sa fenêtre s'affichait la liste d'une cinquantaine d'occupants avec, en regard des noms, un numéro. Il

1. ***Valery Larbaud*** (1881-1957) : poète et romancier français.

y avait aussi des numéros sans nom, comme le 22. Un premier petit escalier extérieur, au fond de la cour, menait au hall d'entrée. En parcourant les couloirs, j'avais compris que l'immeuble n'était constitué que de simples chambres, toutes numérotées par une petite plaque de cuivre clouée sur leur porte, et qu'il avait sans doute été construit pour accueillir des étudiants du quartier. J'avais trouvé la chambre 22 et sonné à la porte. Elle était dotée d'une poignée de porcelaine blanche d'autrefois, que Tommy avait souvent tournée. Personne ne m'avait ouvert mais une voix féminine, à fort accent de je ne sais où, m'avait demandé qui j'étais. Difficile à expliquer à travers une porte. À l'aide de quelques arguments vagues, j'avais obtenu de cette voix le numéro de téléphone du propriétaire du logement. Que j'avais appelé à plusieurs reprises, en vain : pour des raisons obscures – peut-être se méfiait-il car il ne déclarait pas les loyers, encaissés auprès d'étrangers de passage –, il avait obstinément refusé de me laisser visiter la chambre.

«Mais quels flics, Gabriel? Tu crois qu'ils sont déjà à ta recherche parce tu n'étais pas au tournage ce matin?»

Il n'a pas répondu. Et je savais déjà, à son regard perdu, qu'il ne comprenait pas les questions. Il était égaré dans son rêve, somnambule. Ce rêve qu'il nourrissait si intensément d'images, de lectures, de décors, qu'il le vivait éveillé. Il faisait chaud dans la chambre, une pièce de douze mètres carrés, sans rien d'autre qu'un lit à cet instant défait avec ses draps blancs froissés, un lavabo d'autrefois, un fauteuil en rotin, une armoire en contreplaqué, une fenêtre qui donnait sur des arbres, la ruelle du 71 et peut-être, juste en face, l'appartement des Farkas. L'abri de Tommy, sa dernière cache, son dernier confort, dont j'ai touché les murs, observant les moindres détails qu'il avait pu voir, le commutateur[1] électrique et les robinets qui n'avaient certainement pas changé, le bois de la fenêtre, celui des plinthes et du

1. ***Le commutateur*** : l'interrupteur.

parquet, de tout cela émanait une odeur : pour Tommy, le dernier parfum de la liberté. Gabriel, cependant, nu comme avec Vilma, mais sans elle, s'était recroquevillé dans la position du fœtus sur le lit, enserrant un oreiller contre sa poitrine. Je me suis assis en tailleur, près de lui. Je lui ai demandé comment il avait pu disposer de la chambre, et depuis quand. Cela faisait dix jours, il avait appris du concierge que la chambre était à louer et qu'il pouvait la prendre à la condition de lui payer directement un mois d'avance en liquide. Quatre cents euros, qu'il avait pris des mille que sa mère lui avait donnés, en guise d'avance sur le cachet du film qu'il toucherait à sa majorité, dans quelques mois.

« Tommy la louait deux mille francs par an, c'est un peu moins que ce qu'il gagnait par mois, a-t-il ajouté, songeur.

– Cela fait soixante-cinq ans, Gabriel. »

Il n'a plus rien dit. J'avais jeté mon manteau sur le lit et j'ai vu le livre jaune d'Hélène qui dépassait de ma poche. Je me suis souvenu des pages cornées. Il y en avait plusieurs, dont celles où Hélène racontait les moments que j'avais intégrés dans le scénario, et d'autres, comme celle où l'on pouvait lire : « Il savait parfaitement à quoi il s'engageait : "Nous, on va tous crever, et ceux qui n'ont rien fait gouverneront la France. Et dans deux ans, on ne dira même plus qu'on a existé." S'il savait qu'on n'a jamais parlé d'eux, ni dans deux ans, ni jamais. Comme s'ils n'avaient jamais existé. Des enfants de dix-sept, dix-huit ans, qui étaient purs… Deux mètres de longueur et deux mètres de profondeur, c'est tout ce qu'ils ont gagné… » Ou une autre encore : « Il jouait encore comme un enfant, il avait déjà dix-huit ans, ils se sont battus pour un bout de chocolat avec mes enfants. Ce n'était pas un homme, ce n'était pas un homme mûr. La Résistance lui a beaucoup appris certainement. Il a certainement beaucoup souffert des hommes. » Il y avait dans ces pages cornées aussi bien de quoi mieux ressentir son personnage, et nourrir sa façon de jouer, que le sentiment de révolte dont il m'avait fait part devant l'oubli de ces enfants morts ou, pire encore pour lui, peut-être, devant une évocation tronquée[1]. Je voyais de dos ce grand fœtus engourdi dans la chaleur, vulnérable et léger. Il me semblait pourtant que, grâce à lui, à sa folie, à son étrangeté, jamais cet enfant pur qui avait tué des dizaines d'hommes ne serait mieux restitué.

Un autre passage, marqué par Gabriel de trois traits de stylo-bille dans la marge, m'a intrigué. Il évoquait un moment où la famille et Tommy habitaient dans deux immeubles différents mais dans le même petit village qui se cache au 34, rue de la Montagne-Sainte-Geneviève : *C'était une souffrance à nous, à lui. Nous attendions tous les soirs qu'il rentre, qu'il ne rentre pas. Mon mari était en complète folie. Il courait après lui partout. Si un jour Thomas ne venait pas, son père allait voir chez lui. Thomas habitait une chambre, près de chez nous. Mon mari se baissait à quatre pattes dans l'escalier pour voir sous la porte s'il y avait de la lumière. Quand il avait vu la lumière, il revenait, mais il ne s'endormait jamais avant d'avoir vérifié que Thomas était là. Comme souffrance, nous étions bien placés.* J'ai lu à Gabriel ces lignes, puis je lui ai demandé pourquoi il les avait marquées au stylo. Je l'ai vu alors se déplier, se séparer de l'oreiller qu'il tenait contre lui, se retourner vers moi. Il souriait :

«Si un jour Thomas ne venait pas, son père allait voir chez lui», a-t-il simplement répété.

## [10]

*On reconnaît Tommy de dos, avec son manteau bleu marine, assis sur un banc placé juste entre les deux bouches du métro Pont-Marie. Devant lui passent quelques véhicules d'autrefois, dans les*

1. ***Tronquée*** : altérée, erronée.

*deux sens, un camion militaire allemand, deux vélos-taxis, et au-delà de la chaussée, sur le quai, de nombreux promeneurs emmitouflés, des couples d'amoureux, des familles, flânant, s'arrêtant devant les étals des bouquinistes*[1]. *On voit deux hommes en costume sombre s'approcher de Tommy, dans son dos, contourner le banc et se placer devant lui. Aussitôt, deux tractions avant*[2] *noires surgissent de la gauche et freinent brutalement juste devant le banc. Un homme descend de chaque voiture, et les deux se joignent aux premiers. Sous la menace de leurs armes, Tommy a levé ses bras en l'air. Sur le quai, des passants observent la scène. Un homme fouille dans les poches du manteau de Tommy, n'y trouve rien, le déboutonne, fouille dans les poches intérieures, trouve un portefeuille qu'il passe à un autre homme, ne trouve rien d'autre. Deux hommes saisissent Tommy par les bras, il ne résiste pas, ils le poussent à l'arrière de la première voiture, puis les quatre hommes se répartissent dans les deux tractions qui redémarrent en trombe. On voit des passants échanger quelques mots entre eux, et reprendre aussitôt leur flânerie le long du quai.*

*À l'intérieur d'une voiture d'autrefois roulant dans les rues de Paris, sur la banquette arrière, Tommy est assis entre deux des inspecteurs qui viennent de l'arrêter. L'un d'eux fouille dans le portefeuille de Tommy, en sort plusieurs papiers qu'il observe, l'un après l'autre :*

*« Tu t'appelles Pierre Deschamps ? » demande-t-il.*

*Tommy ne répond pas. Il regarde fixement devant lui.*

*Je te verrai Dimanche à midi à (métro) Pont-Marie…*, avait écrit Tommy à Marcel. J'imagine que cet endroit, sur le quai de l'Hôtel de Ville occupé par les bouquinistes, en face de l'île Saint-Louis, devait être leur lieu de rendez-vous habituel : il se trouvait

1. ***Bouquinistes*** : marchands de livres d'occasion.
2. ***Tractions avant*** : automobiles du constructeur français Citroën dont les roues motrices sont celles du train avant.

exactement à équidistance[1] de leurs deux domiciles, et ne leur demandait à chacun pas beaucoup plus de dix minutes de marche à pied. J'ai refait ce chemin, le dernier que Tommy fit en liberté, traversant son royaume qui l'avait perdu. Ce dimanche 21 novembre 1943, vers midi moins le quart, il sortit de chez lui et descendit la rue du Cardinal-Lemoine jusqu'à la Seine, passant la rue Clovis qui lui avait valu l'un de ses surnoms, la rue Monge qui le menait chaque jour à l'école lorsqu'il était enfant, puis le carrefour que forment les rues des Écoles et Jussieu, poursuivant sa rue encore au-delà du boulevard Saint-Germain, vers le quai de la Tournelle où se trouve la Tour d'Argent, franchissant le pont de la Tournelle et l'île Saint-Louis par la rue des Deux-Ponts, pour atteindre enfin le pont Marie. Il faisait gris et très froid pour une fin novembre, exactement 2 degrés. Les rues étaient pauvres et noires, alors, et sans doute croisa-t-il en ce dimanche matin, jour de courses et de visites, quelques étoiles jaunes, quelques enfants maigres et pâles. Je me demande s'il a craint, ne serait-ce que par intermittence[2], de s'être tendu son propre piège. J'ai tendance à le croire. Pour lui rien n'était pire, sans doute, que de ne pas savoir ce que les autres étaient devenus. Et ce rendez-vous n'avait probablement pas d'autre raison que de l'apprendre. Si Marcel y était, peut-être aurait-il des informations à ce sujet. S'il n'y était pas, c'est qu'il avait été arrêté, que tout était fini. Et que d'autres que lui seraient peut-être au rendez-vous. Je me demande, enfin, si Tommy, en ce dimanche, après avoir ou non rencontré Marcel et s'il était libre encore, comptait tenir la promesse qu'il avait faite à sa mère deux jours plus tôt. Je n'ai qu'une certitude : dans la traction avant, il pensa à elle.

Le portefeuille que les inspecteurs trouvèrent sur lui contenait une fausse carte d'identité au nom de Pierre Deschamps délivrée

---

1. ***À équidistance*** : à distance égale.
2. ***Par intermittence*** : par moments.

par la police d'État de Seine-et-Oise, district du Raincy, et, toujours au même nom, une carte de la bibliothèque Sainte-Geneviève et une autre du Conservatoire des arts et métiers[1].

*Les deux tractions se garent devant le 69, rue du Cardinal-Lemoine. Les inspecteurs en descendent, encadrant Tommy menotté. Une caméra instable les suit quand ils franchissent la porte en forme d'arche, quand ils gravissent les deux étages en silence, ouvrent la porte 22 et entrent dans la chambre. Les inspecteurs retournent le matelas du lit, vident l'armoire en jetant tout sur le sol, fouillent un sac à dos dans lequel ils trouvent trois grandes clés à tire-fond pour déboulonner les rails, se saisissent de divers papiers se trouvant sur la table, emportent le tout en poussant Tommy vers la sortie, sans dire un mot.*

*Les deux tractions démarrent.*

Cette scène tournée en décor naturel, que la « mise à disposition » de Tommy au chef adjoint de la BS 2, le commissaire Gautherie, permet de reconstituer avec précision, n'était pas prévue dans le scénario. Je ne l'avais pas écrite, si ma mémoire est bonne, parce que je n'avais pas envie d'inventer à partir de rien le décor de la chambre, de ce lieu si intime pour Tommy. Nous avons improvisé avec une caméra DV[2] la scène le jour même où j'y ai retrouvé Gabriel, à peine quelques heures plus tard. Après le sourire de Gabriel, et ce qui s'était passé après ce sourire : le fils rassuré par l'affection de son père, pour un temps détendu, relâché, s'approchant de moi, s'asseyant sur le lit juste à mes côtés, et moi lui faisant promettre de revenir, de reprendre le tournage et de m'accompagner jusqu'à la fin. Nous étions vraiment seuls au monde, à ce moment-là, cet instant qui n'appartenait pas à l'ordre naturel du temps dans la chambre habitée par

---

**1.** Tommy possédait en effet une fausse carte d'étudiant ingénieur au Conservatoire des arts et métiers.

**2.** ***Caméra DV*** : caméra qui filme au format Digital Video, c'est-à-dire en numérique.

un fantôme bien charnel, dont je touchais la peau, dont je sentais la fièvre au bout de mes doigts, l'haleine sur mon visage. Gabriel souriant, enfin calme, murmurant après un long silence : *Thomas aimait son père.* Une phrase qu'il n'avait pas inventée, qui était une citation des Mémoires d'Hélène, quand elle décrit une scène d'affection entre Tommy et Elek et s'empresse d'ajouter : *Mais il était moins proche de son père que de moi.* À cet instant-là, il me suffisait qu'il l'ait aimé et que ce détail, que je n'avais pas du tout développé dans le scénario, ait touché Gabriel. Plus tard – nous attendions les acteurs et l'équipe que j'avais convoquée avec tout le matériel –, il m'a reproché d'avoir escamoté[1] cette relation entre le père et le fils, d'avoir confiné le pauvre Miklos à un rôle de figurant, de n'avoir même pas tourné cette scène du père inquiet à quatre pattes pour voir sous la porte s'il y avait de la lumière, mais je la trouvais ridicule et Gabriel m'a dit : « Elle n'est pas ridicule du tout. » Quoi qu'il en soit, Miklos était déjà reparti. Le film garde donc cette regrettable lacune, ce père effacé au second plan d'une dizaine de scènes, évacué pour une raison obscure qu'il faudrait peut-être rechercher dans la nature du lien qui m'unit à Tommy, malgré moi, au-delà du cinéma, au-delà du temps.

*Dans le studio de la rue Daguerre, Marthe et Béla, attablés, observent leur mère allant ouvrir la porte où l'on vient de frapper. Dans l'encadrement de la porte paraissent alors deux des inspecteurs qui ont arrêté Tommy :*

*« Madame Elek ?*

*– Oui, c'est moi. Qu'est-ce que vous voulez ?*

*– Nous voudrions savoir où est votre fils Thomas, madame Elek. Vous le savez ?*

*– Oui, je crois, à cette heure, un dimanche, il doit être au ravitaillement… » Elle se retourne, dit quelques mots en hongrois à Béla, sous-titrés : Descends et, s'il arrive, dis-lui de ne pas monter.*

1. ***Escamoté*** : ici, passé sous silence.

*Les deux inspecteurs sont entrés dans le studio, qu'ils inspectent, mais sans rien toucher.*

*«Au ravitaillement..., dit l'un d'eux, qui continue à tourner dans la pièce, regardant les divers objets posés sur les meubles. J'ai bien peur qu'il ne soit pas au ravitaillement, madame Elek. Vous nous mentez. Mais cela n'a pas d'importance. Il y a des affaires à lui ici?*

*– Non, il n'y a aucune affaire à lui. Il n'habite pas ici, vous savez.*

*– Nous savons. Mais nous savons aussi qu'il vient chez vous presque tous les jours.*

*– Comment se fait-il, monsieur, dit Hélène soudain énervée, vous qui êtes français, que vous serviez les Allemands? Vous ne savez pas que ce sont nos ennemis?»*

*L'inspecteur est maintenant penché sur la table, et regarde longuement les plats que les enfants étaient en train de manger avant de répondre :*

*«Il faut bien vivre, madame Elek, il faut bien vivre.»*

*Il se dirige alors vers la porte, l'ouvre en disant «Au revoir, madame, excusez-nous de vous avoir dérangée», et s'en va, suivi de l'autre inspecteur.*

Afin d'accompagner l'acteur dans la progression dramatique qu'il devait interpréter, j'avais tenu à respecter le plus possible, lors du tournage, la chronologie historique. Ces jours-là, le temps s'emmêlait aussi dans l'ordre des séquences. Nous avons obtenu une seconde autorisation pour tourner l'arrestation de Tommy sur le quai de l'Hôtel de Ville, mais seulement le dimanche suivant, soit une semaine après la scène de la perquisition chez lui. Gabriel n'était déjà plus le même. Quant à la visite des inspecteurs chez Hélène, rue Daguerre, elle a été tournée avant le premier départ de Vilma. Une scène qu'Hélène raconte dans son livre, l'une de celles où certains repères que nous imposent les livres et les films d'histoire se brouillent. Après avoir arrêté Tommy, en effet, le même dimanche, les flics de la BS 2 menèrent une perquisition chez elle, lui faisant croire qu'ils cherchaient son fils, lui cachant donc qu'ils l'avaient arrêté. Pour les seules raisons, je suppose, que devant elle ils en avaient honte, et qu'ils n'avaient pas le courage d'affronter sa douleur ou sa colère. Une perquisition de pure forme, d'ailleurs, qu'ils rapportèrent à leur supérieur, précisément en ces termes : *La visite domiciliaire effectuée au domicile des parents d'Elek, 63, rue Daguerre, où celui-ci se rendait journellement, n'a permis la découverte d'aucun objet ni papier suspects.* Oui, les petits inspecteurs de ce dimanche de routine, qui arrêtèrent Tommy, se rendirent ensuite chez sa mère, juive, complice manifeste de son fils, pour une perquisition de pure forme et la laissèrent en liberté. Hélène précise même que *les policiers étaient très gentils et très polis. Ils sentaient que c'était la fin. Déjà, en hiver 1943.* Mais elle se trompe. Car s'ils l'avaient vraiment senti, sans doute se seraient-ils déjà enfuis au bout du monde. Et parce qu'ils n'étaient pas si gentils, comme on va le voir. Alors pourquoi l'épargnèrent-ils ? Pourquoi Hélène, repérée depuis des mois, ne fut-elle jamais inquiétée ? Par quel miracle cette famille de Juifs communistes notoires, dont l'un des membres avait tué des Allemands, survécut-elle à la guerre ? Il faut croire qu'un grain de sable pouvait, de temps en temps, gripper la machine policière. Les Elek quittèrent leur logement de la rue Daguerre le jour même, définitivement, y laissant toutes leurs affaires, mais ne s'installèrent pas plus loin qu'à quelques mètres, chez des amis, rue Froidevaux.

Les inspecteurs qui s'occupèrent de Tommy et le mirent à la disposition du commissaire Gautherie s'appelaient Lavoignat, Besse, Plancheneau, Orliange et Rault. Une police bien française, pure souche, au service de l'ordre allemand. De l'ordre tout court. Peut-être n'étaient-ce pas les pires, peut-être certains d'entre eux répugnaient-ils à torturer, torturaient-ils du bout des doigts, peut-être l'un d'eux, même, renseignait-il la Résistance. Mais tous ces noms sont mentionnés sur le formulaire de «mise à disposition», préambule au procès-verbal d'interrogatoire sous lequel se dissimule le processus plus ou moins long et abouti d'extorsion des aveux.

*À la lumière du jour c'est en gros plan le visage fermé, contracté, de Tommy qui marche ; on voit dans le cadre aussi des fragments de visages, d'épaules, d'autres hommes en costume sombre qui l'entourent. On entend le bruit de leurs pas sur ce qui doit être un parquet grinçant.*

*«À gauche!» ordonne l'un des hommes.*

*On découvre une grande pièce avec au fond deux fenêtres grillagées entre lesquelles est accroché un portrait de Pétain. Au premier plan, on voit une longue table en métal, vide. Au fond, un bureau inoccupé, une chaise placée devant lui. Le long du mur de gauche, une étagère sur laquelle s'alignent des dossiers maintenus par une ficelle et une table devant laquelle est assise une femme qui regarde la caméra. Sur cette table, une machine à écrire d'autrefois, dans laquelle est insérée une liasse de feuilles et de carbones*[1]*. Un inspecteur apparaît dans le champ, il prend un dossier dans l'étagère, le pose sur le bureau, s'assoit derrière. Il ouvre un tiroir, en sort une feuille de papier blanc et un crayon, qu'il pose devant lui.*

*«Assieds-toi.»*

*Tommy, menotté, s'assoit sur la chaise devant le bureau. Il est comme il était lors de l'arrestation et de la perquisition, nu-tête, portant son manteau bleu marine. Sous le manteau on voit une veste bleu-gris et une chemise blanche au col boutonné, sans cravate. Trois inspecteurs restent debout derrière lui, appuyés contre la table vide.*

---

1. ***Carbones*** : papiers chargés de carbone noir intercalés entre deux feuilles, qui permettaient de reproduire sur la seconde le texte qui était écrit sur la première.

*«Nom?»*

*Tommy ne répond pas. L'interrogateur le regarde, surpris. L'un des inspecteurs vient s'appuyer contre la table de la machine à écrire, face à lui, à un mètre à peine.*

*«Je t'ai demandé ton nom», dit l'interrogateur.*

*Tommy, qui a les yeux fixés sur lui mais le regard vague, comme s'il ne le voyait pas, ne répond pas.*

*L'interrogateur sourit, tapote la feuille de papier avec le crayon et dit :*

*«Ça commence bien…»*

*Les autres inspecteurs et la femme ricanent.*

*«Elek, dit l'interrogateur près de s'énerver, c'est une formalité, je te pose quelques questions, tu y réponds, la demoiselle reporte sur le procès-verbal, et tout le monde est content. La première question est : quel est ton nom?*

*– Elek», répond Tommy d'une voix neutre, le regard toujours vague.*

*La dactylo tape les quatre lettres. La voix de l'interrogateur se superpose désormais au cliquetis de la machine à écrire. Tommy marque toujours un temps, comme s'il réfléchissait, avant de répondre.*

*«Prénom?*

*– Thomas.*

*– Nom du père?*

*– Elek Alexandre.*

*– Nom de la mère?*

*– Hofmann Hélène.*

*– Date et lieu de naissance?*

*– 7 décembre 1924 à Budapest.»*

*L'interrogateur se tourne vers la dactylo :*

*«Tu ajouteras "Hongrie" entre parenthèses. Nationalité?*

*– Hongrois.*

*– Tu as une carte d'identité d'étranger?*

*– Non, je l'ai détruite.*

*– Elle t'avait été délivrée par la Préfecture de police?*

*– Oui.*

*– À quelle date?»*

*Pour la première fois, Tommy baisse la tête, il semble soudain épuisé.*

*«Quelle date… je ne sais plus.»*

*L'inspecteur debout lui empoigne les cheveux et lui relève la tête brutalement :*

*«Tu vas nous dire la date…*

*– Je dirais début 43.»*

*L'interrogateur se tourne vers la dactylo :*

*«Tu mettras "1er janvier 1943". Confession*[1] *?»*

*Tommy ne répond pas, il a toujours ce regard vague, fixé devant lui. Soudain l'homme debout le gifle avec violence. On voit le visage de Tommy en gros plan, celui d'un enfant d'abord interloqué puis qui s'efforce de ne pas montrer sa douleur, de paraître impassible.*

*«Tu es juif, Elek, dit calmement l'interrogateur, un sale petit Juif hongrois terroriste. Juif. Ce n'est pas difficile à dire.»*

*La dactylo tape un mot de quatre lettres sur sa machine.*

*«Situation de famille?*

*– Célibataire.*

*– Des enfants?*

*– Non.*

*– Profession?*

*– Sans profession. Je suis étudiant.*

*– Domicile?*

*– 7, rue Roger, dans le XIVe.»*

*L'interrogateur ouvre alors le dossier placé devant lui, en feuillette rapidement les pages, trouve enfin la bonne.*

---

1. ***Confession*** : appartenance religieuse.

*« Odette, tu mettras : "Je suis domicilié légalement 7, rue Roger, Paris XIVᵉ, mais j'habite en réalité depuis le mois de mai 69, rue du Cardinal-Lemoine, chambre 22, à Paris Vᵉ, sous le nom de Deschamps." Tu la payais combien, cette chambre ?*

*– Deux mille francs.*

*– Odette, précise "loyer annuel". Déjà condamné ?*

*– Non.*

*– Messieurs, dit l'interrogateur, tout en refermant le dossier et en rangeant papier et crayon dans le tiroir, ça suffira pour un dimanche, non ? Foutez-le avec les autres, salle 23… »*

*Alors que les inspecteurs se saisissent de Tommy, l'interrogateur ajoute, souriant :*

*« Heureux d'avoir fait ta connaissance. On se revoit demain. On en viendra aux faits. »*

Cette scène s'est déroulée au siège de la Brigade spéciale 2 des Renseignements généraux – alors chargée de la traque des ennemis des Allemands –, au deuxième étage de la galerie sud de la Préfecture de police. Les brigades disposaient là de cette salle d'interrogatoire, la salle nᵒ 35, l'une des plus vastes, de plusieurs salles de détention et de divers bureaux. Les personnes arrêtées y étaient conduites, interrogées durant plusieurs jours, puis livrées aux autorités allemandes qui décidaient alors s'il convenait d'obtenir davantage d'aveux. Les procès-verbaux d'interrogatoire étaient tapés en cinq exemplaires, un original et quatre doubles imprimés grâce au papier carbone intercalé. À la machine à écrire, c'était toujours une femme. Une femme qui assistait aux interrogatoires, quelle que soit leur violence, quelles que soient les humiliations exercées. La femme, en réalité, en tant que femme, faisait partie intégrante du dispositif psychologique de l'interrogatoire des hommes.

Il va sans dire que les procès-verbaux ne mentionnent pas les brutalités commises pour obtenir des aveux. Aux Renseignements généraux, elles étaient systématiques. J'ai dû imaginer, donc, non pas leur nature, qui fut décrite par les survivants, mais les moments où Tommy dut les subir. Cette séquence correspond aux préliminaires de l'interrogatoire, concernant l'état civil de l'appréhendé et précédant les faits eux-mêmes. J'ai imaginé un Tommy en état de choc, diminué, sans défense, rapidement vaincu, ne réagissant par le silence qu'à la première question puis à celle de sa judéité. Non pas précisément la sienne, mais l'image de la judéité que fabriquait la propagande nazie, à laquelle il ne voulait pas qu'on l'assimile, qui l'avait entraîné à prendre les armes et qu'on voudrait forcément, désormais, lui coller à la peau. Je ne sais quelle fut pour Tommy la plus grande souffrance morale, à partir de ce jour, entre sa mère perdue, sa liberté perdue, sa dignité perdue, sa vie perdue… Mais je parierais que pour lui, l'orgueilleux, grand prince blond, fils de reine, l'offense d'être rivé de force, sans moyen de s'en défaire, à cette image vermineuse et simiesque[1] fut l'une de ses douleurs. Plus forte que l'avilissement[2] des coups.

Pour Gabriel, cette scène fut la première véritablement difficile à jouer. Incarner Tommy privé de la faculté de tuer, vaincu, dégradé, lui était presque insupportable. Il y parvint cependant à merveille et j'aurais tourné l'interrogatoire en plan-séquence[3] s'il n'avait pas craqué cinq ou six fois, se levant soudain de sa chaise, réclamant une pause, et même s'effondrant en larmes, après la gifle. J'avais demandé à l'acteur de ne pas la retenir, et j'avais prévenu Gabriel qu'elle ne serait pas simulée. Il a été néanmoins surpris par sa force, et cela se voit à l'image qui est l'une des plus intenses du film, je crois. Mais je ne m'attendais pas aux larmes, jaillissant après quelques secondes alors que

**1.** ***Vermineuse et simiesque*** : qui tient respectivement de la vermine et du singe.
**2.** ***L'avilissement*** : la dégradation.
**3.** ***Plan-séquence*** : scène d'un film constituée d'un seul et unique plan (lexique du cinéma).

l'interrogateur avait repris son texte. Je n'ai pas hésité à interrompre la prise. Aussitôt, je me suis demandé si j'avais eu raison de le faire, si je n'aurais pas dû laisser couler les larmes devant la caméra et changer du tout au tout le comportement de Tommy en cette circonstance. J'avais déjà laissé Gabriel s'échapper du scénario, quelquefois, et je savais qu'il avait eu souvent raison de le faire. Mais là, non, ses larmes étaient les siennes, à lui seul, celles d'un enfant qui veut être consolé. Gabriel s'apitoyait sur le sort de Tommy, autrement dit, dans sa folie d'identification, sur le sien propre. Tommy, quant à lui, si tant est que le choc de son arrestation et de la violence qu'il subissait soudain lui avait laissé la faculté de penser, avait dû au contraire s'en vouloir de son imprudence, au point de se détester lui-même, à cet instant. Tout le contraire de ce qui fait verser des larmes.

Si Gabriel s'apitoyait sur Tommy, sur lui-même, et pleurait pour se faire consoler, c'est que, depuis quelques jours il avait changé. Précisément, de façon progressive, depuis que je l'avais trouvé dans la chambre de Tommy, rue du Cardinal-Lemoine. D'abord l'avait touché que je sois venu moi-même, en personne, que j'aie tout lâché pour partir seul à sa recherche, alors qu'un assistant aurait *a priori* très bien fait l'affaire. C'était vrai. Il avait senti cela. Que je n'aurais laissé à personne d'autre ce tourment et cette émotion. Il ne l'avait pas saisi tout de suite, en me découvrant dans le couloir, mais quelques instants plus tard, lorsque je lui avais lu les pages du livre d'Hélène qu'il avait cornées, comme un père ou une mère lit et relit toujours à son enfant la même histoire qu'il aime et qu'il exige, pour être rassuré. Oui, je crois que c'est à cet instant, replié près de moi, entendant ma voix dire les mots d'Hélène, qu'il a perçu quelque chose. Cette chose que prouvaient ma présence, le temps que je lui consacrais, ce texte que je lui lisais et que nous seuls pouvions pleinement partager. *Si un jour Thomas ne venait pas, son père allait voir chez lui*, m'avait-il répété, tout sourire, comme s'il plaisantait. Mais il ne plaisantait pas le moins du monde. J'avais déjà discerné, bien avant ce jour, sa propension[1] plus ou moins confuse à me considérer comme un père, puisque j'avais écrit son propre rôle, et qu'il le contestait. Lui savait déjà depuis longtemps que j'avais besoin de lui, de sa compagnie le plus souvent possible. Ce jour où il s'était caché, il avait découvert à ma présence accordée, à ma voix, à mes regards peut-être, à quelque chose qui devait émaner de moi, que ce besoin de lui n'était pas seulement fonctionnel, que la qualité de sa présence n'était pas pour moi qu'un simple instrument pour mieux travailler. Il ressentait cette chose. Il la goûtait sans en distinguer précisément la nature. Cette chose pour moi si périlleuse, si contrariante que je ne veux pas la nommer, il la buvait goulûment comme un assoiffé. Elle comblait un manque abyssal[2]. Elle devait lui paraître plus délectable encore que le leurre[3] de l'amour d'une mère dans les bras de Vilma, car, en plus de l'envelopper de chaleur, elle l'amenait, peu à peu, après les douleurs d'un rêve, à consentir à la réalité.

Voilà pourquoi, jouant Tommy violenté, Gabriel s'apitoyait sur lui-même et s'était mis à pleurer : non seulement il commençait à se séparer de Tommy au point de pouvoir l'observer en lui, compatir à sa douleur plus que l'éprouver, mais, en plus, ses larmes m'obligeraient forcément à verser le baume de mon affection paternelle. Effectivement, elles m'ont bouleversé. J'ai demandé d'un geste à toute l'équipe de s'éloigner. Il était assis sur sa chaise, les menottes aux poignets, et moi agenouillé à ses pieds, lui prenant les mains. Les mots de réconfort que je trouvais à lui dire, qui s'adressaient à toutes les douleurs, celles de Tommy, celle de l'acteur et la sienne, ne faisaient bien sûr qu'exciter les sanglots :

«Ça va aller, Gabriel, ça va aller… C'est normal que tu pleures, à ta place je serais déjà noyé dans l'eau de mes larmes,

1. ***Propension*** : tendance.
2. ***Abyssal*** : d'une profondeur infinie.
3. ***Le leurre*** : l'illusion.

mais ça va aller, maintenant, tu vas y arriver, je sais que tu es capable de supporter tout cela, tu en sortiras vainqueur, tu vas voir… »

Et toute une suite de mots du même genre. Lui, d'une voix brisée, faisant semblant de parler de l'acteur plutôt que de lui, réfutait toutes mes paroles, affirmant qu'il n'y arriverait jamais, que c'était trop difficile, qu'il n'irait pas jusqu'au bout, sans vouloir me dire si c'était au bout de la séquence, au bout du film, laissant entendre dès lors qu'il parlait de sa vie. Je lui ai répondu que ce n'était pas grave, s'il voulait arrêter la scène on la reprendrait le lendemain, s'il voulait arrêter le film j'abandonnerais le film, rien n'avait plus d'importance à mes yeux que lui. À ce moment, heureusement, il ne lui restait plus de larmes. Gabriel s'est calmé ainsi, menotté sur sa chaise. Il n'a pas voulu retourner dans la loge, traverser le plateau entre les techniciens et les acteurs qui attendaient dans l'ombre. Il m'a souri. Il m'a demandé de reprendre la scène là où il l'avait interrompue. J'ai demandé un raccord maquillage[1]. Il a joué ce premier interrogatoire, puis le deuxième, jusqu'au bout, comme un héros.

*Dans une petite pièce éclairée par une lampe au plafond, un homme en pull-over insère des petits cartons portant des numéros, 22, 11 et 43, dans un cadre de métal d'environ cinq centimètres sur deux placé à l'extrémité d'une tige fixée perpendiculairement à un mur nu. Un autre cadre plus étroit, juste au-dessus de l'autre, porte le numéro 19. Au-dessus de cette tige, une autre tige parallèle, plus longue, s'achève par un arrondi de métal. Une fois les trois numéros insérés, l'homme se retourne et se déplace, découvrant un tabouret à vis placé juste à l'aplomb des tiges.*

*« Voilà, tu t'assois ici. »*

*Tommy apparaît dans le champ, en costume bleu-gris et chemise blanche à col boutonné sans cravate. Il semble épuisé. Il*

1. ***Un raccord maquillage*** : une retouche du maquillage (lexique du cinéma).

*s'assoit, on voit son profil droit. L'homme demande à Tommy de se relever un peu, règle la hauteur du tabouret, demande à Tommy de se rasseoir, de relever la tête, et cale son occiput*[1] *dans l'arrondi de métal de la longue tige.*

*« Tu ne bouges plus. »*

*On ne voit plus que le profil droit de Tommy, jusqu'à l'épaule, sa tête calée sur la tige supérieure et derrière sa nuque l'autre tige plus petite avec les numéros. On entend un claquement et en même temps l'image est saturée par un éclair de lumière. Il se dissipe aussitôt et l'on découvre cette fois Tommy de face, son visage et son buste, avec en bas du cadre un rectangle où sont inscrits une date,* 22.11.1943, *un numéro,* 849864, *un nom en lettres capitales,* ELEK. *Le regard de Tommy est vide, et l'expression de son visage, où l'on peut lire aussi bien du désarroi que du mépris, est une énigme. Insensiblement, les traits de ce visage se déforment, les couleurs s'estompent en noir et blanc tandis qu'apparaît la véritable photo judiciaire*[2], *le vrai visage du Tommy d'autrefois. Le plan s'achève par un deuxième claquement accompagné d'un éclair de lumière.*

Ce *morphing*[3] n'était pas prévu au scénario et j'ai longtemps hésité avant de le commander à Steve. L'irruption d'images d'archives dans un film de fiction, même et surtout de fiction historique, m'a toujours semblé un procédé d'une pénible lourdeur. L'idée m'est pourtant venue, à l'instant même du tournage, comme une évidence tant l'expression de Gabriel correspondait à celle de Tommy sur la photo qu'il avait agrandie et placée sur les murs de sa chambre, qui l'accompagnait depuis longtemps

1. ***Occiput*** : partie arrière du crâne.
2. Ces deux clichés sont reproduits p. 26.
3. ***Morphing*** ou ***morphose*** : technique qui, à l'aide d'effets spéciaux, transforme un visage en un autre, de la façon la plus naturelle et la plus fluide possible. Ici, le morphing permettrait de passer du visage de Gabriel au vrai visage de Tommy (lexique du cinéma).

déjà. Comme pour honorer le Tommy historique, par cette intrusion du réel, pour que le spectateur ait au moins une fois devant les yeux le vrai visage de celui qui va mourir. Et en même temps comme un hommage au don de Gabriel, à cette folie qu'il m'offrait et le rapprochait d'un gouffre. Une autre archive, cette fois prévue au scénario, apparaît plus tard dans le film : *L'Affiche rouge*[1].

Sur cette photo judiciaire, tout est intelligible, sinon l'expression de Tommy et ce numéro 19 que l'on voit derrière sa nuque. Ce n'est pas son âge, puisque son âge n'intéressait personne et qu'il n'avait pas encore dix-neuf ans. La photo a été prise le lendemain de son arrestation et du premier interrogatoire, probablement avant le deuxième. Il vient de passer la première nuit de sa vie dans un autre monde. Un monde où il n'a plus aucune prise, ni aucun droit. Désormais Hélène n'offre plus aucun recours[2], ni pour lui ni pour moi. Et je ne saurais pas comment se sont passés ces jours à la Préfecture, pour Tommy, si n'existait le témoignage d'un homme, Julien Lauprêtre (qui mériterait lui aussi son film), recueilli par David Diamant et publié dans *Combattants, héros et martyrs de la Résistance*, paru en 1984. Julien Lauprêtre me l'a confirmé dans son bureau du Secours populaire français, dont il est président depuis plus d'un demi-siècle.

Militant des Jeunesses communistes des XIe et XIIe arrondissements de Paris, fils d'un dirigeant syndical CGT des cheminots recherché par la police, Julien Lauprêtre, alors ouvrier miroitier, n'avait pas dix-huit ans lorsqu'il fut arrêté, le 20 novembre à 20 h 30, et conduit au siège des Brigades spéciales. Il y demeura jusqu'au 24, ou au 25, fut transféré à la prison de la Santé où il resta incarcéré quatre mois. Jugé, relaxé[3] faute de charges suffisantes, il participa peu de temps plus tard aux combats pour la

1. ***Affiche rouge*** : voir p. 1 de couverture et p. 188 et suiv.
2. ***Recours*** : secours.
3. ***Relaxé*** : libéré.

libération de Paris. Pendant quatre ou cinq jours, donc, il fut détenu en compagnie de Tommy – arrêté quelques heures après lui – et des autres membres des FTP-MOI arrêtés depuis le 17 novembre. Lui-même ne fut pas battu. Sans doute, pense-t-il, parce que les flics de la BS 2 étaient déjà fatigués d'avoir torturé trois jours durant les militants de la MOI, leur cible prioritaire dont il ne faisait pas partie. Son récit fut d'autant plus important pour moi qu'il passa ces jours aux côtés de Tommy, qu'il coucha près de lui, qu'ils parlèrent longuement ensemble. Je suis certain que Tommy fut touché et réconforté par ce garçon, comme lui grand adepte de natation, de qui émanait, sûrement déjà, une détermination différente de la sienne. Plus sereine, attentive à l'autre, elle se nourrissait d'une qualité rare, surtout quand elle n'est ni mièvre[1] ni soumise, dont j'ai pu goûter quelques signes avec émerveillement soixante-cinq ans plus tard : l'humanité. J'ai pu compléter les propos de Lauprêtre avec ceux de Simon Rayman, le frère de Marcel, âgé alors de seulement seize ans, détenu à la Préfecture ces mêmes jours. Simon fut ensuite incarcéré à la Santé puis déporté à Buchenwald, d'où il revint à la fin de la guerre. Il est mort en 2005. La mère des frères Rayman, Chana, fut elle aussi arrêtée le 17 novembre et détenue dans les mêmes locaux. Elle fut déportée à Auschwitz, par le même convoi n° 67 que Sarah Danciger, dite Suzy, qu'elle avait peut-être rencontrée à la Préfecture. Et comme Suzy sans doute, on l'expédia immédiatement dans une chambre à gaz. Parmi les dizaines de résistants interrogés ces jours-là à la Préfecture de police par les Brigades spéciales, Julien Lauprêtre et Simon Rayman furent les seuls à survivre à la guerre et à évoquer les premiers jours de calvaire[2] du «groupe Manouchian».

*Tommy dans son costume bleu-gris, menotté, chaîne aux pieds, est conduit par un inspecteur dans la salle d'interrogatoire, où six*

1. ***Mièvre*** : gentillette, doucereuse.
2. ***Calvaire*** : martyre.

*hommes l'attendent, en compagnie de la dactylo, Odette. On reconnaît les inspecteurs de la veille, dont l'interrogateur principal debout, appuyé à l'avant de son bureau où est posé le même dossier que la veille, ouvert.*

*«Détachez-le», ordonne-t-il.*

*Un homme détache les menottes et la chaîne.*

*«Assieds-toi», dit l'interrogateur en montrant la chaise.*

*Tommy s'assoit. Il est extrêmement contracté, tremblant. L'interrogateur se place derrière lui et pose ses mains sur ses épaules.*

*«Tu as froid?» demande-t-il.*

*Tommy ne répond pas, baisse la tête. L'interrogateur la redresse brusquement par les cheveux.*

*«Elek, dit-il sur un ton faussement bienveillant, mais le tenant toujours par les cheveux, je sais que tu es un garçon intelligent, que tu as fait des études. Tu ne ressembles pas à cette pègre*[1] *de ghetto avec qui pourtant tu as fait de grosses bêtises. Tu viens de passer la nuit avec cette pouillerie*[2]*, les Wajsbrot, les Fingercweig, ils ont dû te raconter comment ça se passe ici, dans cette salle, quand on ne répond pas aux questions. Eux, et Boczor aussi, ils ont tout balancé. Ils t'ont dit le contraire, naturellement, mais crois-moi c'est vrai. Nous deux, ce que nous allons faire maintenant, c'est seulement vérifier ce qu'ils m'ont dit. D'accord?»*

*Tommy ne répond pas. L'interrogateur repousse brutalement la tête et Tommy tombe de sa chaise. Aussitôt deux inspecteurs se jettent sur lui, le rouent de coups de pieds et de poings pendant une minute, le soulèvent enfin et le reposent sur la chaise. Tommy, à moitié assommé, est affaissé sur la chaise, on voit déjà des hématomes sur son visage.*

*«Redresse-toi!» ordonne l'interrogateur.*

*Tommy obéit tant bien que mal.*

---

1. ***Pègre*** : canaille.
2. ***Cette pouillerie*** : ces misérables (familier).

*« Quel était ton pseudonyme dans l'organisation ? »*

*Tommy ne répond pas. L'interrogateur lui soulève le menton et lui pose à nouveau la question, droit dans les yeux.*

*« Je vous emmerde », répond Tommy.*

*L'interrogateur relâche le menton et dit aux autres inspecteurs : « Ça va, allez-y. »*

*Deux d'entre eux commencent à lui arracher ses vêtements. Tommy se débat comme il peut mais d'autres arrivent en renfort. Entièrement nu, il est traîné jusqu'à la grande table, jeté dessus à plat ventre. Deux inspecteurs lui tiennent les bras, deux autres les jambes. Un autre entre dans le champ, tenant une cravache à la main. Il se met à fouetter Tommy à toute volée. Celui-ci ne se retient de hurler que les deux premiers coups, qui continuent à pleuvoir. Dix. On entend bien le sifflement du fouet, et aussitôt le claquement du coup sur la peau. On voit celle-ci d'abord marquée par des traînées rouges puis, après quelques coups, se perler de sang. L'interrogateur dit « Ça suffit », et le fouetteur arrête. On voit le côté gauche du visage de Tommy en gros plan, de la sueur l'inonde, l'œil est ouvert, embué de larmes, de la morve coule de son nez.*

*« Alors ? lui demande l'interrogateur, d'une voix presque douce.*

*– Tommy…, dit-il d'une voix faible.*

*– Plus fort ! ordonne l'interrogateur.*

*– Tommy… »*

*On entend alors le cliquetis de la machine à écrire.*

*« Ton matricule ?*

*– 10306…*

*– C'est bien cela, Tommy. Matricule 10306. On le savait déjà. Et grâce aux communiqués des FTP, on sait à quelles opérations tu as participé. Attends, je vais te rappeler tout ça. »*

*On quitte le visage en gros plan de Tommy. L'interrogateur passe derrière son bureau, prend la première feuille du dossier ouvert et commence à lire :*

*«28 juillet 1943, déraillement d'un train sur la ligne de Château-Thierry; 4 août, déraillement sur la ligne Paris-Reims à La Ferté-Millon; 13 août, déboulonnage de traverses à Lechâtelet; 18 août, déraillement sur la ligne de Montreau-Longeville...»*

*L'énumération continue mais la voix s'estompe. On voit l'œil de Tommy se fermer.*

Hélène, qui souffrait assez pour ne pas imaginer encore pire que l'avéré[1], se retrancha dans une quasi-certitude, alimentée par un fait qu'elle avait peut-être inventé, pour se rassurer : *Je suis presque sûre que mon fils n'a pas été torturé. Parce que les autres, qui avaient été arrêtés trois semaines auparavant, avaient tout avoué.* Ce n'était pas trois semaines, mais trois jours, et sans doute l'avait-elle su puis oublié. Quoi qu'il en soit, même trois semaines d'aveux des autres n'auraient pas suffi à l'exigeante police française pour établir, avec le plus de précision et le moins de contestation possible, l'exactitude des faits qu'on pouvait reprocher à Tommy. Pour la propagande des Allemands, il fallait des aveux circonstanciés[2], sur un procès-verbal récapitulatif signé, détaillant tout le mal qu'il avait fait à l'occupant. Mais Hélène avait une raison plus pénible encore de ne pas vouloir imaginer le pire. Car le pire n'était pas tant la torture elle-même que le sentiment de déchéance[3], de dégoût de soi qu'aurait éprouvé Tommy s'il y avait cédé. Or elle pouvait craindre ce pire. *Mon fils m'a souvent dit : «Je ne peux garantir que je ne parlerai pas. Je ne sais pas si je supporterai la torture.» Il n'était pas un héros du tout, il avait drôlement peur.* Hélène mourut à la fin des années quatre-vingt, quinze ans après la parution de ses Mémoires, trois ou quatre ans après celle du témoignage de Julien Lauprêtre, et j'ignore si elle eut sous les yeux, un jour, à la

---

**1.** ***L'avéré*** : ce qui a été confirmé.
**2.** ***Circonstanciés*** : qui comportent de nombreux détails; précis.
**3.** ***Déchéance*** : abaissement moral.

fin de sa vie, cette phrase : *Je couchais à côté d'Elek, il a été odieusement torturé*. Je me demande si Hélène est morte avec son idée fausse, ou avec l'autre douleur de savoir que son fils avait souffert un long martyre dans sa chair. Et je ne sais si l'aurait consolée la bouleversante nouvelle qu'il s'était alors, contre toute attente, comporté en héros.

Nous avons tourné ce deuxième interrogatoire et celui qui suit dans la foulée du premier, ce qui n'était pas prévu. Gabriel était fatigué, épuisé même, après la gifle et les larmes, ce qui d'une part simplifiait plutôt son jeu, et d'autre part ébranlait ses résistances psychologiques à se montrer tout nu devant quarante personnes. Dès les premiers jours, avant même de l'engager formellement, je l'avais averti qu'il aurait ces scènes à jouer, car je ne voulais rien cacher de la souffrance de la torture, qui conjugue douleur et humiliation, dépossession de soi. Il avait accepté de le faire après mes explications, et à la condition que l'image ne soit pas insistante. Il s'y était préparé. Dans les locaux des Brigades spéciales, il y eut pire encore, en particulier des atteintes sexuelles plus manifestes[1], mais rien ne dit que Tommy eut à les subir. Je me suis contenté du témoignage précis, déjà terrible, d'un survivant : le communiste tchèque Radislav Holdos, que Tommy dut rencontrer car il fut membre du 1er détachement, puis responsable du service des cadres de la MOI, chargé du recrutement des combattants. Il fut torturé par les Brigades spéciales en février 1943.

Ces séquences, et le dernier interrogatoire qui suit, ont valu au film son interdiction aux moins de douze ans, et l'ajout d'un avertissement au générique. Outre la nudité humiliante, aurais-je dû montrer en gros plan, comme je l'ai fait – grâce à un trucage, cela va sans dire –, les marques que la cravache laisse sur la peau, l'apparition de ces gouttelettes de sang, et plus tard la

1. ***Manifestes*** : évidentes, flagrantes.

bouillie qu'ils firent de son dos ? Je ne sais pas. J'ai hésité. Mais si je ne suis pas certain que ces images soient absolument nécessaires, je ne me suis pas résolu à les cacher. Le risque de ne pas montrer, c'est d'édulcorer[1], et surtout d'instaurer pour le spectateur une sorte de distance, de le laisser, au fond, dans le confort de son fauteuil où jamais la réalité ne l'atteint. Mais il y a droit, à ce confort, et le risque de tout montrer, c'est de lui infliger une douleur ou, pire encore, d'exciter en lui son instinct sadique tout comme les films *gore*[2]. Alors montrer, ne pas montrer ? Montrer, finalement, afin d'être exhaustif[3] et fidèle à la réalité, et laissant au spectateur la liberté dont il dispose toujours face à l'image : celle de fermer les yeux.

*Tommy est de dos, sa veste sur les épaules, immobile dans l'encadrement d'une porte. La salle devant lui est sombre, relativement exiguë, mais on devine qu'elle est pleine de monde. Un flic lui détache les menottes, le pousse vers la salle et ferme la porte à clef. Plusieurs hommes, qui étaient assis sur des bancs, se lèvent et se dirigent vers Tommy. Dans la pénombre, on reconnaît Wajsbrot, Boczor, Fingercweig, Glasz, Geduldig. Tommy est immobile devant la porte, sa veste sur les épaules, sa chemise blanche déboutonnée, des traces de coups sur le visage. Boczor le prend par la main, l'attire vers un banc et le fait s'asseoir. Durant ce déplacement, on voit qu'une vingtaine de personnes, dont quelques femmes et parmi elles Suzy Danciger, sont dans la salle, certaines debout, certaines assises sur les bancs, certaines assises par terre. Les quatre fenêtres de la pièce, obstruées par du papier bleu, ne laissent passer qu'une faible lumière.*

*Boczor essuie le visage de Tommy avec un mouchoir.*

---

**1.** ***Édulcorer*** : adoucir, affaiblir.
**2.** ***Gore*** : se dit de ce qui suscite l'épouvante par le sang abondamment versé (mot anglais).
**3.** ***Exhaustif*** : complet et précis.

*« Tu as mal ? Tu as eu droit au nerf de bœuf[1] ? On y a tous eu droit, tu sais.*

*– Je n'ai pas parlé.*

*– C'est bien, Tommy. Il faut tenir le coup. Il ne faut pas leur livrer un seul renseignement. Tu peux broder[2] seulement sur ce qu'ils savent déjà.*

*– Mais ils vont recommencer. Joseph, je ne suis pas sûr de tenir longtemps. »*

*Il veut s'adosser au mur, mais à peine l'a-t-il touché qu'il grimace de douleur et se redresse, puis se penche en avant. Il demeure ainsi courbé, accoudé sur ses cuisses, les mains jointes. Boczor soulève la veste, regarde dans son dos les taches de sang sur sa chemise blanche.*

*La même salle est maintenant violemment éclairée par une lampe au plafond. Placés les uns à côté des autres, les bancs servent de couchettes et la plupart des résistants y sont étendus, sans dormir encore, parlant entre eux. On voit Tommy allongé sur le côté, couvert de son manteau bleu marine, faisant face à un garçon un peu plus jeune que lui, placé juste à côté, sur un autre banc.*

*« … et j'ai un petit frère, lui dit Tommy, il a treize ans. Il lit un livre par jour. Je suis sûr qu'il est en train d'essayer de rassurer ma mère. Je peux compter sur lui, un vrai petit résistant. J'espère qu'il s'en sortira, lui, parce que pour moi c'est fini. Et toi, des frères et sœurs ?*

*– Non, fils unique. Heureusement, parce que je ne sais pas où on aurait pu les mettre, chez nous, c'est minuscule, dans le XII^e^.*

*– Il fait quoi ton père ?*

*– Cheminot. Mais ça fait déjà quelques mois qu'il est dans la clandestinité. Un jour, les flics sont venus pour l'arrêter gare de Lyon… »*

---

1. ***Nerf de bœuf*** : fouet.
2. ***Broder*** : ajouter des détails imaginaires à une histoire.

*Leurs voix s'estompent, et tous les bruits de la salle. On la revoit après un fondu enchaîné alors que la plupart des détenus semblent dormir. Dans la même lumière crue. On entend quelques plaintes, des gémissements. Tommy est maintenant à plat ventre. Il a placé son manteau comme un matelas sur le banc. Les taches de sang sur sa chemise sont devenues brunes. Il dort, un bras pendant, mais il agite sa tête et on l'entend prononcer distinctement «Je ne parlerai pas, je ne parlerai pas», deux fois, entre une suite de mots incompréhensibles, inarticulés, des sortes de geignements, des soupirs. À côté de lui, le garçon plus jeune, qui ne dort pas, le regarde fixement comme s'il le veillait.*

*Pour moi c'est fini*, dit Tommy. J'ai voulu évoquer ici un passage de Julien Lauprêtre qui, à la question de David Diamant[1] : «Est-ce que tous savaient qu'ils allaient mourir ?», répondit : «Oui, en tout cas c'était le cas pour Boczor, pour Alfonso, pour Elek aussi.» Et pour Marcel Rayman, avec qui son petit frère put s'entretenir alors qu'ils se trouvaient ensemble au dépôt[2] : «Sache, me dit-il en me touchant la main, que pour moi c'est terminé. Il ne faut pas le dire à maman.»

Cette scène du cauchemar a été aussi l'une des plus difficiles à tourner, pour moi, et à jouer, pour Gabriel. Non qu'elle était violente, comme les scènes de torture, mais tout simplement parce qu'il n'y croyait pas. J'ai peiné à le convaincre que Julien Lauprêtre n'était pas homme à l'avoir inventée. Car il l'a rapportée telle quelle : «Il était très marqué par son arrestation, par les coups qu'il avait reçus. Pendant la nuit, il avait tout le temps des cauchemars et il répétait sans cesse : "Je ne parlerai pas ! Je ne parlerai pas !" C'était une hantise. Vraiment il n'avait que cette idée, ne livrer absolument aucun renseignement à l'ennemi et tellement il avait cette volonté que la nuit tout entière il le répétait

1. Voir p. 152.
2. ***Dépôt*** : cellules où étaient gardés les prisonniers interrogés par la Brigade spéciale 2 à la Préfecture de police.

pendant ses cauchemars. » Tommy craignait sa faiblesse et était hanté par cette idée qu'il pourrait parler. Gabriel, quant à lui, n'arrivait pas à croire qu'il avait exprimé cette crainte, par ces mots, dans son sommeil agité. Nous avons tourné une dizaine de prises avant qu'il ne trouve la bonne intensité, le ton juste, et rende la scène plausible. Depuis la gifle, et ses larmes, il pouvait se séparer de Tommy et parvenait donc, mais laborieusement[1], à le *jouer*. Quant à moi, j'étais gêné par le côté édifiant[2] de la scène, son réalisme idéalisé que je ne pouvais poétiser par les lumières, en cette salle violemment éclairée la nuit. La solution a été d'insister sur le regard de Julien, un regard compatissant qui souligne la faiblesse, plutôt que l'héroïsme, de Tommy. J'avais demandé à Romain, qui joue Julien, de voir ces films français des années trente dont les personnages principaux pouvaient être des ouvriers, des cheminots, des artisans, joués par des Gabin, des Vanel, des Carette[3]. De la gouaille[4] et du cœur, au temps où un cinéma jamais sinistre à force de poésie mettait en scène les classes populaires. Romain est un excellent acteur, qui a bien retenu la leçon.

À des fins didactiques[5], et pour bien montrer à quel point il fut admirable en ces circonstances, j'aurais pu amener Missak Manouchian dans cette salle 23, qui donnait sur le quai du Marché-Neuf. Mais le témoignage de Julien Lauprêtre est formel : il était détenu dans une autre salle, isolé des autres MOI, au moins à partir du dimanche 21, journée que Lauprêtre passa en sa compagnie avant d'être transféré salle 23. En réalité, Manouchian fut d'abord détenu dans la 23, où Simon Rayman le vit dès

1. ***Laborieusement*** : difficilement.
2. ***Édifiant*** : ici, trop exemplaire.
3. ***Jean Gabin*** (1904-1976), ***Charles Vanel*** (1892-1989) et ***Julien Carette*** (1897-1966) : grands acteurs qui ont tous marqué le cinéma français par leur forte personnalité et leur accent parisien.
4. ***Gouaille*** : attitude moqueuse, insolente, plus ou moins vulgaire.
5. ***À des fins didactiques*** : dans le but d'expliquer méthodiquement.

le jour de son arrestation, le 17, et isolé par la suite. J'imagine que les flics de la BS 2 comprirent au fur et à mesure des interrogatoires l'importance de son rôle, et l'ascendant[1] qu'il avait sur ses hommes, l'exemple qu'il pouvait leur montrer. Marcel Rayman, autre figure éminemment admirée, était lui aussi détenu à part. Dans la salle 23 se trouvait en revanche un autre membre de l'équipe spéciale, le flamboyant communiste espagnol Celestino Alfonso, ancien combattant de l'armée républicaine. L'un des membres du trio qui assassina le général Ritter[2]. Un homme comme seule l'Espagne rouge[3] pouvait en produire alors, mi-don Quichotte, mi-matador[4], d'un courage et d'une fierté indomptables dont on découvre le sourire provocant, sur sa photo judiciaire, et le regard de braise, la tignasse ondulée. Simon Rayman raconte qu'Alfonso, à plusieurs reprises, vint le réconforter. Quant à Lauprêtre, il témoigne qu'au moment d'être transféré à la Santé, le 23 ou le 24, il leva le poing et cria : « Vive la révolution mondiale ! » Simon Rayman raconte aussi qu'Olga Bancic se trouvait dans cette pièce et qu'elle fut torturée comme les autres. Olga Bancic, trente et un ans, mère d'une petite fille, et dont la vie s'acheva sous la lame d'une guillotine, le 10 mai 1944, dans une cour sinistre de la prison de Stuttgart.

*Le jour bleu éclaire à nouveau la salle, dont la porte s'ouvre sur deux inspecteurs en bras de chemise.*

*« Elek ! » crie l'un d'eux.*

*Tommy, assis sur un banc, tourne la tête vers eux. Aussitôt, Boczor, Wajsbrot et le jeune garçon de la nuit s'approchent de lui, l'aident à se lever.*

---

1. ***Ascendant*** : influence, autorité.
2. ***Général Ritter*** : voir note 1, p. 63.
3. ***Rouge*** : communiste.
4. La description d'Alfonso souligne à la fois son caractère idéaliste – comme l'est celui de don Quichotte, le héros éponyme du roman écrit par Miguel de Cervantès entre 1605 et 1615 – et sa bravoure – comme celle du matador chargé de la mise à mort lors d'une corrida.

*« Tiens bon, Tommy, chuchote Boczor. Ne lâche rien. Je sais que tu y arriveras, pense à moi, à Marcel, pense à ta mère qui te voit…*

*– Courage », dit le garçon de la nuit.*

*Tommy ne répond pas. Il s'avance vers les flics, qui le menottent et l'emmènent.*

*Tommy, nu, est assis sur la chaise, les mains menottées derrière le dos. Le fouetteur tourne autour de lui, cravache en main. L'interrogateur est assis derrière son bureau, la dactylographe est devant sa machine. Plus ou moins appuyés ou assis sur la table de torture, quatre inspecteurs observent la scène.*

*« Bien, récapitulons, dit l'interrogateur en regardant une feuille de papier. Nous en sommes à cinq déraillements réussis, et trois tentatives. C'est bien cela ?*

*– Oui.*

*– Tu mens. Il y a six déraillements réussis. Tu oublies celui du 28 juillet, sur la ligne de Château-Thierry.*

*– Je vous l'ai déjà dit. J'étais là comme guetteur. Pierre et Jean-Claude ont déboulonné le rail et déposé l'explosif, mais le train n'a pas déraillé. »*

*Le fouetteur lui assène soudain un violent coup sur les cuisses en hurlant :*

*« Tu mens !*

*– Je vais te lire le communiqué de ton organisation, dit tranquillement l'interrogateur, tout en se levant et en s'approchant de Tommy. "Le 28 juillet 1943, pendant la nuit, trois camarades, les matricules 10003, 10306, 10199 ont exécuté un déraillement de train sur la voie ferrée de Paris-Château-Thierry, etc., etc. Une partie du train de marchandises a complètement déraillé." »*

*Il empoigne les cheveux de Tommy, le soulève de sa chaise, le jette au sol et le roue de coups de pied.*

*« 10306, c'est bien toi ? demande-t-il en criant. C'est bien toi ?*

*– Oui.*

*– Et alors ? Il n'a pas déraillé ?*

*– Non, le communiqué est faux, répond Tommy, d'une voix entrecoupée, comme s'il suffoquait, le train a continué sa marche…*

*– Allez-y, dit l'interrogateur, il me fatigue, finissez-le sur la table.»*

*Pendant que les inspecteurs empoignent Tommy, l'interrogateur se retourne vers le dossier posé sur le bureau, en feuillette quelques pages. On entend les coups de cravache, les râles, puis les cris de Tommy.*

*«Odette, marque que nous lui avons donné lecture du communiqué, et sa réponse : "La teneur du communiqué est inexacte. Personnellement j'ai vu le train continuer sa marche."»*

*On voit en gros plan la dactylographe tapant sur les touches et faisant glisser le chariot*[1] *comme si de rien n'était, on entend le cliquetis de la machine qui se mêle aux cris, aux supplications de Tommy :*

*«Arrêtez… arrêtez…»*

*Les coups continuent. Tommy s'est tu. On voit maintenant le fouetteur qui s'acharne sur lui, comme la veille à plat ventre sur la table, tout son dos est noir, son visage trempé de larmes et de sueur, sa bouche ouverte, ses yeux fermés. Le fouetteur s'arrête et se tourne vers l'interrogateur :*

*«Dans les pommes!*

*– Réveillez-le! Apportez le seau!»*

*Le fouetteur le secoue, le gifle, on entend un râle, puis on voit un seau d'eau versé sur son visage, il ouvre les yeux.*

*«Bien, dit l'interrogateur. Tu ne vas pas nous lâcher maintenant. Tu as encore quelques petites choses à nous dire. D'accord?*

*– Laissez-moi, je vous en supplie, laissez-moi…*

*– Je vais te laisser, Elek, juste après que tu m'auras dit encore deux ou trois petites choses. D'accord?*

*– Oui…», murmure Tommy.*

---

**1. *Chariot*** : partie mobile des anciennes machines à écrire qu'il fallait faire glisser pour revenir à la ligne.

Je me suis arrêté là. Parce que l'interrogatoire de Tommy, et les aveux qu'il fit, ne permettent pas d'évaluer l'importance qu'ils eurent aux yeux de la police. Probablement aucune. Elle voulut savoir quelles autres actions il avait accomplies, outre les déraillements. Il consentit à répondre qu'il avait effectué des reconnaissances d'objectif sur des voies ferrées à l'est de Paris, mais nia avoir commis d'autres attentats. Hélène lui en attribue une centaine. Il avoua des essais d'engins explosifs en compagnie d'un combattant dont il ne connaissait pas le nom mais qu'il désigna parmi plusieurs photos : c'était Glasz. Il ne dit rien sur Ricardo – alors activement recherché –, sinon qu'il avait quitté l'organisation après avoir été rétrogradé. Il admit que «Pierre», dont l'importance était soulignée tout au long de l'interrogatoire, était le «nommé Boczor» dont on lui présentait la photographie. Mais la police savait déjà tout de Boczor, suivi depuis des semaines, et lui-même avait déclaré, lors de son interrogatoire, son pseudonyme et son matricule.

Si l'on tient à trouver, parmi tous les procès-verbaux d'interrogatoire des dérailleurs, une flagrante leçon d'héroïsme, il faut lire celui d'Émeric Glasz, dit «Robert», Hongrois proche de Tommy. Malgré les évidences, malgré les comptes rendus de filatures, malgré les aveux des uns et des autres qui l'avaient reconnu sur photo, Glasz, arrêté le 17 novembre, nia tout en bloc, jusqu'au bout. Il nia avoir commis le moindre attentat, avoir porté le pseudonyme «Robert» et le matricule 10020, connaître Boczor et même Tommy, avec qui il avait été pourtant vu au cours de plusieurs rendez-vous, dont celui de la rue Mouffetard :

«Elek au cours de sa déposition nous a déclaré avoir réalisé en juin ou juillet, en votre compagnie, deux tentatives d'attentat, dont une aux environs de Rosny-sur-Seine. Qu'avez-vous à répondre?

– C'est faux, je ne connais pas Elek; je n'ai jamais participé à aucun attentat en sa compagnie.»

Un héroïsme d'autant plus émouvant qu'il était inutile et que Glasz, probablement, le savait. Trop de preuves l'accablaient, il n'en sortirait pas vivant. Ni Lauprêtre ni Rayman ne l'évoquent dans leurs témoignages, et je ne sais de quel prix, ces jours-là, il paya cette provocation.

*Petit jour bleu dans la salle 23. La plupart des détenus dorment. Tommy est allongé à plat ventre à même le sol, sur son manteau. Sa tête est posée sur un vêtement roulé faisant office d'oreiller.*

*«J'ai mal...», murmure-t-il, très bas, comme s'il se parlait à lui-même.*

*Allongé sur un banc, le jeune garçon de la nuit se redresse, se penche vers Tommy, vient s'agenouiller à ses côtés. On le voit retirer avec précaution la veste puis la chemise blanche qui couvrent le dos du supplicié*[1]*. Il est noir, boursouflé. Le jeune garçon pose son index sur la peau, et aussitôt perle du sang. Il se lève, traverse la salle, ramasse un gobelet en métal contenant un peu d'eau, s'agenouille à nouveau près de Tommy, trempe un bout du tissu de la chemise dans le gobelet, tamponne la plaie avec délicatesse, mais en vain, car ne cesse d'y sourdre*[2] *du sang.*

## [11]

*L'image est fixe, l'intérieur d'une aile de prison éclairée par des lampes. À droite et à gauche, quatre étages de galeries bordées par des balustrades en fer peintes en vert, où s'alignent les portes grises des cellules, convergent au loin vers le centre. À chaque*

---

1. ***Supplicié*** : qui a subi le supplice, la torture.
2. ***Sourdre*** : perler, jaillir.

*étage, à mi-profondeur de champ, deux soldats en uniforme allemand et en armes sont postés sur des passerelles reliant les galeries de droite et de gauche. En bas, au rez-de-chaussée, on voit trois officiers allemands paraître dans le champ puis s'éloigner vers le fond. Comme seuls bruits, on entend les pas des officiers qui résonnent, un objet de métal qui tombe sur le sol et rebondit, deux ou trois quintes de toux.*

*Tommy est assis sur une paillasse posée sur un châlit*[1] *en fer, dans son manteau bleu marine, avec par-dessus une couverture grise tombant de ses épaules. Il ne cesse de balancer son buste d'avant en arrière, presque insensiblement. Dans son dos, plusieurs pancartes sont accrochées au mur, la plus grande portant comme titre RÈGLEMENT INTÉRIEUR. Derrière lui on voit une grande fenêtre à petits carreaux, tous peints dans le même bleu nuit. La cellule mesure quatre mètres sur deux mètres cinquante. La caméra s'attarde sur les chaussures sans lacets qu'il porte à ses pieds, glisse sur le parquet de chêne jusqu'à une plinthe en faïence vert pâle traversée par une chaîne, suit la chaîne jusqu'à l'un des pieds d'une chaise en bois blanc qu'elle tient attachée. La chaise se trouve devant une tablette fixée dans le mur blanc sale où sont posés deux livres, sous la lampe allumée vissée dans ce mur, une simple ampoule dans un petit abat-jour en tôle blanche. Au fur et à mesure que l'on découvre cet espace, on entend une rumeur qui grandit, des claquements, des voix de plus en plus fortes. Sur le mur, on distingue çà et là des graffitis pour le moment indéchiffrables. Dans un angle, une cuvette de W-C en faïence pourvue d'une lunette en bois est surmontée, un mètre plus haut, d'un petit tuyau en cuivre et d'un poussoir, probablement un robinet. La caméra poursuit son chemin et passe devant la porte en métal gris,*

---

1. **Châlit** : ici, structure sur laquelle repose une paillasse servant de matelas rudimentaire.

*avec son judas et son guichet*[1]*, s'arrête à un autre angle où est fichée une planchette portant une gamelle émaillée, une cuillère de bois et une petite brosse à manche. Elle finit son tour, enfin, sur Tommy qui n'a pas bougé de sa place, assis sur le galetas*[2]*, emmitouflé, se balançant, les yeux fixés sur le parquet de chêne.*

*Soudain on entend trois coups contre la porte, Tommy se lève aussitôt tout en maintenant sa couverture sur ses épaules d'une main, de l'autre se saisit de la gamelle et la pose sur la planchette placée sous le guichet de la porte. Celui-ci s'ouvre à cet instant précis, on entend une voix dire «Salut Elek!», on voit une main se saisir de la gamelle, la reposer pleine d'un breuvage noir sur la planchette, placer à côté un morceau de pain noir surmonté d'un petit amas de graisse. Aussitôt le guichet se referme. Tous les mouvements et les gestes de Tommy sont dès lors très rapides. De sa main libre, il prend la gamelle et va la poser sur la tablette fixée dans le mur, pousse les livres à son extrémité, revient au guichet prendre le pain, le pose à côté de la gamelle, retourne vers la planche à côté de la porte pour prendre la cuillère en bois. Toujours d'une seule main, l'autre tenant la couverture, toujours très vite. Il s'assoit sur la chaise blanche enchaînée devant la tablette, étale avec la cuillère la matière grasse sur le pain, le trempe dans la gamelle, le porte à sa bouche. Il doit mâcher longtemps. Il boit quelques gorgées du breuvage fumant entre chaque bouchée.*

J'ai tant voulu ne pas le trahir, respecter ce qu'il fut vraiment, ne pas inventer des faits, des sentiments, des émotions au seul bénéfice de ma narration – estimant que s'il revenait il devrait se reconnaître, voir sur l'écran sa propre histoire, sa vérité – que je me suis trouvé pauvre, soudain, aveugle et sourd, tâtonnant, lorsque Tommy fut isolé du monde, au secret[3]. Le 26 novembre,

1. ***Son judas et son guichet*** : petites ouvertures pratiquées dans les portes de prison, permettant aux gardiens de voir dans les cellules sans être vus, de communiquer et de passer des objets ou le repas sans ouvrir la porte.
2. ***Galetas*** : lit misérable.
3. ***Au secret*** : sans communication avec l'extérieur.

après des jours de tortures, Tommy, seul ou avec les autres, fut transféré à la prison de Fresnes, dans l'aile sud-est de la 3e division, celle entièrement administrée par la Gestapo où étaient détenus à l'isolement ceux qui forcément, d'une manière ou d'une autre, devaient mourir.

Pourtant, je ne suis sûr de rien, et j'aurais aimé pouvoir indiquer, tout au long de ces images de prison, qu'elles ne sont que des hypothèses. Seul dans une cellule, comme l'étaient en général les «terroristes» qu'on allait à coup sûr condamner à mort et fusiller sur place ? Ou ceux qu'on affublait de la mention *Nacht und Nebel*[1], ces «nuits et brouillards» dans lesquels on les ferait disparaître, sans laisser de traces, de l'autre côté du Rhin ? C'est le plus plausible, et ce qu'indique Hélène : *Thomas était à Fresnes. Il était isolé. Tous les politiques étaient isolés tant qu'ils n'avaient pas tout avoué.* Mais il y a le témoignage de Simon Rayman, qui fut aussi incarcéré à Fresnes et qui partagea sa cellule avec Fingercweig et Schapiro avant d'en être extrait, quelques semaines plus tard, pour être déporté. C'est par lui que je sais que Fingercweig avait de l'humour : «des heures de rigolade», dit Simon, dans la section des condamnés à mort. Et c'est à cause de lui que je doute des conditions de détention de Tommy.

Peut-être n'avait-il pas encore *tout avoué* ? Pensait-on qu'il avait, lui plus que d'autres, encore des choses à dire ? C'est l'autre question que je me suis posée, demeurée sans réponse : comme beaucoup d'autres résistants livrés à la Gestapo et emprisonnés à Fresnes, fut-il tiré de sa cellule à 6 heures du matin, emmené avenue Foch, ou rue des Saussaies, et à nouveau torturé ? C'est que les Allemands n'avaient pas leur compte. Beaucoup de combattants de la section parisienne de la MOI qui

---

1. ***Nacht und Nebel*** («Nuit et brouillard», en allemand) est le nom du programme, qui prévoyait la déportation des ennemis du IIIe Reich, décidé en décembre 1941. Par métonymie, l'expression désigne ceux qui en sont victimes.

avaient été filés et repérés couraient toujours, et des plus éminents, membres de la direction comme les Italiens Alfredo Terragni et Gino, ou le responsable aux cadres, le Juif polonais Abraham Lissner, ou la responsable du service de renseignements, la Juive roumaine Christina Boïco. À cette date, et déjà depuis longtemps, il n'y avait plus guère que ces prodigieux métèques[1] pour oser défier les Allemands en plein Paris. Sur soixante-huit résistants arrêtés à Paris au cours de cette rafle, seulement un cinquième – quatorze – étaient des Français «aryens». Manquaient aussi, et plus encore, les membres de la direction nationale de la MOI et les responsables du Parti communiste qui leur donnaient des ordres, avec à leur tête Jacques Duclos. Beaucoup durent leur vie au silence de Tommy peut-être, de Boczor probablement, de Missak Manouchian et de Joseph Epstein à coup sûr.

Fut-il donc seul, Tommy, durant les trois mois de sa détention ? Eut-il un ou deux compagnons de cellule, en ce dernier hiver allemand où Fresnes était surpeuplée ? Wajsbrot, Glasz et mieux encore, pour le réconforter, l'indestructible Boczor ? Comment savoir ? Et pourquoi le savoir à tout prix ? Pourquoi cette incertitude m'est-elle pénible, comme si je perdais Tommy dans un trou noir avant même qu'il ne soit mort ? Et pourquoi face au doute imaginer le pire ? Je n'en sais rien : c'est ainsi que ce Fresnes m'est venu sur le papier. Selon Gabriel, je n'avais pas eu tort. Alors que nous attendions que la cellule soit prête, que la lumière soit en place, il m'a dit qu'en cette circonstance, sachant qu'il allait mourir, perdre la vie qu'il aimait, Tommy avait dû se sentir seul, quoi qu'il en fût, inconsolable. Il a pris le livre d'Hélène, l'a feuilleté jusqu'à une page cornée pour me lire *Il voulait vivre. Il aimait la vie*, puis il m'a désigné la cellule, dont nous avions respecté les dimensions vraies, en ajoutant seulement : «Alors là…»

---

**1.** Le narrateur reprend ce terme aux connotations racistes dans un oxymore pour souligner l'héroïsme de ceux qui sont ainsi péjorativement désignés.

Pour ces images, nous avons reconstitué une ancienne cellule de Fresnes, telle qu'on peut la voir photographiée en 1945 dans *Les Murs de Fresnes* d'Henri Calet[1]. Pour le reste, je me suis inspiré des témoignages de résistants incarcérés dans cette prison, en particulier de celui d'un Arrighi qui fut au secret à Fresnes les mêmes mois que Tommy et de Gilbert Aliemart, brigadier FFI[2], qui lui aussi passa l'anniversaire de ses dix-neuf ans à Fresnes en 1943, et tint son journal – qu'on peut lire, comme celui d'Arrighi, aux Archives nationales – jusqu'au jour où il fut condamné à mort et exécuté.

On ne peut pas voir les détails du règlement intérieur à l'image. Ses points essentiels stipulaient que le détenu devait se lever et se mettre au garde-à-vous devant la fenêtre si un gardien entrait, qu'il était interdit de parler de cellule à cellule, de chanter, de siffler, de frapper ou d'écrire sur les murs.

On appelait *kalfaktor*, «hommes à tout faire», les détenus, choisis pour leur bonne connaissance de l'allemand, qui servaient d'intermédiaires auprès des gardiens allemands et les aidaient dans certaines corvées, comme la distribution des maigres repas. Durant toute sa détention, Tommy, comme les autres détenus, qu'il ait été seul ou non dans sa cellule, souffrit de la faim et du froid.

Gabriel, détaché de Tommy, n'était plus le même, comme si la flamme avait été soufflée. Mais ne s'était-elle pas éteinte aussi en Tommy, une fois perdue sa liberté ? Alors que nous filmions cette dernière période, peu à peu, le jeu de Gabriel m'a paru si vrai encore, avec ce regard morne, ces gestes mesurés, ces expressions comptées au plus juste, que je me suis mis à craindre qu'à l'inverse de ce que j'avais cru Tommy, en fait, ne l'ait pas quitté

---

**1.** ***Henri Calet*** (1904-1956) : écrivain, journaliste et homme de radio français.
**2.** ***FFI*** : Forces françaises de l'intérieur, armée clandestine constituée fin 1943, luttant contre l'Occupation en France.

et qu'ils s'en allaient ensemble. Je soupçonnais maintenant que le changement de Gabriel – cet apaisement, ce détachement que j'avais mis sur le compte du réconfort, bien réel, venu de cette chose qu'on pourrait au moins appeler mon *affection* – n'était que le relâchement du combattant vaincu, laissant, résigné, son vainqueur décider de son sort. Alors c'était cela : ils s'en allaient ensemble. Je me demande si les dernières images du film trahissent cette peur d'être bientôt abandonné, loin de mes enfants, de ces garçons que j'avais plus ou moins inventés. Pour Tommy, l'affaire était entendue, je me préparais depuis longtemps au désenvoûtement progressif qui suit l'achèvement de l'œuvre. Mais il m'était si douloureux de voir Gabriel s'étioler[1], fondre, devenir un spectre que j'obligeais la caméra à saisir en gros plan le moindre de ses gestes, de ses expressions lasses, de ses souffles d'agonisant. Il m'est aujourd'hui presque insupportable de revoir ces images.

*Alors qu'on entend le bruit régulier d'une sorte de grattement, on voit en gros plan des graffitis sur le mur gris, VLF, MAV*[2]*, puis la caméra glisse sur le mur et l'on découvre une main tenant un bout de métal, peut-être un manche de fourchette, gravant une lettre dans ce mur, un «r» semble-t-il. À partir d'elle, la caméra suit les autres lettres gravées, en remontant les phrases, et l'on finit par lire tout ce qui a déjà été inscrit :*

7 12 43
19 ans ce jour
Thomas Elek FTP
attend la mor

*Et l'on découvre enfin Tommy, en manteau, debout contre le mur, gravant la lettre qui manque.*

1. ***S'étioler*** : s'affaiblir, dépérir.
2. ***VLF***, ***MAV*** : gravés par les détenus, ces acronymes signifient «Vive la France» et «Mort aux vaches», injure lancée aux forces de l'ordre.

*On entend trois coups, on voit la main de Tommy ouvrir le guichet de la porte.*

*« Bon Noël, Elek, c'est la Croix-Rouge[1] ! »*

*Un colis, sur lequel on distingue une croix rouge, passe à travers le guichet.*

*Assis sur son galetas, toujours en manteau, Tommy ouvre le colis, en retire un sachet contenant des pruneaux, un autre des pâtes de fruits, un morceau de pain noir, un paquet où l'on voit écrit* Maïzena[2]. *Tommy mange un pruneau, puis une pâte de fruits. Pendant qu'il mange, il remarque que le colis contient aussi une feuille de papier pliée en quatre, qu'il saisit et déplie. Il parcourt des yeux son contenu avant de le lire à voix haute, tout en mangeant, la bouche pleine :*

L'Espérance, de Charles Péguy[3].
La foi que j'aime le mieux, dit Dieu, c'est l'espérance.
La foi, ça ne m'étonne pas, ça n'est pas étonnant.
J'éclate tellement dans ma création.
Mais l'espérance, dit Dieu, voilà ce qui m'étonne...

*Pendant qu'il lit, on entend les voix lointaines de quelques femmes entonner un cantique[4] de Noël. Tommy interrompt sa lecture, écoute, sourit. De plus en plus de femmes chantent et bientôt des voix d'hommes, plus proches, les accompagnent. Tommy écoute toujours, en mangeant une pâte de fruits qu'il mâche en prenant son temps.*

*L'image, immobile, montre une fissure dans un mur, dont le dessin pourrait évoquer une sorte de visage vu de profil. Puis on*

1. ***Croix-Rouge*** : ici, mouvement international d'aide et d'assistance aux victimes de guerres fondé en 1863 par le Suisse Henri Dunant (1828-1910).
2. ***Maïzena*** : marque de farine de fleur de maïs.
3. ***Charles Péguy*** (1873-1914) : écrivain français, poète et essayiste, intellectuel engagé et profondément chrétien. Les quelques vers de ce poème sont tirés du recueil *Le Porche du mystère de la deuxième vertu*, paru en 1912.
4. ***Cantique*** : chant religieux.

*découvre Tommy allongé sur le lit, sous la couverture, fixant cette fissure au plafond.*

*La cellule est dans une demi-pénombre, celle qui naît de la lumière du jour filtrée par le papier bleu. On entend au loin des voix d'enfants qui jouent, et des éclats de voix, comme celle d'un homme qui commenterait une compétition sportive, déformée par un haut-parleur. Tommy en manteau est assis par terre, enserrant de ses bras ses genoux contre sa poitrine, face au châlit replié. De temps à autre, il glisse une main sous son manteau et se gratte le dos, la poitrine.*

*Apparaît une louche d'où un jus noir est versé dans la gamelle posée sur la planchette sous le guichet ouvert.*

*« Des Français se battent en Italie*[1]*, dit une voix chuchotante venant du couloir, ils sont commandés par le général Juin, avec les Américains. Ils pilonnent la défense allemande. Les Boches vont craquer, c'est sûr.*

*– Mais quand ? » demande Tommy.*

*L'autre ne répond pas, pose le morceau de pain couvert d'un petit amas de graisse sur la planchette.*

*« Ça ne fait rien, ajoute Tommy, la vie est belle, ils sont foutus. »*

*On voit Tommy torse nu, de dos, penché au-dessus de la cuvette des W-C, savonnant très vite ses bras, son torse, avec un savon noir qui ne fait aucune mousse. Son dos est encore lacéré de traînées rouges, certaines ne sont pas cicatrisées. Il remplit la gamelle à partir du petit tuyau de cuivre, et se rince le corps en y passant sa main préalablement trempée dans la gamelle. On voit qu'il a froid. Il secoue énergiquement la couverture, s'essuie avec, se rhabille à la hâte après avoir secoué de la même manière*

**1.** Commandées par le général Juin, quatre divisions militaires françaises combattent avec les Alliés lors de la campagne d'Italie entre novembre 1943 et juillet 1944.

*chacun de ses vêtements, s'enveloppe de la couverture par-dessus son manteau et s'assoit sur la chaise, tourné vers la porte, comme s'il attendait qu'elle s'ouvre.*

*Tommy est à genoux sur son lit, une oreille placée contre le mur.* « From where ? » *demande-t-il. Il doit entendre une réponse, puis :*

« No, I don't know… How you was arrested ?… And the parachute ?… Since forty seven days. »

*Tommy toujours en manteau est assis sur la chaise devant la tablette fixée au mur. Sur la tablette sont posés à plat l'un sur l'autre deux livres. Sur la couverture du premier, on voit écrits en caractères gothiques le nom de l'auteur, J.W. von Goethe*[1], *et son titre,* Campagne in Frankreich, 1792. *Avec un crayon dont il ne reste qu'un bout mesurant deux ou trois centimètres, Tommy écrit des lettres minuscules sur un tout petit papier.*

*Tommy est au guichet ouvert, tend le petit papier.*

*« Tu verras, je lui demande un dico français-anglais et un allemand-français. 63, rue Daguerre, tu te souviendras ?*

*– Oui, t'inquiète pas. »*

Hélène raconte qu'elle reçut, *affolée de bonheur*, une petite lettre de Fresnes, *une feuille de cigarette où il avait écrit : « Maman, envoie un dictionnaire français-anglais et allemand-français. » J'ai dit à mon mari : « Tu vois, tu vois, je savais que ça viendrait. » C'est tout ce que j'ai eu.* Oui, durant de longues semaines, ce furent les seules nouvelles qu'elle reçut de son fils. Ils n'eurent jamais aucun contact direct. Elle lui envoya plusieurs *colis splendides*, par l'intermédiaire de la concierge de la rue

1. ***Johann Wolfgang von Goethe*** (1749-1832) : écrivain et homme d'État allemand. Dans *Campagne in Frankreich* (*Campagne de France*), il témoigne de la campagne de l'armée prussienne en France en 1792 et de la victoire des armées françaises à Valmy.

Rollin, Mme Verrier, avec une *oie entière, du beurre, une grande boîte de chocolats*. Mais elle n'eut pas tort de penser que *peut-être les Allemands les avaient mangés*. Car les détenus isolés n'avaient pas droit aux colis autres que ceux de la Croix-Rouge, pas plus qu'aux promenades ni aux douches.

Les cellules de Fresnes étaient couvertes de graffitis. *MAV* (Mort aux vaches) et *VLF* (Vive la France) étaient les plus courants. On n'a jamais retrouvé d'inscription signée par Tommy, ni d'ailleurs par aucun des autres membres des FTP-MOI. Mais rien n'empêche d'imaginer que Tommy voulut marquer son anniversaire par un signe de vie.

Les voix des enfants et celle dans un haut-parleur au loin sont celles qu'entendait Gilbert Aliemart[1] : «De ma cellule, j'entends les gosses libres crier et s'amuser. J'entends la phono[2] de l'US Métro[3].» Le stade de l'US Métro était en effet – et est toujours – situé à cinq cents mètres à vol d'oiseau de la prison. Par Aliemart, on sait aussi que les puces grouillaient dans les couvertures : *En cinq jours, j'en ai attrapé 103*. On sait que les vêtements non changés s'usaient rapidement, on sait qu'il n'y avait pas de peigne, qu'on distribuait des livres deux fois par semaine, dont *La Nouvelle Revue française*[4] du temps de la collaboration. En revanche, je dois les détails de Noël 1943 – dont le colis, le poème de Péguy, les cantiques – à Arrighi : Gilbert Aliemart était déjà mort, fusillé le 20 novembre.

---

1. ***Gilbert Aliemart*** : voir p. 171.
2. ***Phono*** : sonorisation.
3. Le stade de l'***US Métro*** (Union sportive métropolitaine des transports) est situé à Antony, commune voisine de Fresnes.
4. ***La Nouvelle Revue française*** : revue de littérature et de critique française fondée en novembre 1908. Depuis 1940, elle était dirigée par le collaborateur Pierre Drieu la Rochelle (1893-1945).

[12]

Nous approchions de la fin. Une certaine gravité pesait chaque jour davantage sur le plateau, voire, chez certains, une tristesse que je n'étais pas le mieux placé pour dissiper. Gabriel habitait toujours dans la chambre de Tommy rue du Cardinal-Lemoine, où j'allais parfois le chercher le matin et le ramenais presque tous les soirs. Il demeurait seul dans ce petit espace habité par le fantôme, dans ce tombeau, et s'y laissait aller, grignotant à peine quelques friandises de synthèse, négligeant son hygiène, s'endormant au hasard, la lumière allumée. Il avait apporté et accroché au mur une photo agrandie de Tommy, l'une de celles prises les derniers jours pour la propagande, à vrai dire la plus belle, où l'on voit en gros plan son visage de trois quarts, absent, au-delà de la souffrance, regardant le lointain vers sa gauche, comme la mort qui vient. La photo, peut-être, dont parle Hélène dans son livre, car elle l'y voit pleurer. Le soir, je restais un peu. Nous nous asseyions côte à côte sur le lit, nous pouvions demeurer silencieux de longues minutes; comme si de rien n'était, je lui parlais des scènes du lendemain, mais il n'était pas dupe. Et parfois, comme fatigué, alors que je n'avais pu m'empêcher de passer mon bras autour de ses épaules, il reposait sa tête sur la mienne, se laissait caresser les cheveux, savourait mon affection et cherchait gentiment à me la rendre jusqu'à me dire un soir : «Tu verras, il sera beau ton film, malgré tout», et un autre soir : «Il aimerait ton film, il saurait bien que l'essentiel ne peut être montré au cinéma, il te pardonnerait, il t'aimerait autant que moi.»

Il s'en allait en douceur. Depuis que Tommy ne pouvait se battre, et tuer, la féroce énergie de Gabriel tournant à vide avait fini par s'épuiser. Ne restait que le courage de regarder l'avenir en face. Pour Tommy, c'était la mort. Pour lui, je l'espérais alors, la vie reprise, les lendemains du film quand le fantôme aurait déserté son corps et son esprit. Mais à le voir enfermé dans sa chambre-cellule, ce tombeau, se privant de nourriture et de confort sous le portrait de son ombre, je n'arrivais pas à imaginer qu'il renaîtrait, prêt à affronter le grand vide du monde d'aujourd'hui. J'essayais de lui en parler. Ce qu'il aimerait faire, quelles études, quel métier, oui ou non le cinéma… Il ricanait : les études ne menaient nulle part, les métiers donnaient le choix entre prostitution et servitude (je résume d'un mot l'opinion confuse qu'il avait du monde du travail), le cinéma n'était qu'une usine à lieux communs éculés[1]. Contrairement à Tommy, il n'avait aucune raison de se battre, et encore moins de donner sa vie. Et il n'avait aucun talent particulier, contrairement à moi, pour échapper à cette impasse. Son don d'imitateur et celui de réinventer les voix, tout cela n'était que du vent, une faculté incontrôlable, crédible à la seule condition qu'on veuille qu'elle soit vraie. Bref, à peu près tout ce que je pensais moi-même, et que j'avais du mal à démentir. Mais il disait aussi que sans Tommy il aurait pris l'existence comme elle venait, même si elle ne menait nulle part, comme tout le monde, sous-entendant qu'en lui ouvrant les yeux j'avais bouleversé le cours ordinaire des choses.

Dois-je regretter aujourd'hui d'avoir choisi Gabriel, qui donne à l'image un Tommy incandescent, et à mon film une intensité que le scénario n'avait pas ? Comment n'avais-je pas deviné, en le choisissant, lui, le patineur qui passait par là, le garçon léger, vide et banal, que le rôle d'un tueur prêt à mourir, mais amoureux de la vie, allait l'emporter comme la flamme consume un papier d'orange, le fait s'envoler et disparaître ? Pourquoi n'avais-je pas cherché plus longtemps un comédien qui, tout en sachant garder ses distances, m'aurait fait un Tommy plausible, servant suffisamment mon histoire ? Je ne parviens pas à me le pardonner.

1. ***Lieux communs éculés*** : banalités, clichés rebattus et usés.

*C'est à nouveau le petit jour bleu de la cellule, Tommy en manteau et couverture sur les épaules marche de la porte à la fenêtre et de la fenêtre à la porte, tête baissée, en traînant sur le parquet ses chaussures sans lacets. On entend soudain un bruit à la porte, Tommy se fige, la porte s'ouvre. Deux soldats allemands sont à la porte et aboient :*

«Raus ! Schnell[1] !»

*Tommy laisse tomber la couverture.*

*Menotté dans le dos, il marche entre les deux soldats dans une longue galerie, entre la balustrade et une rangée de cellules, puis on lui fait descendre un escalier. À un palier, il se trouve face à Wajsbrot, lui aussi menotté et encadré par deux Allemands. Wajsbrot n'a pas de manteau, seulement une veste passée sur une sorte de gros blouson de flanelle, et un pantalon de toile trop fine pour la saison. Sa tignasse brune, épaisse, d'où fusent des mèches en tire-bouchon, n'a pas été coupée ni coiffée depuis des mois.*

*«Tu sais où on va ? demande-t-il à Tommy.*

*– Aucune idée, répond Tommy. Ça va, Marcel ?»*

*Wajsbrot n'a pas le temps de répondre, il est violemment poussé en avant par l'un des soldats. Après quelques mètres encore de galeries, le petit cortège arrive dans une cour, trois murs en meulière[2], des fenêtres grillagées, une grille par où l'on voit une autre cour. S'y trouvent déjà une rangée de soldats allemands armés mais aussi, devant eux, debout contre un mur : Manouchian, Alfonso et un homme que l'on a déjà vu dans la salle 23 de la Préfecture et lors d'une action de déraillement. On enlève les menottes. Les résistants se serrent la main, souriants, Manouchian étreint Tommy. Paraissent ensuite dans la cour, d'abord Rayman, puis Boczor, puis deux autres hommes eux aussi présents à la Préfecture, enfin Fingercweig.*

---

**1. *Raus ! Schnell !*** : «Dehors ! vite !», en allemand.
**2. *En meulière*** : en pierres calcaires à surface rugueuse.

*Manouchian porte un costume à fines rayures, un pull-over jacquard sur une chemise à col fermé mais sans cravate. Alfonso, seulement une veste, une chemise sans col et un gilet, mais ne semble pas avoir froid, contrairement à Wajsbrot qui frissonne. Boczor, Rayman et deux des hommes de la Préfecture, tous en veste, ont le cou et la poitrine protégés par une écharpe. Une manche de la veste de Rayman – qui lui non plus ne doit pas s'être coiffé depuis son arrestation, avec de longues mèches retombant sur les tempes – est en partie arrachée. Fingercweig n'a pas d'écharpe mais, sous un pull à col en V, un autre pull à col roulé, relâché, tortillé, duquel dépasse un des pans de son col de chemise. Seul Tommy porte un manteau.*

*Ils sont dix, mal rasés, mal coiffés, éprouvés par la faim, le froid, et peut-être les coups. Ils entourent Manouchian, qui s'adresse à tous, chacun à son tour, avec des mots de réconfort, prenant de leurs nouvelles. Il évoque ensuite la victoire prochaine, un débarquement allié s'annonce en France, on parle de la Provence*[1]*. Il faut garder confiance : si eux vont mourir, pour les autres, bientôt la liberté. Wajsbrot lui sourit.*

*Pendant ce temps, suivi par deux soldats, l'un portant un sac de toile, l'autre une caméra de poing*[2]*, un officier allemand a paru dans la cour, un Leica*[3] *à la main, et a commencé à photographier le groupe des dix hommes. D'abord en groupe, tels qu'ils sont, en train de se parler, puis, après leur avoir donné l'ordre de se séparer, un par un, plusieurs clichés chacun. Les prisonniers obéissent, se laissent photographier en ne laissant aucune émotion transparaître, sinon Tommy, semblant désemparé, peut-être au bord des larmes. L'officier photographe les fait ensuite s'aligner dos au mur*

**1.** Le débarquement en Provence des forces alliées commença le 15 août 1944.

**2.** ***Caméra de poing*** : caméra compacte et portative.

**3.** ***Leica*** : marque allemande réputée d'appareils photographiques ; par métonymie, le mot désigne l'appareil lui-même.

*et prend tout le groupe en enfilade*[1]*, Tommy au premier plan, à sa droite Fingercweig, puis un homme vu à la Préfecture, Wajsbrot, Boczor, Manouchian, un autre homme vu à la Préfecture qui, penché légèrement en avant, cache les trois derniers. Tous ont les mains dans le dos, sauf Wajsbrot qui se les frotte devant lui pour les réchauffer. L'officier photographe se saisit ensuite de l'Arriflex 35*[2] *et les filme un par un, quelques secondes. Il rend la caméra au soldat qui la portait et donne un ordre à l'autre, qui tient un sac de toile. Il en sort une grande clé à tire-fond pour déboulonner les rails, la tend à Tommy en lui indiquant comment la tenir, les deux mains bien agrippées au manche, la mâchoire vers le bas. L'officier photographe le prend ainsi en photo, tenant sa clé, l'air affligé. Puis c'est au tour de Fingercweig, photographié d'abord dans la même pose, mais qui doit en outre s'accroupir avec la clé, se pencher en avant et faire mine de dévisser un boulon. Une fois la photo prise, le soldat range la clé dans le sac, en sort un revolver qu'il tend à Rayman. Le célèbre assassin du général Ritter est photographié devant la grille, l'arme à la main, le bras légèrement plié, un regard furieux fixé sur l'objectif comme s'il haïssait cette mise en scène.*

*La séance est terminée. L'officier photographe quitte la cour, suivi par ses deux porteurs. Les soldats allemands font aligner les prisonniers, les menottent mains dans le dos et les escortent jusqu'à la porte d'où ils étaient venus. Tous disparaissent ainsi par la porte, en file indienne, chacun encadré par deux gardiens. On voit encore en plan fixe, quelques secondes, la cour vide.*

Parce qu'un reportage de *France Actualités* diffusé dans les salles de cinéma à partir du 11 février 1944 contient les images filmées dans la cour de Fresnes, on peut supposer que cette séance, qui immortalise les visages de certains membres de

---

**1.** Voir p. 23.
**2.** ***Arriflex 35*** : modèle de caméra 35 mm de la marque allemande Arri.

l'« armée du crime », eut lieu quelques jours plus tôt, au début du mois de février. Le film évoquait une série d'attentats récents : un déraillement près de Chalon-sur-Saône ayant fait dix-huit morts et trente-deux blessés, l'explosion de la caserne de Grenoble (le 2 décembre 1943), le saccage de magasins à Bourg-en-Bresse le jour des obsèques du général Debeney[1], la mort, dans des circonstances non précisées, de trois gardes du GMR – le Groupe mobile de réserve[2] – du Bourbonnais.

En ce début de l'année 1944, alors que la défaite allemande s'annonçait désormais comme probable et même relativement proche, partout en France se renforçaient les maquis[3] et se multipliaient les actions spectaculaires contre l'occupant. Il sembla naturellement fort profitable à la propagande allemande de montrer aux spectateurs des salles de cinéma que ces prétendus « résistants » n'étaient en réalité qu'un ramassis de terroristes dégénérés, ainsi décrits alors que défilaient à l'image Boczor et Manouchian ensemble, puis Rayman, Alfonso, Fingercweig et Wajsbrot : *Telles sont les œuvres de terroristes étrangers et presque tous juifs ; Arménien, Juif polonais, Espagnol rouge, Juif polonais, encore un Juif polonais.* Tommy ne fut pas montré, peut-être pour son allure un peu trop « aryenne ». Après les images grandiloquentes des obsèques des trois collaborateurs du GMR, le film s'achevait, conclusion logique, sur une citation de Joseph Darnand[4], le chef de la Milice, alors « secrétaire général au maintien de l'ordre » : « À la violence, nous répondrons par une répression juste mais implacable. » Ainsi, dès le début du

1. ***Marie Eugène Debeney*** (1864-1943) : général français d'infanterie ayant joué un rôle important durant la Première Guerre mondiale.
2. ***Groupe mobile de réserve*** (GMR) : unité paramilitaire créée par le gouvernement de Vichy.
3. ***Maquis*** : organisations de résistance armée, par métonymie avec le nom du lieu où elles opérèrent.
4. ***Aimé Joseph Darnand*** (1897-1945) : militaire et homme politique, figure majeure de la collaboration française.

mois de février, par un film d'actualités diffusé dans les cinémas, commença l'exploitation de l'origine étrangère des FTP-MOI à des fins de propagande. Leur liquidation physique allait de soi, dès leur arrestation et à la suite de milliers de résistants fusillés pour des actions souvent bien moins sanglantes. Mais l'idée d'exhiber quelques sans-patrie sanguinaires, afin de discréditer l'ensemble d'une Résistance devenue populaire, venait de germer dans l'esprit somme toute étriqué des nazis.

Il est difficile d'imaginer ce que ressentirent les prisonniers face aux objectifs du photographe militaire. Ils furent certainement heureux de se retrouver, de s'étreindre, de communier dans la souffrance qu'effaçait, à cet instant, une sorte de jubilation, celle d'une fraternité reconstituée. Ensemble, ils se sentaient plus forts, plus courageux face à la mort que cette mise en scène annonçait à coup sûr. Ils comprirent à quoi serviraient ces images, pourquoi ils en étaient les sujets, eux plutôt que d'autres, et ce qu'elles accompagneraient. Mais justement, sans doute, ce court bonheur fut-il terni par cette dernière humiliation de figurer ce à quoi les tâcherons[1] de la propagande voulaient les réduire : des monstres épuisés, transis, hirsutes. Tommy dut ressentir durement cet outrage[2]. Pourtant, sur ces photos, de tous les dix émanent, à l'inverse, une noblesse d'hommes libres, un orgueil de vagabonds, un panache d'aristocrates au pied de l'échafaud. Tout le contraire de la vulgarité grégaire[3] et lâche d'un matamore SS, comprimé dans son ridicule uniforme amidonné[4].

L'officier photographe s'appelait Theobald. C'était un photographe militaire comme un autre, qui suivit l'armée allemande jusqu'à la fin de la guerre en France, puis ne s'illustra plus de

---

1. ***Tâcherons*** : personnes qui exécutent avec application des tâches ingrates.
2. ***Cet outrage*** : cette offense, cette injure.
3. ***Grégaire*** : ici, docile, obéissante.
4. ***Amidonné*** : raidi (par l'application d'amidon).

façon notable. L'un des clichés qu'il prit dans la cour de Fresnes, ce jour-là, me touche particulièrement, et a donné le ton du début de la scène : où l'on voit Wajsbrot, le plus jeune des dérailleurs, tourné vers Manouchian et lui sourire. À ce moment, Manouchian lui-même regarde Boczor, qu'on voit de profil à droite sur la photo et qui lui aussi esquisse un sourire. On lit dans le sourire de Wajsbrot de l'admiration pour son chef mais aussi, très probablement, un bonheur. Celui de se trouver à ses côtés, après trois mois d'isolement peut-être, comme si sa seule présence suffisait à oublier tous les malheurs et la mort qu'il savait proche. Ce sourire est un bonheur et une provocation. Un bras d'honneur à la criminelle crétinerie nazie, à cette machine à tuer si obstinément bête qu'il fallut l'anéantir pour qu'elle s'arrête. En ce sourire rayonne aussi toute la beauté de la vraie jeunesse, qui peut mourir par admiration, par amour, par justice, dans l'euphorie d'un sacrifice. Ce sourire d'un Juif d'autrefois, j'en ai la nostalgie. Et ce sourire m'émeut, aussi, car le même jour, ou la veille, ou le lendemain, Sarah Danciger fut poussée dans un wagon plombé[1] à destination d'Auschwitz. Wajsbrot ne pouvait pas le savoir. Son sourire d'enfant, son sourire du plus beau de l'homme, est une lumière dans la nuit d'horreur que d'autres hommes, ivres d'instincts animaux, font tomber sur le monde.

Pour une raison radicalement inverse, une autre photo du dénommé Theobald me trouble : celle de Tommy, son visage en gros plan. La plus belle photo de Tommy qui nous soit restée, conservée aujourd'hui au Mémorial de la Shoah. Celle que Gabriel avait affichée dans sa chambre, rue du Cardinal-Lemoine. On y voit son visage de face, légèrement tourné vers la gauche, lèvres entrouvertes, l'air sombre, avec quelque chose de

1. ***Wagon plombé*** : au sens propre, wagon scellé par un plomb. L'expression désigne les trains assurant la déportation des Juifs lors de la Seconde Guerre mondiale.

frémissant au bord des larmes. Sans qu'on puisse en être sûr. Hélène raconte qu'après la guerre, on lui apporta une photo de Tommy prise dans la cour de la prison, trouvée au siège de la Milice : « C'est une très bonne photo. On le voit de face, au soleil, et il pleure là-dessus, il pleure. Était-ce la même photo ? Si oui, Hélène s'est-elle à nouveau laissé emporter par son cœur de mère, les pleurs n'y étant pas évidents ? Ou à l'inverse, n'était-elle pas la mieux à même de déceler si son fils pleurait ou non ? Ou évoquait-elle une autre photo, aujourd'hui perdue ? En ce cas, Tommy aurait réellement pleuré durant cette séance humiliante. Autant de questions sans réponse. J'ai longuement hésité, en écrivant le scénario, à faire pleurer Tommy dans cette scène. J'ai finalement opté pour des yeux secs : montrer des larmes aurait été une trahison plus grande s'il n'avait pas pleuré, m'a-t-il semblé, que le contraire. Les larmes, en outre, auraient fait tomber la scène dans un mélodrame[1] excessif que je préférais éviter.

J'avais parlé à Gabriel de mon hésitation. Il m'avait conforté dans mon choix : pour lui, Tommy n'était pas homme à pleurer devant l'ennemi, *a fortiori*[2] devant l'objectif d'un appareil photo. Mais, sachant qu'il n'y avait rien de pire pour Tommy que d'être assimilé à l'image ignominieuse[3] du Juif, je n'étais pas aussi catégorique. Au moment de tourner la séquence, j'ai insisté auprès de Gabriel pour qu'il entretienne cette incertitude. Je ne sais quelle impression elle fait au spectateur qui ne connaît rien de ces doutes. Quant à moi, je ne peux la voir sans un serrement de cœur.

Robert Witchitz, *alias* « René », matricule 10279, avait dix-neuf ans. Il était né en France, d'un père juif polonais immigré,

---

**1.** ***Mélodrame*** : œuvre grotesque par ses exagérations, notamment dans l'expression des sentiments.
**2.** ***A fortiori*** : à plus forte raison.
**3.** ***Ignominieuse*** : déshonorante.

ancien combattant de la Première Guerre, et d'une mère française, ce qui suffit amplement à l'État français pour le considérer juif, pour le démettre de son poste de télégraphiste, et ce qui permit à la propagande vichyste de le déclarer «Juif polonais». Réfractaire au Service du travail obligatoire, entré chez les FTP-MOI en janvier 1943, intégré dans le 3e détachement, il eut le temps, avant son arrestation lors d'une opération manquée contre un convoyeur de fonds[1] allemand le 12 novembre, de commettre de nombreux attentats, en particulier des grenadages[2] de détachements allemands.

Les deux autres combattants aperçus dans la salle 23 de la Préfecture et revus ici plus longuement sont Szlama Grzywacz et Spartaco Fontano. Le premier, *alias* «Charles», matricule 10157, Juif polonais né en 1909, ancien de la guerre d'Espagne, avait été membre du 2e détachement jusqu'à sa chute, avant d'être muté comme beaucoup d'autres dans celui des dérailleurs. Le deuxième, Fontano, *alias* «Paul», communiste italien de vingt et un ans, matricule 10266 puis 10291, de profession ajusteur[3], avait été comme Rayman l'un des membres de l'équipe spéciale avant d'être affecté au 3e détachement. Il avait été arrêté le 13 novembre à la suite de l'opération contre le convoyeur de fonds.

*Dans un petit salon que l'on voit pour la première fois, meublé simplement, Hélène est assise sur une chaise dans la lumière du jour d'une fenêtre, occupée à un travail de couture. On entend un bruit de clé dans une serrure, une porte qui s'ouvre puis se claque et aussitôt une voix jeune :*

*«Maman! Maman!*

*– Je suis là, Béla, répond-elle, qu'est-ce qu'il y a?»*

---

1. ***Convoyeur de fonds*** : ici, convoi chargé du transport d'argent.
2. ***Grenadages*** : attaques à la grenade.
3. ***Ajusteur*** : ouvrier qui trace et façonne des métaux d'après un plan.

*Béla surgit dans la pièce. Ce n'est plus le gamin qu'on a laissé boulevard Saint-Michel, et revu quelques fois dans le studio rue Daguerre, mais un garçon de quatorze ans, qui s'avance vers sa mère et s'arrête devant elle, sans défaire sa canadienne :*

*« Maman… Tommy… »*

*Hélène lève enfin les yeux vers lui, tout son visage assombri marque l'inquiétude :*

*« Quoi "Tommy"… que se passe-t-il ? »*

*Béla ne répond pas, il se retourne brusquement, on voit qu'il pleure quand il commence à déboutonner sa canadienne d'une main, alors qu'avec l'autre il essuie ses larmes.*

*« Parle ! exige Hélène. Parle ! Que se passe-t-il avec Tommy ? »*

*Béla se retourne vers sa mère :*

*« Maman, dit-il, sa voix entrecoupée de sanglots, ils ont mis une affiche partout… avec Tommy dessus… et Joseph… Je l'ai vue dans le métro, mais ici aussi, dans la rue, il y en a partout… il y a aussi Georges… il y en a au moins dix, ils y sont tous… Marcel aussi… »*

*L'écoutant, Hélène s'est levée de sa chaise, a laissé tomber son travail de couture sur le sol et est allée s'asseoir sur un petit divan, prenant sa tête dans ses mains.*

*« Ils sont tous là, maman… avec des photos horribles, des cadavres, des déraillements… pour Tommy ils ont marqué Elek, Juif hongrois, huit déraillements… pour Georges ils ont mis chef de bande… ils les appellent l'armée du crime… »*

*Pliée en deux, la tête dans ses mains, Hélène sanglote, elle aussi. Elle répète plusieurs fois : « C'est fini…, c'est fini… »*

*Béla qui n'a pas quitté sa canadienne s'est assis sur la chaise devant la fenêtre et regarde la rue, en pleurs. Par la fenêtre, au-delà d'un haut mur, on aperçoit un cimetière à perte de vue.*

*Hélène, emmitouflée dans le manteau qu'elle portait au cimetière Montparnasse en compagnie de Tommy, dans une scène antérieure, est debout, seule, dans une rue de Paris, regardant sur un panneau Giraudy*[1] *une affiche à fond rouge*[2] *sur laquelle se détachent, dans sa moitié supérieure et formant un triangle pointe en bas, dix portraits en médaillons. Tommy est en haut, entre Grzywacz et Wajsbrot. Manouchian tout en bas, à la pointe du triangle. «Des libérateurs?» demande-t-on au-dessus des médaillons. Les hommes que l'on voit ne sont pas ceux du film, ce sont les vrais, ceux d'autrefois, mais on les identifie sans peine, surtout Tommy, d'autant plus que l'affiche indique leurs noms et pour chacun leurs crimes. Dans la partie inférieure de l'affiche, six photos censées représenter les méfaits*[3] *des hommes du haut : des déraillements, le torse nu d'un cadavre d'homme criblé de balles, un autre cadavre d'homme étendu sur le sol, une table couverte d'armes diverses. Sous ces photos, la réponse à la question posée plus haut : «La libération par l'armée du crime!» L'affiche rouge est placée juste au-dessus d'une affiche publicitaire pour une opérette*[4] *d'Alibert*[5] *et Vincent Scotto*[6] *qu'on donne au théâtre des Variétés,* Un de la Canebière, *avec Alibert en personne dans le rôle principal. On le voit tout sourire, coiffé d'une casquette sur le côté, à l'ombre d'un vélum*[7] *rayé de café marseillais.*

*Hélène s'éloigne, à pas lents, vue de dos, alors qu'on entend Alibert entonner : «Le plus beau de tous les tangos du monde, c'est celui que j'ai dansé dans vos bras...»*

La célèbre «Affiche rouge» fut placardée dans toutes les villes de France, en même temps qu'était diffusé le reportage des actualités allemandes dans les salles de cinéma. Les photos dans les

---

**1.** ***Panneau Giraudy*** : panneau publicitaire de l'entreprise Giraudy.
**2.** Il s'agit de l'Affiche rouge (voir p. 2 de couverture).
**3.** ***Méfaits*** : fautes.
**4.** ***Opérette*** : genre musical mêlant comédie, chant et danse.
**5.** Henri Allibert, dit ***Alibert*** (1889-1951) : chanteur, acteur et librettiste français, compositeur de nombreuses opérettes à succès dont *Un de la Canebière* en 1936, dans laquelle figure la célèbre chanson «Le Plus Beau Tango du monde».
**6.** ***Vincent Scotto*** (1876-1952) : compositeur prolifique de chansons et d'opérettes qui collabora notamment avec Alibert.
**7.** ***Vélum*** : ici, étoffe tendue à la place de la toiture pour protéger du soleil.

médaillons étaient celles prises par le dénommé Theobald dans la cour de Fresnes. Hélène raconte comment Béla vint l'avertir, et qu'elle se mit à pleurer. Sans le dire, l'affiche annonçait clairement qu'ils étaient morts, ou qu'ils allaient bientôt mourir, alors qu'un éventuel procès n'avait même pas encore eu lieu. La réaction d'Hélène outrepassa largement les pleurs : *Béla m'a vue sur un divan, je m'arrachais la figure, j'ai saigné, j'ai crié. C'était atroce.* Je n'ai pas voulu montrer cela. Simplement, je crois, parce que je n'aurais pas su trouver les images justes, crédibles, et les faire jouer à Vilma. Quelle actrice pourrait interpréter cette scène de désespoir hystérique dans un film d'aujourd'hui, sans la rendre invraisemblable, voire grotesque ?

Une fois calmée, Hélène descendit voir l'affiche. Celle-ci demeura longtemps dans les rues des villes et des villages. Plus tard, Hélène la vit encore au Mans et à Laval, quand elle alla visiter Béla parti se cacher chez des paysans en Mayenne, se déclarant orphelin et prétendant s'appeler Jean Morin.

D'après certains écrits, en particulier émanant d'organisations communistes ou exaltant la Résistance, l'Affiche rouge eut sur l'opinion française l'effet contraire de celui qu'escomptait la propagande. Les dix soldats de l'« armée du crime » forcèrent le respect des passants, et certaines affiches furent graffitées de messages de sympathie, on y colla des bandeaux où l'on pouvait lire : « Des martyrs ! » En 1955, Aragon écrivit ses *Strophes pour se souvenir*[1], évoquant en quelques alexandrins l'affiche et la fin du « Groupe Manouchian » bien mieux que je n'ai pu le faire en de longues minutes de cinéma : « Vous aviez vos portraits sur les murs de nos villes/ Noirs de barbe et de nuit hirsutes menaçants/ L'affiche qui semblait une tache de sang/ Parce qu'à prononcer vos noms sont difficiles/ Y cherchait un effet de peur sur les passants/ Nul ne semblait vous voir Français de préférence/ Les gens allaient sans yeux pour vous le jour durant/ Mais à l'heure du

---

**1.** Voir dossier, p. 221.

couvre-feu des doigts errants/ Avaient écrit sous vos photos MORTS POUR LA FRANCE/ Et les mornes matins en étaient différents».

Mais je n'ai pas inventé la frivolité[1] française qui venait à point divertir des souffrances de l'Occupation : une photo d'époque montre bien les deux affiches l'une au-dessus de l'autre, l'Affiche rouge et celle d'une opérette à la provençale connue surtout pour son «plus beau tango du monde». Elle fut à la scène du Théâtre des Variétés du 8 janvier au 4 avril 1944, période durant laquelle, aux abois[2], les Allemands exercèrent une répression barbare en France, expédièrent en convois vers la mort 4870 Juifs, sans compter les enfants d'Izieu[3] dont le tour ne vint que le 6 avril.

À la même époque, certaines photos de Theobald prises à Fresnes servirent d'illustrations à plusieurs brochures diffusées par la propagande antisémite franco-allemande, dont *L'Armée du crime* et *Je vous hais*. Si la deuxième dénonçait, avec une violence inouïe, toutes les tares[4] et tous les crimes du peuple juif depuis des millénaires, la première s'attachait à démontrer que le «banditisme» qui sévissait en France – ces assassinats d'honnêtes gens, ces vols de cartes d'alimentation, ces déraillements de trains –, s'il avait parfois pour acteurs quelques Français égarés, avait pour seul commanditaire[5] le Juif, nécessairement étranger : *Et le crime est juif, et le crime est étranger. Et le crime est au service du judaïsme, de la haine juive, du sadisme juif comme la guerre est au service du judaïsme, du capitalisme, et du bolchevisme[6] juif.* Toute

1. ***Frivolité*** : légèreté, futilité.
2. ***Aux abois*** : dans une situation désespérée.
3. ***Les enfants d'Izieu*** : allusion à l'arrestation, le 6 avril 1944, par la Gestapo, de quarante-quatre enfants et sept adultes juifs dans une colonie à Izieu (Ain), qui furent ensuite déportés et exterminés à Auschwitz.
4. ***Tares*** : défauts, vices.
5. ***Commanditaire*** : celui qui donne les ordres et finance une action.
6. ***Bolchevisme*** : communisme, marxisme. Doctrine de l'extrême gauche russe qui se réclame de Lénine.

la prose délirante des antisémites de choc français, les George Montandon ou les Henry Coston[1] qui inspiraient Céline[2], se trouvait concentrée, après un fastidieux préambule sur les récents faits divers terroristes, dans le portrait de Rayman, par exemple, *son regard pervers où passe en lueurs tout le sadisme de la race. Ne voit-on pas dans ses yeux Ruben couchant avec la concubine de son père Jacob*[3] *[…] ? N'y voit-on pas enfin passer la furie destructrice du Pourim*[4] *célébrant l'égorgement de plus de dix mille non-Juifs ou la curée*[5] *des Juifs entrant dans une ville pour en massacrer la population tout en réservant les jeunes filles aux plaisirs de leurs rabbins ?* Cette haine pathologique[6] se déchaînait sur tout le réseau de la MOI, reprenant les poncifs[7] raciaux abondamment servis[8] depuis plus de deux ans, que Tommy, révolté par tant d'insanité[9] criminelle, s'était acharné à démentir : *Tous sont étrangers. Aucun n'est d'origine française. Leur tête est hideuse. Le sadisme juif s'y étale dans l'œil torve*[10]*, les oreilles en chou-fleur, les lèvres épaisses et pendantes, la chevelure crépue et filasse, l'attitude malsaine. Crasse physique et tare mentale. L'armée du crime.*

Dans ces brochures d'aliénés[11] dangereux tenus en laisse par les Allemands parurent les petites mises en scène de l'officier

---

1. ***George Montandon*** (1879-1944), ***Henry Coston*** (1910-2001) : collaborateurs et antisémites qui défendirent dans leurs œuvres des théories racistes.
2. Louis-Ferdinand Destouches, dit ***Céline*** (1894-1961) : écrivain français, auteur du *Voyage au bout de la nuit* (1932), controversé pour son antisémitisme.
3. ***Ruben couchant avec la concubine de son père Jacob*** : référence à un épisode de la Bible dans lequel Ruben a une relation sexuelle avec Bilha, la femme de son père Jacob (Genèse 35, 22).
4. ***Pourim*** est une fête juive d'origine biblique qui commémore les événements relatés dans le livre d'Esther (Bible hébraïque).
5. ***La curée*** : la ruée, l'assaut.
6. ***Pathologique*** : maladive.
7. ***Poncifs*** : clichés, idées reçues.
8. ***Servis*** : répétés.
9. ***Insanité*** : parole insensée.
10. ***Torve*** : de travers, tordu.
11. ***Aliénés*** : fous.

Theobald : Rayman l'arme au poing, Fingercweig et Tommy avec leur clé à tire-fond. Fingercweig qu'on avait fait poser accroupi dans la cour de Fresnes avait droit à un invraisemblable photomontage afin qu'on le surprenne en pleine action, penché sur un rail qu'il déboulonnait. Quant à Tommy, Hélène le découvrit dans l'une de ces brochures : *Ils y ont mis une photo de mon fils en train de déboulonner un rail. Comment peut-on. C'était un montage. J'ai reconnu son manteau, son visage, qui était très beau, mais le mouvement des mains est mauvais.* C'était vrai. Le visage de Tommy était très beau. Et le mouvement des mains mauvais. Et cette propagande décidément nulle.

## [13]

*C'est une grande salle aux murs vert pâle, sans aucun meuble, et avec de hautes fenêtres grillagées par où passe la lumière du jour. Tous les FTP-MOI que l'on connaît, et sept autres prisonniers que l'on a aperçus à la Préfecture, en tout vingt-deux hommes et une femme, sont alignés sur deux rangs, tous menottés mains dans le dos. Ils échangent quelques paroles, certains sourient. On voit bien Tommy, au centre du deuxième rang, car il est l'un des plus grands, juste à côté de Wajsbrot. Ceux de l'Affiche rouge portent toujours les mêmes vêtements. Derrière eux, et sur les côtés, se tiennent des soldats allemands. La caméra contourne les deux rangées de prisonniers et se place derrière elles. On voit alors une porte s'ouvrir dans le fond de la pièce, et trois officiers allemands entrer rapidement. L'un d'eux se poste au centre de la pièce, face aux prisonniers. Il tient une feuille de papier dans la main et, sans lever une seule fois les yeux, se met à la lire, sur un ton monocorde mais avec un fort accent allemand : « Du fait qu'ils sont suffisamment suspects de s'être livrés en France, au cours des années 1942 et 1943, à des actions contre l'armée allemande sans s'être rendus reconnaissables par leurs insignes réglementaires comme appartenant à la force armée ennemie, et d'avoir détenu des armes et autres moyens de lutte armée, dans l'intention de s'en servir au détriment de la force armée allemande et d'effectuer des attentats contre des membres de l'armée allemande, la cour martiale du Tribunal auprès du commandant du Grand-Paris, après en avoir délibéré, condamne les dénommés Manouchian Missak, Fontanot Spartaco, Witchitz Robert, Rouxel Roger, Salvadori Antoine, Cloarec Georges, Lucarini César, Della-Negra Rino Primo, Rayman Marcel, Alfonso Celestino, Boczor Joseph, Glasz Émeric, Martiniuk Michael, Fingercweig Mosca, Wajsbrot Wolf, Elek Thomas, Goldberg Lajb, Schapiro Salomon, Usseglio Amédée, Manoukian Armanek, Bancic Golda, Kubacki Stanislas, Grzywacz Szlama à la peine de mort.»*

*L'officier lève enfin les yeux vers les prisonniers. On entend trois «Vive la France!», un «Vive la France! Vive l'URSS!». L'officier donne un ordre en allemand aux soldats, qui s'engagent entre les rangées de prisonniers, les saisissent par les menottes et les épaules, les font sortir par la porte du fond sans jamais qu'on les voie de face.*

La femme est Olga (née Golda) Bancic. Je ne suis pas certain qu'elle se trouvait ce samedi 19 février 1944 dans cette salle de la prison de Fresnes, lorsqu'on lut aux prisonniers le verdict d'un procès qui n'avait pas eu lieu. La seule chose que l'on sait de la fin d'Olga Bancic est qu'elle fut condamnée à mort en même temps que vingt-deux autres FTP-MOI, puis transférée en Allemagne pour être exécutée comme je l'ai dit. Les Allemands, pour une raison qu'on ignore, ne fusillaient pas les femmes, et les soldats de l'armée d'occupation n'avaient que des fusils pour exécuter. Mais j'ai pensé qu'elle devait être là, dans cette scène qui non plus n'est pas avérée, seulement plausible.

Il n'y eut pas de véritable procès du «groupe Manouchian», mais une vaste opération de propagande dans la presse française orchestrée par l'Office français d'information, l'organisme vichyste qui dictait leur contenu aux journaux. Ainsi, du 19 au 23 février, toute la presse relata avec force détails[1] – les mêmes d'un journal à l'autre, à la virgule près – un procès imaginaire se déroulant en un lieu qu'on ne nommait pas, où une bande de communo[2]-terroristes hideux et sanguinaires avouaient leurs forfaits[3]. Contrairement à d'autres procès à grande échelle – comme celui qui se tint à la Maison de la Chimie en avril 1942 contre vingt-sept jeunes résistants communistes dont l'un, André Kirschen[4], n'avait pas seize ans –, il ne reste aucun dossier, aucune photo, aucun film de ce procès fantôme. L'historien allemand Ahlrich Meyer[5], qui en rechercha longuement des traces écrites, ne trouva qu'un seul feuillet manuscrit dans les archives allemandes, indiquant un verdict, la date du 19 février où il fut annoncé aux condamnés, et la liste de leurs noms. Il est ainsi probable que le groupe ne fut jamais convoqué devant des juges, mais seulement devant un officier dans la prison de Fresnes, qui leur lut une sentence collective, à peine circonstanciée.

Tout cela n'a pas grande importance. L'essentiel est qu'un jour ils surent qu'ils allaient mourir quelques heures plus tard et que pour certains ce fut un soulagement, pour d'autres la fin d'un fol espoir qui résistait encore. Pour Tommy, je n'en sais rien. Voilà pourquoi je n'ai pas voulu qu'on les voie de face, au moment où on leur annonce une mort imminente[6]. Certains pleuraient peut-être, d'autres souriaient, d'autres ne voulaient exprimer aucun sentiment. Ce n'est pas à moi d'en décider.

---

**1.** ***Avec force détails*** : avec de nombreux détails.
**2.** ***Communo-*** : contraction péjorative de communiste.
**3.** ***Forfaits*** : fautes graves, crimes.
**4.** ***André Kirschen*** (1926-2007) : très jeune combattant engagé dans les opérations spéciales du Parti communiste entre 1941 et 1942.
**5.** ***Ahlrich Meyer*** (né en 1941) : politologue et historien allemand qui a publié de nombreux ouvrages sur l'Occupation allemande en France.
**6.** ***Imminente*** : immédiate, proche.

La plupart des sept résistants entrevus à la Préfecture et qui réapparaissent ici faisaient partie du 3e détachement, composé en majorité d'Italiens mais où combattaient les deux seuls Français à cent pour cent du groupe, tous deux membres des Jeunesses communistes : Georges Cloarec, ouvrier agricole qui avait eu vingt ans à Fresnes le 22 décembre, et Roger Rouxel, apprenti tourneur[1], le plus jeune de tous puisqu'il avait eu dix-huit ans le 3 novembre. Avec Rino Della Negra, vingt ans – ouvrier chez Chausson et footballeur au Red Star –, Antoine Salvadori, maçon de vingt-trois ans, Cesare Lucarini, maçon de vingt et un ans, ils avaient été arrêtés à la suite de l'opération manquée contre le convoyeur de fonds allemand le 12 novembre. Michael Martiniuk était le faux nom sous lequel le dérailleur Jonas Geduldig, qui ne révéla jamais sa véritable identité ni qu'il était juif, fut arrêté et condamné. Armenak (et non Armanek) Manoukian, de son vrai nom Arpen Levitian, serrurier, le plus âgé puisqu'il était né en 1898, était membre du 1er détachement. Quant à Stanislas Kubacki, né en 1908, ouvrier mouleur pour les uns, bûcheron pour les autres, polonais et ancien des Brigades internationales en tout cas, membre de l'OS-MOI[2], il avait été arrêté dès décembre 1942 et avait tenté de s'évader.

*Dans une cellule, on entend un bruit de clé dans la serrure et la porte s'ouvre. Dans le champ apparaissent en même temps quatre détenus vus de dos se plaçant devant la porte ouverte, parmi lesquels on reconnaît Tommy et son manteau bleu, et dans l'encadrement de celle-ci un prêtre en soutane, bel homme au regard clair d'une quarantaine d'années, tenant des livres dans ses mains, et un* kalfaktor *plus âgé.*

*« Courage, les enfants, dit ce dernier. Ce sera pour cet après-midi, à trois heures. Il y a un colis pour chacun, et de quoi écrire vos lettres d'adieu. »*

---

1. ***Tourneur*** : voir note 2, p. 77.
2. ***OS-MOI*** : Organisation spéciale-main-d'œuvre immigrée, chargée de protéger les diffuseurs de tracts communistes ; en 1941, elle devient une formation paramilitaire et rejoint la structure des FTP-MOI.

*Il se retourne vers un chariot, distribue à chacun un colis marqué d'une croix rouge, du papier, des porte-plumes, de l'encre.*

*« Si vous avez besoin d'un secours, dit alors le prêtre avec un accent allemand, je suis là pour chacun d'entre vous. Je vous accompagnerai jusqu'à la fin. Je pourrais vous réciter des Psaumes[1]. Qui veut maintenant une bible ?*

*– Nous sommes tous juifs ici, mon père, et communistes, dit Fingercweig que l'on reconnaît alors.*

*– Je sais, répond le prêtre. Je resterai jusqu'au départ, appelez-moi si vous le voulez. »*

*La caméra tourne lentement sur elle-même au centre de la cellule – identique à celle où Tommy était détenu seul – et l'on découvre ainsi, l'un après l'autre, habillés exactement comme devant l'objectif de Theobald, Rayman assis sur le châlit, Fingercweig et Wajsbrot assis chacun sur une paillasse posée sur le sol et adossés au mur, Tommy sur la chaise, tous en train d'ouvrir leur colis et d'en extraire des petits paquets, s'extasier comme des enfants, commencer à déguster diverses friandises.*

*« C'est trop bon ces pâtes de fruits pas casher[2], dit Fingercweig la bouche pleine, je vais mourir d'indigestion… »*

*Les autres rient.*

*« Tu vas nous manquer, Maurice, dit Tommy, lui aussi la bouche pleine. Je me demande comment on va faire sans toi. »*

*Les garçons s'arrêtent de rire, soudain, la caméra continue de tourner sur elle-même, lentement, elle s'arrête sur chacun d'eux un instant et, si l'on regarde leurs yeux, on voit qu'ils se posent sur chacun des autres, successivement.*

*La caméra tourne encore et quand elle arrive sur Tommy, on le découvre assis sur la chaise, écrivant sur la tablette une lettre*

---

1. ***Psaumes*** : poèmes religieux qui composent l'un des livres de la Bible et sont récités ou chantés dans les liturgies juives ou chrétiennes.
2. ***Casher*** : conformes aux prescriptions de la religion juive.

*d'adieu avec un porte-plume d'écolier. On l'entend en voix* off, *alors que la caméra le quitte, vient sur Rayman écrivant une lettre qu'il a posée sur le carton du colis tout en mangeant des friandises, Wajsbrot et Fingercweig écrivant sur leurs genoux, tous se penchant de temps à autre pour tremper leur plume dans un flacon d'encre posé sur un carton de la Croix-Rouge placé sur le sol au centre de la cellule :*

Fresnes, le 21/2/44

Chers amis,
Je vous écris cette lettre d'adieu pour vous confirmer s'il en est besoin que j'étais pur dans mes intentions.
Je n'ai pas ici le temps de faire de longues phrases creuses.
Tout ce que j'ai à vous dire c'est que vous ne devez pas vous attrister, mais être gais au contraire, car pour vous viennent les lendemains qui chantent.
Adieu et gardez ma mémoire dans vos cœurs, et parlez quelques fois de moi à vos enfants.

Thomas Elek

*La caméra tourne encore, revient sur Tommy. Il relit sa lettre, la plie en quatre, la glisse dans une enveloppe sur laquelle il écrit une adresse, prend une autre feuille et se met à écrire à nouveau. On entend en voix* off *:*

Lundi 21/2/44[1]

Chère Madame Verrier[2], c'est à vous que j'envoie cette lettre d'adieu dans l'espoir que vous retrouverez un jour ma famille…

J'ai reconstitué ces scènes grâce à certaines lettres écrites par les prisonniers le matin du 21 février, jour de leur exécution. De

**1.** Ces lettres sont reproduites p. 212.
**2.** ***Madame Verrier*** : concierge du 15, rue Rollin où vécut la famille Elek (voir p. 28).

nombreuses lettres témoignent qu'ils en connaissaient l'heure, et celle de Georges Cloarec qu'ils l'apprirent le matin même : *… je vais être fusillé tantôt à 3 heures. Mais il ne faut pas pleurer, car pour moi, cela ne m'a rien fait de savoir que dans 7 heures je serais fusillé.* Le prêtre que l'on voit est l'abbé allemand Franz Stock, aumônier des prisons durant l'Occupation, dont les survivants ont décrit l'aide morale et matérielle qu'il apporta aux détenus, et qui accompagna tous les résistants condamnés à mort de la région parisienne, quelle que soit leur confession, jusqu'au moment de leur exécution. Ils furent plus de mille de 1941 à 1944.

Depuis l'énoncé du verdict, l'avant-veille, les prisonniers avaient été regroupés à trois ou quatre par cellule. Marcel Rayman écrivit à ses tante, oncle et cousines : *Je suis réuni en ce moment avec trois de mes camarades ayant le même sort que moi. Nous venons de recevoir un colis de la Croix-Rouge et nous mangeons comme des gosses toutes les choses sucrées que j'aime tant.* J'ai imaginé que ces trois camarades étaient Fingercweig, Wajsbrot et Tommy. Rayman écrivit aussi à sa mère : *Excuse-moi de ne pas t'écrire plus longuement, mais nous sommes tous tellement joyeux que cela m'est impossible quand je pense à la peine que tu auras.* Elle n'eut jamais cette peine, car elle venait de mourir à Auschwitz. Fingercweig, dont la famille avait disparu dans la rafle du Vél d'Hiv, écrivit à une amie qu'il appelait Madame : *Je vous écris ces derniers mots de ma main pour vous dire mes adieux à la vie que je voulais plus belle qu'elle n'a été. Si mes parents et mes frères ont le bonheur de revenir un jour vivants de la tourmente, vous pourrez leur dire que je suis mort en brave, en pensant à eux.* Un seul frère revint. Wajsbrot écrivit à un ami normand qui s'appelait Jean : *Je meurs en espérant que vous aurez tous une vie meilleure.* Il avait rencontré ce Jean en 1939, lorsque les écoliers d'Ivry, où il habitait alors, avaient été évacués en Normandie par crainte des bombardements. Les deux garçons avaient sympathisé et s'étaient revus. Jean, fils du maire du village, avait fourni de fausses cartes d'identité à la mère et aux deux sœurs de Wolf, qui se cachaient à Alfortville. Grâce à cela, elles survécurent. Dans sa lettre, Wolf priait Jean, s'il les revoyait un jour, de leur adresser ses dernières pensées. Il le chargeait aussi d'une autre mission : … *j'espère que tu reverras un jour ma chère petite Suzy, dont ma dernière pensée s'en va vers elle et j'espère qu'elle trouvera un jour un mari qui la rendra heureuse. Et tu lui diras que je lui suis très reconnaissant d'avoir embelli ma dernière année…*

Tommy écrivit deux lettres, l'une à la concierge de la rue Daguerre et sa famille, et l'autre à Mme Verrier, la concierge de la rue Rollin. Il devinait que ses parents se cachaient et qu'un jour, s'ils vivaient encore, par ces intermédiaires les lettres leur parviendraient. Ce fut le cas. Hélène raconte qu'elle les reçut plus tard par la Croix-Rouge. Après la guerre, elle les prêta pour une exposition : *Elles ne sont jamais revenues*. Dans son livre, elle en cite quelques phrases de mémoire. Elles sont aujourd'hui conservées au musée de la Résistance nationale[1]. Petites feuilles de correspondance lignées, un peu jaunies, pliées en quatre, couvertes de l'écriture enfantine encore de Tommy, mais sans une seule faute, et qui paraît légèrement instable, comme s'il avait été mal installé pour les écrire avec ce que j'imagine être un porte-plume. La première lettre, à ses *chers amis* de la rue Daguerre, que l'on entend ici, est parmi toutes les lettres de fusillés que j'ai lues la moins sentimentale et l'une des plus concises : « Je n'ai pas ici le temps de faire de longues phrases creuses. » L'intraitable Tommy paraît ici dans toute la splendeur de sa rugosité[2].

Ces lettres de Tommy – dont le film laissera plus tard entendre le plus émouvant – et des autres, celle de Manouchian

1. ***Musée de la Résistance nationale*** : musée situé à Champigny-sur-Marne, dans le Val-de-Marne.
2. ***Rugosité*** : rudesse, dureté.

que cita Aragon[1], toutes ces lettres juste avant mourir qui disaient de l'amour et souhaitaient du bonheur aux vivants, il ne suffit pas de les lire, et de s'incliner devant le courage, le patriotisme, l'idéalisme qu'elles expriment. De tout cela, l'action armée témoignait encore mieux. Plus que cela, les lettres de fusillés fascinent par leur mystère. Quel sentiment réel se cache entre ces lignes qui toutes répètent plus ou moins la même chose, telle une mécanique mentale de celui qui va mourir pour la bonne cause ? La sereine résignation face à la mort, le courage qu'on affiche, parfois le bonheur ou la joie, même, qu'on décrit, ne seraient-ils pas que des mots offerts à ceux qui vont les lire pour alléger leur peine ? Et si, à l'inverse, les sentiments sont vrais, d'où vient cette force surnaturelle ? De l'exceptionnelle qualité de ces hommes ? De la seule certitude qu'on ne meurt pas en vain ? Ou bien plutôt d'une souffrance si grande, en réalité, que s'élève une muraille pour la contenir dans une zone insensible ? Et quel est le rôle de l'écriture, de la plume et de l'encre, dans l'intensité, la vérité des émotions délivrées sur le papier pour le lecteur absent qu'on aime ?

Je voulais que la voix de Gabriel ne dise rien d'autre que cette énigme. Qu'elle soit hésitante, neutre, murmurée. Nous avons enregistré cette voix seuls, chez lui, dans la chambre de Tommy rue du Cardinal-Lemoine, la nuit, quelques heures avant le tournage de la dernière scène. Je savais qu'il n'y aurait pas de meilleur moment, après la fatigue des scènes du jour, dans le silence de la nuit, ni de meilleur endroit que ce tombeau, sous le grand portrait de Tommy regardant la mort qui vient, et pleure, peut-être. Je n'avais pas tort, naturellement. Ici plus qu'ailleurs, il savait mieux que moi dans quel état Tommy les avait écrites. Les dire, puisqu'il les connaissait par cœur, fut un jeu d'enfant. Je ne puis entendre cette voix, aujourd'hui, dire la lettre accompagnant les dernières images du film sans penser, une fois de

**1.** Voir dossier, p. 220 et 228.

plus, que chacune de ces phrases était sienne, qu'il l'avait écrite lui-même, dans la même souffrance transfigurée que Tommy.

Cette nuit-là que nous avons passée ensemble, la dernière, Gabriel était épuisé par le tournage. Il avait beaucoup souffert lors de ces scènes dans la cellule, déchiré entre l'indifférence, pour ne pas dire le mépris, qu'il éprouvait pour les jeunes acteurs, et les sentiments d'amitié, d'affection, de fraternité que je lui demandais d'exprimer. Je ne voulais rien lâcher et les prises avaient été d'autant plus innombrables que ces sentiments se traduisaient surtout par des regards, quelques gestes, une attention muette à l'autre qu'il n'était pas facile de décrire et d'exiger. Il ne faisait pas de doute pour moi que les quatre garçons s'étaient aimés à leurs dernières heures, plus encore que sur le terrain de leur combat. Même si son obstination m'avait convaincu du contraire, je n'aurais pas lâché la bride[1] à Gabriel sur ce sujet. Qui donc aurait admis l'image d'un Tommy retranché des autres, vivant ses dernières heures en gardant ses distances ? Mais rien ne prouve, surtout pas le mystérieux instinct de Gabriel, que ce ne fut pas le cas.

Nous avons donc passé cette nuit ensemble dans le tombeau de Tommy. Il n'y avait pas d'autre lumière qu'une lampe posée sur le sol, qui projetait nos ombres agrandies sur les murs et le plafond. Le regard de Tommy vers l'avenir sombre semblait vouloir se détourner de nous, du jeune Gabriel des années 2000, si vide, si seul, si privé d'idéal qu'il s'était laissé investir par[2] un fantôme, et du vieux cinéaste impénitent[3] chasseur d'émotions forcément éphémères, qui tentait en vain d'arrimer le temps. Étendu sur le lit en caleçon d'aujourd'hui, épuisé mais acceptant d'écouter avec moi, pour la dixième fois, sa propre voix murmurant des adieux, Gabriel me rappelait la scène où Vilma le

1. ***Lâché la bride*** : cédé.
2. ***Investir par*** : posséder par.
3. ***Impénitent*** : endurci, invétéré.

soigne, où il lui dit qu'elle est la plus belle du monde. Lui non plus ne me regardait pas, ses yeux étaient perdus vers ceux, peut-être au bord des larmes, peut-être pleurant déjà, de Tommy. J'observais son corps relâché dans la pénombre, comme rassuré par ma présence. J'avais envie de le serrer dans mes bras, de lui dire qu'il allait me manquer et qu'il ne fallait pas qu'on se quitte. Une envie, une attente que je n'aurais jamais comblée sans un signe de lui. Dans mon rêve, j'aurais aimé un regard vers moi, un sourire, une main tendue. Mais ses yeux ne quittaient plus ceux de Tommy. Alors j'ai su que je ne pouvais plus rien pour lui, qu'il était trop tard, que tout était fini.

*Des soldats allemands aident les prisonniers, menottés mains dans le dos, à descendre de deux camions militaires rangés côte à côte. Il fait un très beau temps d'hiver, avec du soleil et du ciel bleu, partout de la neige qui ne fond pas. À gauche des camions, on voit un bâtiment ressemblant à une écurie, à droite une petite chapelle à porche néogothique*[1]*. Tous les vingt-deux condamnés, précédés par trois garçons d'environ dix-huit ans qu'on n'a jamais vus, descendent un à un des camions. Il fait froid, certains tremblent. Ils sont conduits jusqu'au porche où se tient le prêtre allemand. On défait les menottes puis ils sont poussés dans la chapelle. La caméra suit Tommy sur ce chemin. Dans la chapelle désaffectée*[2]*, où se trouvent déjà quelques prisonniers, Manouchian et Boczor discutent avec les trois garçons :*

*«… c'était pour lui piquer son arme, s'il n'avait pas tiré on ne l'aurait pas descendu, dit l'un d'eux.*

*– Et ça s'est passé où ? demande Boczor.*

*– À Plérin, en Bretagne, à côté de Saint-Brieuc. On a formé un réseau au lycée Anatole-Le-Braz, à Saint-Brieuc*[3]*. »*

---

**1.** ***Néogothique*** : style architectural apparu dans les années 1820, inspiré du gothique.

**2.** ***Désaffectée*** : destituée de sa fonction première.

**3.** Le 10 décembre 1943, à la recherche du meurtrier d'un sous-officier abattu à Plérin (Bretagne), les Allemands procèdent à une rafle parmi les élèves du lycée Le-Braz engagés dans la Résistance. Neuf sont déportés ;

*La caméra s'éloigne d'eux et leurs voix s'estompent. La porte s'est refermée bruyamment pendant qu'ils parlaient. Le soleil entre dans la chapelle par deux grandes fenêtres ornées de vitraux dans le mur du fond, dessinant des taches de couleur sur les murs bleus couverts de graffitis, et sur la porte. Entre les fenêtres, une grande croix de bois est posée sur le sol. La plupart des prisonniers font les cent pas, se frottent les mains pour les réchauffer, mais certains se sont assis côte à côte sur les grandes dalles noires et blanches, adossés contre les murs bleus. Le prêtre en soutane va de l'un à l'autre, s'accroupit pour parler à certains, dont Rouxel qui se tient la tête dans les mains et que Schapiro et Cloarec tentent aussi d'encourager. Tommy, assis entre Fingercweig et Wajsbrot, regarde fixement l'une des fenêtres à vitraux d'où fusent des rayons multicolores, dont deux, un vert émeraude et un jaune orangé, se posent sur son manteau bleu.*

*La grande porte en bois s'ouvre soudain. Quatre soldats entrent, suivis d'un officier tenant une feuille à la main. Toutes les voix se taisent, et celle de l'officier lisant sa feuille résonne dans la chapelle :*

*« Salaün Yves ! »*

*L'un des trois garçons qu'on n'avait jamais vus se lève, suivi immédiatement des deux autres qui l'entourent, et bientôt de tous les prisonniers qui viennent l'encourager.*

« Schnell ! Schnell[1] ! » *s'impatiente l'officier.*

*Le garçon s'avance, est saisi par deux soldats, puis menotté les mains dans le dos et poussé dehors, où d'autres soldats l'emmènent.*

*« Geffroy Georges ! » crie à nouveau l'officier.*

*Un autre de ces trois garçons s'avance à son tour, on entend les mêmes encouragements des prisonniers, il est menotté, poussé dehors.*

---

trois – évoqués dans cette scène – sont fusillés : Pierre Le Cornec, Yves Salaün et Georges Geffroy.

**1.** Voir note 1, p. 179.

*« Le Cornec Pierre ! »*

*La même scène se reproduit. L'officier fait demi-tour, sort, suivi par le prêtre et par les soldats. La porte se referme brutalement.*

*La caméra reste longtemps sur elle, on voit les taches de couleur sur le bois, on entend des ordres en allemand et une agitation derrière elle. Puis le silence. Tommy se lève, va vers la porte en longeant un mur bleu, s'arrête devant un graffiti qu'il observe :*

Vermassen Robert[1]
fusillé le 2 octobre 1943
VIVE LA FRANCE

*Il se retourne, se laisse glisser le long du mur pour s'asseoir. Il a froid, remonte le col de son manteau. Son regard est à nouveau attiré par les rayons multicolores qui jaillissent des vitraux. On entend un prisonnier qui tousse. Puis, au loin – alors qu'on voit en gros plan le visage de Tommy, l'air triste, le regard tourné vers la gauche, les lèvres entrouvertes –, trois ordres brefs donnés en allemand, suivis aussitôt par une forte déflagration et son écho. Enfin, à quelques secondes d'intervalle, trois coups de feu. Entre ceux-ci et la fermeture de la porte, il s'est passé exactement trois minutes.*

*L'officier est à nouveau dans la chapelle, les mêmes scènes se reproduisent, cette fois avec Manouchian, Fontano, Rouxel, Usseglio et Witchitz. Les prisonniers les étreignent, leur serrent la main, alors que rugissent les* Schnell ! Schnell ! *Juste avant de partir, Manouchian embrasse longuement Tommy.*

*On voit encore des graffitis, un « VIVE LA FRANCE » signé par un Jean Carasso, un « Vive le Parti communiste Vive la France Vive l'URSS. Nous serons vengés », alors qu'on entend au loin les*

---

1. ***Robert Vermassen*** (1923-1943) : membre des FTP. Arrêté en 1941, il est fusillé avec quarante-neuf autres otages le 2 octobre 1943 en représailles de l'assassinat du général Ritter (voir note 1, p. 63).

*mêmes ordres en allemand, la même déflagration puis cinq coups de feu séparés chacun de quelques secondes.*

*Les mêmes scènes se reproduisent avec Cloarec, Della Negra, Lucarini, Salvadori.*

*Tommy et Boczor sont debout, face à face, devant la grande croix et entre les faisceaux de lumière. Boczor fait un pas vers Tommy et l'étreint, alors qu'on entend l'officier crier «Boczor,* schnell!» *Il laisse alors Tommy, s'avance vers les soldats qui le menottent et le poussent vers la sortie. Tommy le regarde partir, puis c'est au tour d'Alfonso, de Rayman et de Glasz. Lorsque la porte est refermée, Tommy s'essuie les yeux avec ses doigts.*

*Tommy est maintenant dehors dans son manteau bleu, les yeux éblouis par le soleil et la neige, les mains attachées dans le dos, encadré par deux soldats. Derrière lui, paraissent tour à tour Wajsbrot, Fingercweig et Geduldig, que des soldats placent en file et encadrent. On entend un ordre en allemand. Un soldat pousse Tommy vers l'avant et celui-ci se met à marcher, suivi par le petit cortège. La caméra devient son propre regard. Il s'avance sur un chemin droit qui disparaît dans des arbres à l'horizon, bordé sur la gauche par un haut mur de pierre meulière, à droite par un talus et un bois. Pendant une minute, on n'entend que les pas du cortège qui avance sur ce chemin. Puis la voix* off *murmurée de Tommy :*

Lundi 21/2/44

Chère madame Verrier, c'est à vous que j'envoie cette lettre d'adieu dans l'espoir que vous retrouverez un jour ma famille. Si vous revoyez un jour les miens, dites-leur que je n'ai pas souffert et que je suis mort sans souffrir en pensant beaucoup à eux et surtout à mes frères qui auront une jeunesse plus belle que la mienne.
Je meurs, mais je vous demande de vivre, car nous nous retrouverons tous un jour.

*Le chemin maintenant descend entre les arbres vers une clairière où se révèlent, au fur et à mesure qu'on avance, un, puis deux, et jusqu'à cinq poteaux d'exécution alignés devant une butte couverte d'érables et de frênes. On voit désormais toute la petite clairière enneigée, toujours avec les yeux de Tommy. À sa gauche les poteaux luisant de sang, face à lui une casemate*[1] *de fortification devant laquelle se tiennent le prêtre et quelques officiers et soldats à côté de quatre cercueils en sapin sans couvercles posés sur le sol et, à droite, le long d'une autre butte séparée d'à peine vingt mètres de l'autre, un peloton d'exécution comptant plus d'une vingtaine de soldats debout, et autant devant eux sur une autre file, un genou à terre. Armés de fusils, ils sont casqués, bottés, portent de longs manteaux gris-vert, et regardent tous la caméra.*

*On voit alors des soldats défaire les menottes des condamnés. L'un d'eux ordonne à Tommy en allemand de retirer son manteau. Tommy l'enlève, et le soldat l'emporte vers la casemate, le jette dans l'un des cercueils. Tommy est maintenant en veste, il tremble. Aussitôt plusieurs soldats entraînent les quatre condamnés vers les poteaux, où ils les lient au niveau de la poitrine et sous les genoux. Le premier poteau reste vide. Sur le deuxième est placé Wajsbrot, sur le troisième Tommy, sur le quatrième Fingercweig, sur le cinquième Geduldig. Aucun ne manifeste la moindre émotion. Le prêtre s'approche, échange quelques mots inaudibles avec chaque condamné. On voit à nouveau avec les yeux de Tommy le peloton d'exécution, face à lui, très proche, avant que les soldats ne bandent les yeux des condamnés avec un tissu blanc. À ce moment, et alors que les soldats s'écartent, la voix murmurée de Tommy reprend :*

> Adieu, que ma mémoire reste dans le cœur de ceux qui m'ont connu.
> Que tous mes amis vivent et ma dernière volonté est qu'ils ne s'attristent pas sur mon sort car je meurs pour qu'ils soient toujours heureux.

---

1. ***Une casemate*** : un abri, souvent enterré.

*Un officier crie un ordre, sa voix hurlante contraste avec celle de Tommy, les soldats chargent le canon de leur fusil et actionnent le levier de culasse. Un autre ordre hurlé, les soldats mettent en joue et visent. La voix de Tommy reprend :*

Adieu et que la vie vous soit douce.

Tommy Elek

*L'officier aboie un ordre encore. Les salves*[1] *retentissent dans la clairière. On voit les corps des fusillés tressaillir et s'affaisser. L'officier s'avance alors derrière les poteaux, s'approche de chaque fusillé et lui tire au pistolet une balle en pleine tête, provoquant un dernier soubresaut. Une main arrache le bandeau des yeux de Tommy. Ils sont ouverts vers le ciel, encore éblouis par le soleil, légèrement plissés.*

Comme plus de mille résistants, dont près de deux cents Juifs, les vingt-deux FTP-MOI ont été fusillés au Mont-Valérien[2], à l'ouest de Paris. La chapelle où les condamnés attendaient qu'on les emmène est toujours là, inchangée, sauf la couleur des murs dont on n'a gardé que quelques pans couverts de graffitis sur l'ancienne peinture bleue qui s'effrite. On y expose les cinq poteaux d'exécution et trois des cercueils qui servaient au transport des corps vers différents cimetières de la région parisienne, où ils étaient jetés dans une fosse commune. Eux furent transportés au cimetière d'Ivry.

Et l'on peut refaire le dernier chemin, entre la chapelle et la clairière. Cent cinquante mètres à peine, entre un mur et des arbres. C'est par la lettre que Manouchian écrivit à sa femme, Mélinée, le matin même que nous savons qu'il faisait beau, ce

1. ***Salves*** : décharges simultanées de plusieurs armes à feu.
2. ***Mont-Valérien*** : situé à Suresnes, dans les Hauts-de-Seine, principal lieu d'exécution en France durant l'Occupation, devenu l'un des plus importants sites de la mémoire nationale depuis 1960.

21 février : *Aujourd'hui il y a du soleil.* Il faisait froid aussi, à peine zéro degré. Et grâce aux photos de l'exécution prises clandestinement par le sous-officier antinazi Clemens Rüther[1], on sait aussi que le site était couvert de neige. Les trois lycéens de Saint-Brieuc furent exécutés à 15 h 16 ; Fontano, Manouchian, Rouxel, Usseglio et Witchitz à 15 h 22 ; Cloarec, Della Negra, Lucarini, Salvadori à 15 h 29 ; Alfonso, Boczor, Glasz et Rayman à 15 h 40 ; Tommy, Fingercweig, Wajsbrot et Geduldig à 15 h 47 ; Levitian, Goldberg et Schapiro à 15 h 52 ; Grzywacz et Kubacki, enfin, à 15 h 56. Je ne sais pas pourquoi on les fusilla dans cet ordre, ni pourquoi cinq en même temps, ou trois, ou deux, ni pourquoi onze minutes passèrent entre la mort des deuxième et troisième groupes, et seulement quatre entre les cinquième et sixième. On ne peut pas tout savoir de ce dernier jour. On ne sait pas si certains crièrent *Vive la France!*, si certains chantèrent *La Marseillaise* ou *L'Internationale*[2], si certains refusèrent qu'on leur bande les yeux, si certains vacillèrent. Et ces choses importantes qu'on ne sait pas du dernier jour, je n'ai pas voulu les inventer. Je n'ai inventé que des choses anodines pour l'Histoire, qui d'ailleurs n'étaient pas écrites dans le scénario : les dernières étreintes de Tommy avec Manouchian, qu'il aimait comme un père, et avec Boczor, celui qu'il admirait le plus. Et les larmes de Tommy rapidement essuyées. J'ai improvisé ces étreintes et ces larmes. Elles sont juste un écho de la dernière nuit que j'ai passée avec Gabriel.

Cet ultime jour de tournage dans les lieux mêmes, au Mont-Valérien, fut pour Gabriel un calvaire qu'il endura sans jamais se plaindre, m'offrant même parfois des sourires désespérés. Il savait que j'avais besoin de lui et demeura toujours à mes côtés.

---

**1.** Ces photographies apparaissent dans l'album illustré du *Tombeau de Tommy* qu'Alain Blottière a constitué, consultable sur http://www.letombeaudetommy.net/Mont-Valerien.html.
**2.** ***L'Internationale*** : hymne révolutionnaire communiste.

Entre les prises, alors que tout s'achevait, pour Tommy, pour lui-même, il s'efforçait de ne pas s'effondrer. Il se tenait le plus éloigné possible, surtout, de la petite bande que formaient Nicolas, Jonathan, Boris, Mathieu et quelques autres, qui eux se réjouissaient au contraire de leurs lendemains qui allaient chanter, de leur liberté après ces semaines de travail, de leurs vacances au bord de la mer, et de bonne humeur s'amusaient de tout, en particulier de la fausse neige et de jouer le froid en août. Gabriel ne parvenait pas à revenir de son tombeau, et je comprenais qu'il ne puisse considérer ces garçons légers comme ceux pour qui Tommy était mort, afin qu'ils soient toujours heureux. Après que devant la caméra ses larmes ont coulé le plus naturellement du monde, je lui ai demandé si je ne devais pas interrompre le tournage. Peut-être fallait-il reporter à plus tard, quelques jours, quelques semaines même, la scène de l'exécution ? Je pouvais tout aussi bien modifier le scénario, ne pas montrer le supplice, me contenter du son, ou m'arranger pour ne pas montrer son visage au dernier moment, prendre une doublure. Il m'a répondu qu'il n'en était pas question, tout irait bien, il fallait en finir le jour même, tout devait se passer comme prévu. Pourtant, depuis longtemps déjà, et surtout depuis la dernière nuit, je me demandais comment il allait survivre à la scène de sa propre mort. Je l'ai tournée quand même, à vrai dire terrorisé, et je m'en voudrai toujours. C'était un mort-vivant dans la clairière, il tenait à peine debout, grelottant et pâle, avait du mal à respirer, semblait aveugle et sourd. Nul ne voit cette scène sans frémir, sans penser qu'il a le vrai Tommy devant les yeux. Moi seul n'ai pas été surpris qu'il la joue sans la jouer.

Il chancelait encore. J'ai demandé qu'on le ramène chez sa mère. Il n'a pas refusé, ne m'a pas dit un seul mot. J'ai promis de venir le voir le soir même, après m'être montré à la fête de fin de tournage où, bien sûr, il ne viendrait pas. Je l'ai vu partir dans les vêtements de Tommy, troués de balles et maculés[1] de sang. Au cours de la fête où j'ai dû boire pour sourire un peu, j'ai tenté de le joindre. Sa mère l'avait vu repartir, il n'avait pas l'air bien, et avait coupé son téléphone. Une fois encore, je savais où le trouver. J'ai pris un taxi, persuadé qu'il était déjà trop tard. Je ne cessais de voir, s'alternant, le portrait du vrai Tommy regardant la mort qui vient et la dernière image de Gabriel, ses yeux ouverts mais brûlés dans l'éblouissement du soleil, et je me demandais lequel de ces deux garçons morts j'avais le plus aimé. Je suis arrivé rue du Cardinal-Lemoine. J'ai gravi les marches de l'escalier que Gabriel et Tommy avaient si souvent emprunté. Comme je l'avais deviné, il suffisait de tourner la poignée de porcelaine d'autrefois pour ouvrir la porte du tombeau.

Sous la grande photo de Tommy, Gabriel avait placé la lampe. Il était étendu sur le lit. Il avait retiré la veste déchiquetée, mais gardé la chemise blanche boutonnée jusqu'au col, encore tachée de faux sang sous ses mains posées sur sa poitrine. Il respirait, mais il ne me voyait pas, ne sentait pas ma présence. Ses yeux étaient tournés vers sa droite, précisément vers l'ombre du mur que regardait aussi Tommy. Les deux garçons se rencontraient en ces ténèbres d'où la mort venait. Je les ai laissés seuls, j'ai refermé la porte sans bruit.

Je n'ai jamais revu Gabriel. Sa mère m'a dit qu'il était passé comme une ombre chez elle au cours de l'été, qu'il avait accroché les vêtements du fusillé dans son armoire, insisté pour qu'elle lui verse tout l'argent de son cachet. Il n'avait pas reparu depuis et ne répondait plus au téléphone. Au moment de la sortie du film, j'ai dû affronter mille questions sur son absence. Un mois plus tard, Vilma m'a téléphoné de Budapest : un ami à elle, qui avait vu le film, venait de reconnaître avec certitude Gabriel dans la

1. ***Maculés*** : couverts, souillés.

rue Andrássy[1]. Il tenait à la main un livre à couverture jaune. Celui d'Hélène, probablement, où celle-ci raconte les premières années de Tommy à Budapest. Ainsi, un an après la fin du tournage, Gabriel souffrait encore. Il n'avait toujours pas quitté le fantôme ni son tombeau. Pour me rassurer, apaiser mon remords mais au fond sans trop y croire, j'ai pensé qu'il cherchait au moins à s'en échapper, à remonter le temps, gommer le chemin de Tommy en le refaisant à l'envers et finalement effacer toutes ses traces en lui.

1. ***Rue Andrássy*** : cette très longue avenue est la plus célèbre de la capitale hongroise ; elle est classée au patrimoine mondial par l'Unesco.

Thomas Elek a écrit deux lettres avant d'être emmené devant le peloton d'exécution : l'une est adressée à la concierge du 63, rue Daguerre, et destinée à ses amis, et l'autre à Mme Verrier, concierge du 15, rue Rollin, où il a vécu entre 1935 et 1937, et destinée à sa famille. Ces lettres de la dernière heure sont en général remises aux geôliers, et communiquées aux familles après l'exécution. Avec les missives, les familles reçoivent des indications sur la restitution des effets personnels des défunts et leur lieu d'inhumation. Ces informations s'accompagnent de l'interdiction de rendre publics les derniers écrits de ceux qui sont morts. Ils sont néanmoins publiés dans la presse clandestine par les mouvements de résistance, pour glorifier leurs héros et dénoncer la barbarie nazie.

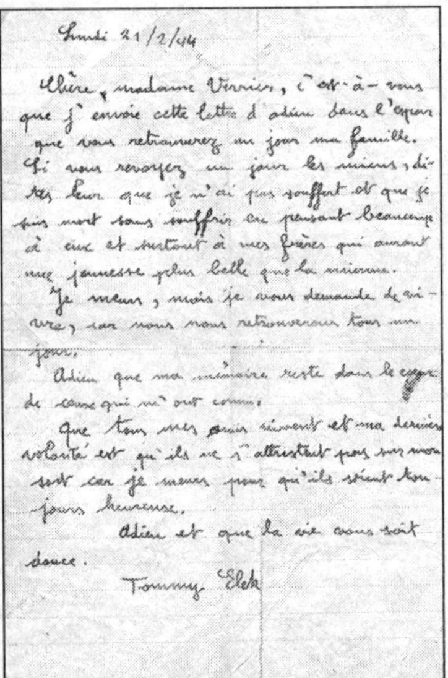

Lundi 21/2/44

Chère, madame Verrier, c'est à vous que j'envoie cette lettre d'adieu dans l'espoir que vous retrouverez un jour ma famille. Si vous revoyez un jour les miens, dites leur que je n'ai pas souffert et que je suis mort sans souffrir en pensant beaucoup à eux et surtout à mes frères qui auront une jeunesse plus belle que la mienne.

Je meurs, mais je vous demande de vivre, car nous nous retrouverons tous un jour.

Adieu que ma mémoire reste dans le esprit de ceux qui m'ont connu.

Que tous mes amis vivent et ma dernière volonté est qu'ils ne s'attristent pas sur mon sort car je meurs pour qu'ils soient toujours heureux.

Adieu et que la vie vous soit douce.

Tommy Elek



■ Lettre de Tommy,
le jour de son exécution, à Mme Verrier
(21 février 1944).

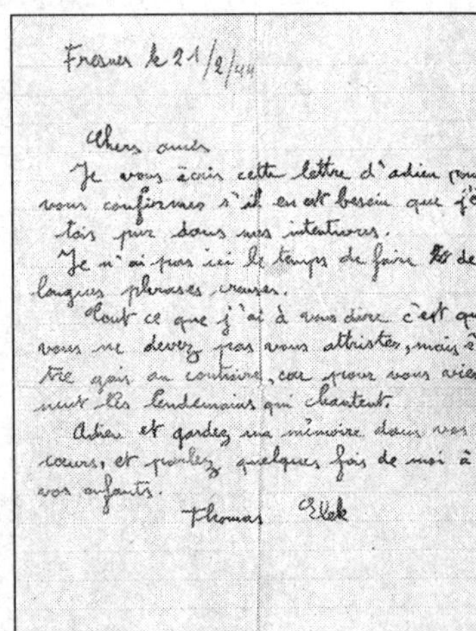

Fresnes le 21/2/44

Chers amis

Je vous écris cette lettre d'adieu pour vous confirmer s'il en est besoin que j'étais pur dans mes intentions.

Je n'ai pas ici le temps de faire des longues phrases creuses.

Tout ce que j'ai à vous dire c'est que vous ne devez pas vous attrister, mais être gai au contraire, car pour vous viendront les lendemains qui chantent.

Adieu et gardez ma mémoire dans vos cœurs, et parlez quelques fois de moi à vos enfants.

Thomas Elek



■ Lettre de Tommy,
le jour de son exécution, à ses amis
(21 février 1944).

# DOSSIER

- **Questionnaire de lecture**
- **Parcours de lecture**
- **L'hommage des poètes aux résistants (groupement de textes n° 1)**
- **L'Affiche rouge (histoire des arts)**
- **«*Ultima Verba*» : les derniers mots des martyrs (groupement de textes n° 2)**
- **Les liens étroits entre roman et histoire (prolongement)**
- **Interview d'Alain Blottière**
- **Bibliographie sélective**

# Questionnaire de lecture

## Les personnages

1. Qui prend en charge la narration de ce récit ?
2. Qui est Gabriel ?
3. Proposez trois adjectifs pour qualifier Thomas Elek, et justifiez votre choix.
4. En quoi le personnage de la mère de Thomas Elek est-il doublement important dans le récit ?
5. Quels liens se tissent entre Tommy et son interprète ? entre le narrateur et son acteur ?

## Le contexte du roman

6. À quelles époques se déroule le récit ?
7. Quel est le nom du groupe de résistants auquel appartient Thomas Elek ?
8. Quelle est la mission de ces résistants ?
9. Où et quand s'achève la courte vie de Thomas Elek ?
10. Que devient Gabriel à la fin du tournage ?

## Le genre du roman

11. Montrez que *Le Tombeau de Tommy* est à la fois une œuvre de fiction et un récit historique.
12. À quoi correspondent les italiques dans le volume ?
13. En quoi le récit est-il étroitement lié au cinéma ?
14. Comment comprenez-vous le titre du roman ?

# Parcours de lecture

## Parcours de lecture n° 1 : l'*incipit*, « On l'appelle Tommy »

Relisez le début du roman, de « *Les trois enfants sont dans la pénombre* » à « Il y faut une énergie particulière » (p. 27-29), puis répondez aux questions suivantes :

### Un *incipit* déroutant

1. À quoi correspond le premier paragraphe du passage, composé en italique ? Essayez d'en caractériser l'écriture.
2. Dans quelle mesure peut-on dire que les deux paragraphes suivants ressortissent de la biographie et du récit fictif ?
3. Comment les deux derniers paragraphes éclairent-ils le sens de la scène d'ouverture ?

### L'entrée en scène du personnage

1. Quelles informations sur le personnage principal cet extrait livre-t-il ?
2. Sur quelle antithèse est fondé le portrait du personnage ?
3. Relevez ce qui rend le personnage mystérieux et ce qui contribue à le singulariser.

### Les buts de la fiction

1. Montrez que ce début de roman repose sur le procédé de la mise en abyme.
2. Analysez les mentions sur l'ombre et la lumière dans le paragraphe en italique.
3. En quoi ces jeux de contrastes sont-ils représentatifs du projet du narrateur et/ou de celui d'Alain Blottière ?

## Parcours de lecture n° 2 : «*Une voie de chemin de fer sous la pluie battante*»

Relisez le texte, de «*Il fait nuit, une voie de chemin de fer*» à «*se remettent en route dans la nuit, sous la pluie battante*» (p. 93-94), puis répondez aux questions suivantes :

### Une page de cinéma

1. Recherches préliminaires : au cinéma, qu'appelle-t-on un plan ? une séquence ? un hors-champ ? En quoi consiste le montage ?
2. Montrez que ce récit adopte le point de vue objectif de la caméra.
3. Différents plans sont utilisés dans la scène : lesquels ? À quoi chacun sert-il ?

### La dramatisation de la scène

1. Analysez la valeur du temps verbal utilisé dans cet extrait.
2. Montrez qu'une certaine tension naît de la description des plans où apparaissent les dérailleurs.
3. Commentez la façon dont les plans se succèdent : comment évoluent-ils ? Quel effet est ainsi créé ?

### Une esthétique du contraste

1. Montrez que le récit souligne l'opposition entre les dérailleurs et les soldats.
2. Quelle image des Allemands cette scène donne-t-elle ?
3. Quels procédés, cinématographiques et littéraires, sont utilisés pour suggérer le déraillement du train ?

### Pour aller plus loin : écriture d'invention

Vous récrirez, sous forme romanesque, la scène filmée présente au chapitre 6 qui débute par «*Tommy, coiffé d'un feutre bleu marine*» et s'achève à « *griffonnant rapidement quelques mots dans un carnet*» (p 103).

## Parcours de lecture n° 3 : «La mort en marche»

Relisez le texte, de «Cette scène s'est déroulée le 22 septembre 1943» à «que Gabriel lui aussi pouvait mourir» (p. 103-105), puis répondez aux questions suivantes :

### Le récit d'une traque tragique

1. Comment le récit met-il en valeur la redoutable efficacité de la filature ? Soyez attentif aux mentions temporelles et à l'enchaînement des faits.
2. Analysez les images utilisées pour décrire la police et sa traque.
3. Relevez tout ce qui souligne le caractère inéluctable et tragique de l'arrestation des résistants.

### Une précision historique

1. Quelles remarques peut-on faire sur les indications spatiales et temporelles présentes dans cet extrait ?
2. Quels autres éléments d'informations trahissent le souci de précision historique du narrateur ?
3. Montrez que le narrateur révèle les sources sur lesquelles il s'appuie.

### Les signes de la fascination du narrateur

1. Expliquez en quoi la première phrase du deuxième paragraphe traduit le vif intérêt du narrateur pour le destin de Tommy.
2. Comment se manifeste l'empathie du narrateur-réalisateur pour son personnage ?
3. Quelle raison avance ce dernier pour justifier son lien avec le héros de son film ?

## Parcours de lecture n° 4 : « Le tombeau de Tommy »

Relisez le texte, de « Cette nuit-là que nous avons passée ensemble » à « qu'il était trop tard, que tout était fini » (p. 201-202), puis répondez aux questions suivantes :

### Le personnage de Gabriel

1. Relevez les éléments qui soulignent le mal-être de l'adolescent.
2. Montrez que, à deux reprises, le jeune garçon paraît écartelé entre des sentiments contraires.
3. Comment qualifier le lien qui s'est créé entre Gabriel et Tommy ?

### Acteur et réalisateur : un lien ambivalent

1. Comment se manifeste la domination quasiment tyrannique du réalisateur sur son acteur ?
2. Comment s'exprime l'attachement du narrateur-cinéaste à Gabriel ?
3. Cet extrait marque-t-il la fin ou l'échec de la relation entre le cinéaste et son acteur ?

### Le tombeau de Tommy

1. À quoi est associée la chambre de Gabriel ?
2. En quoi peut-on dire que le jeune homme apparaît comme mort ?
3. Comment expliquer l'attitude d'abandon de Gabriel ?

### Pour aller plus loin : écritures d'invention

1. Le narrateur-réalisateur a achevé son film consacré à Thomas Elek : vous écrirez le synopsis[1] du film pour la presse, avant sa sortie, vous présenterez l'œuvre cinématographique au public lors de sa parution sur les écrans.
2. Vous rédigerez la critique qu'un journaliste pourrait alors lui consacrer (une page chaque fois).

# L'hommage des poètes aux résistants (groupement de textes n° 1)

Pendant et après la Seconde Guerre mondiale, des écrivains utilisent la poésie pour dénoncer les misères de la nation et célébrer les actions des résistants. Certains taxent ces écrits engagés de poésie de circonstance, lourdement didactique, pétrie d'angélisme et de bons sentiments patriotiques. D'autres montrent qu'elle est parole de vie quand la mort est proche et parole d'espoir quand tout paraît avoir été perdu. Aujourd'hui encore, elle reste une parole émouvante qui sauve de l'oubli ceux qui ont résisté à l'ennemi et qui l'ont payé de leur vie...

## Louis Aragon, *Le Roman inachevé* (1956)

Jeune combattant en 1918, Louis Aragon (1897-1982) participe au mouvement surréaliste, courant poétique d'avant-garde qui

1. ***Synopsis*** : résumé condensé d'un scénario (lexique du cinéma). À ce titre, il décrit les grandes lignes de l'histoire, esquisse les principaux personnages et leur évolution, sans entrer dans les détails.

défend à partir des années 1930 l'idée d'une littérature engagée au service d'un idéal communiste. Après 1945, le poète poursuit son œuvre militante. Ainsi, la veille de l'inauguration d'une rue Groupe-Manouchian à Paris, à laquelle le journal *L'Humanité* du 5 mars 1955 invite les Parisiens à se rendre, il publie un poème intitulé « Groupe Manouchian », en hommage aux FTP-MOI[1] fusillés le 21 février 1944 au Mont-Valérien. Aragon y magnifie le mythe collectif des résistants communistes et cite les dernières paroles de Manouchian à son épouse Mélinée.
Ce poème est repris sous le titre « Strophes pour se souvenir » dans le recueil *Le Roman inachevé*, paru en 1956 chez Gallimard. En 1961, il est mis en musique sous le titre « L'Affiche rouge » par Léo Ferré dans son album, *Ferré chante Aragon*. Cette adaptation a largement contribué à le populariser.

## Strophes pour se souvenir

Vous n'avez réclamé la gloire ni les larmes
Ni l'orgue ni la prière aux agonisants[2]
Onze ans déjà que cela passe vite onze ans
Vous vous étiez servis simplement de vos armes
La mort n'éblouit pas les yeux des Partisans

Vous aviez vos portraits sur les murs de nos villes
Noirs de barbe et de nuit hirsutes[3] menaçants
L'affiche qui semblait une tache de sang
Parce qu'à prononcer vos noms sont difficiles
Y cherchait un effet de peur sur les passants

Nul ne semblait vous voir Français de préférence
Les gens allaient sans yeux pour vous le jour durant

---

**1.** Voir encadré, p. 21.
**2.** ***Ni l'orgue ni la prière aux agonisants*** : allusion à des obsèques religieuses que les condamnés n'ont évidemment pas eues.
**3.** ***Hirsutes*** : ébouriffés, échevelés.

Mais à l'heure du couvre-feu des doigts errants
Avaient écrit sous vos photos MORTS POUR LA FRANCE
Et les mornes matins en étaient différents

Tout avait la couleur uniforme du givre
À la fin février pour vos derniers moments
Et c'est alors que l'un de vous dit calmement
Bonheur à tous Bonheur à ceux qui vont survivre
Je meurs sans haine en moi pour le peuple allemand[1]

*Adieu la peine et le plaisir Adieu les roses*
*Adieu la vie adieu la lumière et le vent*
*Marie-toi sois heureuse et pense à moi souvent*
*Toi qui vas demeurer dans la beauté des choses*
*Quand tout sera fini plus tard en Erivan*[2]

*Un grand soleil d'hiver éclaire la colline*
*Que la nature est belle et que le cœur me fend*
*La justice viendra sur nos pas triomphants*
*Ma Mélinée ô mon amour mon orpheline*
*Et je te dis de vivre et d'avoir un enfant*

Ils étaient vingt et trois quand les fusils fleurirent
Vingt et trois qui donnaient leur cœur avant le temps
Vingt et trois étrangers et nos frères pourtant
Vingt et trois amoureux de vivre à en mourir
Vingt et trois qui criaient la France en s'abattant

Louis Aragon, *Le Roman inachevé*, «Strophes pour se souvenir»,


**1.** La lettre de Manouchian à sa femme Mélinée est reproduite dans le groupement de textes «"*Ultima Verba*" : les derniers mots des martyrs» (dossier, p. 227).
**2.** ***Erivan*** (ou Erevan) : capitale de l'Arménie.

## Paul Éluard, *Au rendez-vous allemand* (1945)

Infirmier pendant la Première Guerre mondiale, Paul Éluard (1895-1952) compte parmi les surréalistes des années 1920, à l'instar d'André Breton et de Louis Aragon. Partisan des républicains pendant la guerre d'Espagne en 1937, il s'oppose au fascisme allemand et s'engage dans la Résistance lors de l'Occupation. Il publie sous divers pseudonymes dans des revues clandestines et, en 1943, il coordonne l'anthologie de poèmes engagés contre l'occupant nazi intitulée *L'Honneur des poètes*. C'est l'arrestation par les Allemands de Gabriel Péri (1902-1941), homme politique communiste, journaliste et résistant, et son exécution aux côtés d'autres otages le 15 décembre 1941, au Mont-Valérien, qui lui inspirent ce poème. « Gabriel Péri » est publié en 1945 dans un volume de pièces écrites clandestinement durant la guerre, parmi lesquelles figure le célèbre poème « Liberté ».

### Gabriel Péri

Un homme est mort qui n'avait pour défense
Que ses bras ouverts à la vie
Un homme est mort qui n'avait d'autre route
Que celle où l'on hait les fusils
Un homme est mort qui continue la lutte
Contre la mort contre l'oubli

Car tout ce qu'il voulait
Nous le voulions aussi
Nous le voulons aujourd'hui
Que le bonheur soit la lumière
Au fond des yeux au fond du cœur
Et la justice sur la terre

Il y a des mots qui font vivre
Et ce sont des mots innocents
Le mot chaleur le mot confiance
Amour justice et le mot liberté
Et le mot enfant et le mot gentillesse
Et certains noms de fleurs et certains noms de fruits
Le mot courage et le mot découvrir
Et le mot frère et le mot camarade
Et certains noms de pays de villages
Et certains noms de femmes et d'amis
Ajoutons-y Péri
Péri est mort pour ce qui nous fait vivre
Tutoyons-le sa poitrine est trouée
Mais grâce à lui nous nous connaissons mieux
Tutoyons-nous son espoir est vivant

Paul Éluard, *Au rendez-vous allemand*, « Gabriel Péri »,


## René Guy Cadou, *Pleine Poitrine* (1946)

Le 22 octobre 1941, dans le village où il est instituteur, le poète français, René Guy Cadou (1920-1951) assiste à l'arrivée des corps de trois fusillés au cimetière de Saint-Aubin-des-Châteaux, en Loire-Atlantique. En représailles de l'assassinat par la Résistance du lieutenant-colonel allemand Karl Hotz, *Feldkommandant* (« responsable des troupes d'occupation », en allemand) de Nantes, vingt-sept prisonniers[1] du camp de Châteaubriant, alors considérés comme des otages, sont exécutés. Bouleversé, Cadou écrit « Les Fusillés de Châteaubriant », qui paraîtra dans le recueil *Pleine Poitrine* publié en 1946. Dans ce poème en vers libres, émotion et admiration se mêlent pour rendre hommage à ces hommes devenus martyrs.

1. Le plus jeune des vingt-sept otages, Guy Môquet, avait dix-sept ans. Voir p. 230.

## Les Fusillés de Châteaubriant

Ils sont appuyés contre le ciel
Ils sont une trentaine appuyés contre le ciel
Avec toute la vie derrière eux
Ils sont pleins d'étonnement pour leur épaule
Qui est un monument d'amour
Ils n'ont pas de recommandations à se faire
Parce qu'ils ne se quitteront jamais plus
L'un d'eux pense à un petit village
Où il allait à l'école
Un autre est assis à sa table
Et ses amis tiennent ses mains
Ils ne sont déjà plus du pays dont ils rêvent
Ils sont bien au-dessus de ces hommes
Qui les regardent mourir
Il y a entre eux la différence du martyre
Parce que le vent est passé là où ils chantent
Et leur seul regret est que ceux
Qui vont les tuer n'entendent pas
Le bruit énorme des paroles
Ils sont exacts au rendez-vous
Ils sont même en avance sur les autres
Pourtant ils disent qu'ils ne sont pas des apôtres[1]
Et que tout est simple
Et que la mort surtout est une chose simple
Puisque toute liberté se survit.

René Guy Cadou, *Pleine Poitrine*, «Les Fusillés de Châteaubriant»,
*Poésies la vie entière – Œuvres poétiques complètes*,
© Éditions Seghers, 2001.

1. ***Apôtres*** : personnes qui propagent et défendent une doctrine, une opinion.

**Questions sur *corpus***

1. Quel est le thème commun à ces trois poèmes ?
2. Quelles sont les intentions de chacun de ces trois poètes ?
3. Quels sentiments les auteurs éprouvent-ils à l'égard de ces martyrs ?
4. Quelles valeurs associent-ils aux victimes ?

**Travail d'écriture : commentaire de texte**

Vous ferez le commentaire du poème de René Guy Cadou. Vous pourrez analyser dans ce texte la manière dont les fusillés et leur mort sont évoqués, puis la façon dont la vie semble dépasser la mort, et enfin la célébration que le poème offre de la grandeur des otages et des valeurs qu'ils incarnent.

# L'Affiche rouge (histoire des arts)

Le 21 février 1944, vingt-trois membres du groupe Manouchian, dont Thomas Elek, appartenant aux FTP-MOI, pour la plupart des militants communistes étrangers et en majorité des Juifs, auteurs de nombreux attentats contre les forces d'occupation, sont exécutés au Mont-Valérien. Le lendemain, l'« Affiche rouge » (déclinée également en tract et brochure) est placardée sur les murs des principales villes de France (voir p. 2 de couverture) : elle n'est pas un simple avis d'exécution mais une affiche de propagande éditée par le Centre d'études antibolcheviques (CEA), organisme collaborateur associant les « propagandes de combat » des nazis et du gouvernement de Vichy.

1. Montrez que l'affiche se compose de trois parties.

2. Quelle image de la Résistance cette affiche véhicule-t-elle ? Comparez cette image avec celle qu'offre Simonot dans son affiche évoquant les fusillés de Châteaubriant (p. 2 de couverture).
3. Analysez les effets produits par le choix des couleurs et de la typographie.
4. Quel est le but de cette affiche ?
5. Quelle réaction évoquée par Louis Aragon dans le poème « Strophes pour se souvenir » (p. 220) a-t-elle suscitée parmi la population civile française ?

## « *Ultima Verba*[1] » : les derniers mots des martyrs (groupement de textes n° 2)

Environ quatre mille résistants et prisonniers déclarés otages ont été fusillés en France lors de l'Occupation. Avant de mourir, certains ont pu écrire une ou plusieurs lettres et les faire parvenir à leurs destinataires. Missak Manouchian, Guy Môquet et Henri Fertet, accusés de faits de Résistance ou d'opposition à l'ennemi, ont tous trois été exécutés par les Allemands. Leurs lettres sont des documents historiques qui possèdent une forte charge émotionnelle. Le contexte dans lequel elles furent rédigées et la situation familiale et sociale de chacun des auteurs confèrent à chaque texte un caractère unique. Prosaïques autant qu'héroïques, elles sont un mélange de recommandations, d'injonctions et de confessions, portées par une langue

1. ***Ultima Verba*** : « dernières paroles », en latin. Allusion au titre du poème qui clôt *Les Châtiments* de Victor Hugo (livre VII, XVII).

riche, souvent imagée, parfois poétique. Supports du travail de mémoire, elles obligent le lecteur d'aujourd'hui à s'interroger sur son propre courage et la force des valeurs qui l'animent.

## De Missak à Mélinée

Né en 1906 et d'origine arménienne, Missak Manouchian est l'une des figures historiques du roman de Blottière. Sa famille fut décimée lors des massacres commis par les Turcs contre les Arméniens entre 1915 et 1916. Réfugié en France en 1925, il gagne sa vie comme tourneur[1] chez Citroën. Parallèlement, il mène une activité littéraire (il fonde deux revues) et politique (il adhère au Parti communiste français). Sous l'Occupation, il est nommé responsable politique de la section arménienne de la MOI, et en 1943 il se lance dans la lutte armée, prenant le commandement des FTP-MOI en région parisienne. Arrêté le 16 novembre 1943, il est fusillé avec Thomas Elek au Mont-Valérien le 21 février 1944 : avant de mourir, il écrit ces derniers mots[2] à sa femme Mélinée Manouchian (1913-1989).

Le 21 février 1943, Fresnes[3]

Ma Chère Mélinée, ma petite orpheline bien-aimée. Dans quelques heures, je ne serai plus de ce monde. On va être fusillé cet après-midi à 15 heures. Cela m'arrive comme un accident dans ma vie. Je n'y crois pas, mais pourtant, je sais que je ne te verrai plus jamais. Que puis-je t'écrire, tout est confus en moi et bien claire en même temps. Je m'étais engagé dans l'armée de la Libération en

---

**1.** ***Tourneur*** : voir note 2, p. 77.
**2.** La lettre de Manouchian est reproduite dans son orthographe et sa syntaxe originales.
**3.** ***Fresnes*** : prison de la banlieue parisienne (Val-de-Marne) entièrement contrôlé par les Allemands sous l'Occupation, où Manouchian est incarcéré avant d'être fusillé au Mont-Valérien.

soldat volontaire et je meurs à deux doigts de la victoire et de but. Bonheur ! à ceux qui vont nous survivre et goutter la douceur de la liberté et de la Paix de demain. Je suis sûre que le peuple français et tous les combattants de la liberté sauront honorer notre mémoir dignement. Au moment de mourir je proclame que je n'ai aucune haine contre le peuple allemand et contre qui que ce soit. Chacun aura ce qu'il méritera comme chatiment et comme récompense. Le peuple allemand et tous les autres peuples vivront en paix et en fraternité après la guerre qui ne durera plus longtemps. Bonheur ! à tous ! – j'ai un regret profond de ne t'avoir pas rendu heureuse. J'aurais bien voulu avoir un enfant de toi comme tu le voulais toujours. Je te prie donc de te marier après la guerre sans faute et avoir un enfant pour mon bonheur et pour accomplir ma dernière volonté. Marie-toi avec quelqu'un qui puisse te rendre heureuse. Tous mes biens et toutes mes affaires je les lègue à toi à ta sœur et pour mes neveux. Après la guerre tu pourras faire valoir ton droit de pension de guerre en tant que ma femme, car je meurs en soldat régulier de l'Armée française de la Libération. Avec l'aide de mes amis, qui voudront bien m'honorer tu feras éditer mes poèmes et mes écrits qui valent d'être lus. Tu apportera mes souvenirs si possible, à mes parents en Arménie. Je mourrais avec mes 23 camarades toute à l'heure avec courage et sérénité d'un homme qui a la conscience bien tranquille, car personnellement je n'ai fais mal à personne et si je l'ai fais, je l'ai fais sans haine. Aujourd'hui, il y a du soleil, c'est en regardant au soleil et à la belle nature que j'ai tant aimé que je dirai Adieu ! à la vie et à vous tous ma bien chère femme et mes bien chers amis. Je pardonne à tous ceux qui m'ont fait du mal où qui ont voulu me faire du mal sauf à celui qui nous a trahis pour racheter sa peau et ceux qui nous ont vendu. Je tembrasse bien bien fort ainsi que ta sœur et tous les amis qui me connaisse de loin ou de près, je vous serre tous sur mon cœur. Adieu. Ton ami Ton camarade Ton mari Manouchian Michel

P.-S. : J'ai quinze mille francs dans la valise de la Rue de Plaisance. Si tu peus les prendre, rends mes dettes et donne le reste à Armène.

M.M.

## De Guy Môquet à sa famille

Guy Môquet naît à Paris en 1924. Militant de la Jeunesse communiste, il organise avec des camarades, dès le début de la guerre, des groupes chargés d'imprimer et de distribuer (ou de coller) des tracts clandestins. Arrêté le 13 octobre 1940 par la police parisienne, il est victime d'une mesure d'internement administratif qui permet au préfet, en s'affranchissant de toute décision judiciaire, d'ordonner l'emprisonnement des personnes suspectées de nuire à la sécurité nationale, très souvent des communistes. Ainsi, le 15 mai 1941, Guy Môquet est transféré au camp de Choisel, à Châteaubriant, où sont détenus de nombreux militants communistes. Il est alors désigné comme otage à fusiller dans une liste soumise aux Allemands, en représailles à l'exécution par la Résistance d'un officier allemand[1]. Il est exécuté le 22 octobre 1941. Voici les derniers mots que ce jeune homme de dix-sept ans adressa à sa famille.

Châteaubriant, le 22 octobre 1941

Ma petite maman chérie
Mon tout petit frère adoré
Mon petit papa aimé

Je vais mourir ! Ce que je vous demande, à toi en particulier petite maman, c'est d'être courageuse. Je le suis et je veux l'être autant que ceux qui sont passés avant moi. Certes, j'aurais voulu vivre, mais ce que je souhaite de tout mon cœur c'est que ma mort serve à quelque chose. Je n'ai pas eu le temps d'embrasser Jean j'ai embrassé mes deux frères Roger et Rino[2]. Quant à mon véritable,

**1.** Voir aussi «Les Fusillés de Châteaubriant» de René Guy Cadou, p. 224.
**2.** ***Jean Mercier***, ***Roger Semat*** et ***Rino Scolari*** : jeunes communistes détenus dans la même baraque que Guy Môquet et avec lesquels il s'est lié d'amitié, c'est pourquoi il qualifie les deux derniers de «frères».

je ne peux le faire, hélas! J'espère que toutes mes affaires te seront renvoyées, elles pourront servir à Serge[1] qui je l'escompte sera fier de les porter un jour. À toi petit papa, si je t'ai fait ainsi qu'à ma petite maman bien des peines, je te salue pour la dernière fois. Sache que j'ai fait de mon mieux pour suivre la voie que tu m'as tracée.

Un dernier adieu à tous mes amis, à mon frère que j'aime beaucoup. Qu'il étudie, qu'il étudie bien pour être plus tard un homme.

17 ans et demi ma vie a été courte, je n'ai aucun regret, si ce n'est de vous quitter tous. Je vais mourir avec Tintin[2], Michels[3]. Maman, ce que je te demande, ce que je veux que tu me promettes, c'est d'être courageuse et de surmonter ta peine.

Je ne peux pas en mettre davantage, je vous quitte tous, toutes, toi maman, Séserge, Papa, en vous embrassant de tout mon cœur d'enfant. Courage! Votre Guy qui vous aime.

Guy

## D'Henri Fertet à ses parents

Né à Seloncourt, dans le Doubs, en 1926, Henri Fertet est lycéen à Besançon quand il rejoint au cours de l'été de 1942 la Résistance, d'abord au sein de la Jeunesse agricole chrétienne, puis dans la section « Guy Môquet » (en hommage au plus jeune des fusillés de Châteaubriant) des Francs-tireurs et partisans français (FTPF). Arrêté par les Allemands le 3 juillet 1943, Henri Fertet est écroué à la prison de la Butte à Besançon. Jugé par un

1. ***Serge*** est le frère cadet de Guy Môquet, surnommé plus loin Séserge : il est mort en 1944, à l'âge de douze ans, traumatisé par les souffrances infligées par la Gestapo à sa famille.

2. Jean-Pierre Timbaud, dit ***Tintin*** (1904-1941) : militant communiste, secrétaire du syndicat CGTU des métallurgistes parisiens. Il est allé au poteau d'exécution en criant : « Vive le Parti communiste allemand ! »

3. ***Charles Michels*** (1903-1941) : syndicaliste et député communiste de Paris, a déclaré aux SS qui l'emmenaient à la clairière pour y être fusillé : « Vous allez voir comment meurt un député français. »

tribunal de guerre allemand le 18 septembre 1943, il est condamné à mort pour l'attaque de deux sentinelles du fort de Montfaucon, le sabotage d'un pylône à haute tension et l'attentat contre un commissaire des douanes allemand. Après quatre-vingt-sept jours d'emprisonnement et de torture, Henri Fertet, âgé de seize ans, est fusillé à la Citadelle de Besançon le 26 septembre avec quinze de ses camarades. La dernière lettre d'Henri Fertet, communiquée par ses parents, est aussitôt et spontanément recopiée par nombre d'inconnus et publiée par divers journaux clandestins de la Résistance.

Chers parents,

Ma lettre va vous causer une grande peine, mais je vous ai vus si pleins de courage que, je n'en doute pas, vous voudrez bien encore le garder, ne serait-ce que par amour pour moi.

Vous ne pouvez savoir ce que moralement j'ai souffert dans ma cellule, ce que j'ai souffert de ne plus vous voir, de ne plus sentir sur moi votre tendre sollicitude[1] que de loin. Pendant ces 87 jours de cellule, votre amour m'a manqué plus que vos colis et souvent je vous ai demandé de me pardonner le mal que je vous ai fait, tout le mal que je vous ai fait. Vous ne pouvez douter de ce que je vous aime aujourd'hui, car avant je vous aimais plutôt par routine, mais maintenant je comprends tout ce que vous avez fait pour moi et je crois être arrivé à l'amour filial véritable, au vrai amour filial. Peut-être, après la guerre, un camarade parlera-t-il de moi, de cet amour que je lui ai communiqué. J'espère qu'il ne faillira point à cette mission désormais sacrée.

Remerciez toutes les personnes qui se sont intéressées à moi et particulièrement mes plus proches parents et amis, dites-leur toute ma confiance en la France éternelle. Embrassez très fort mes grands-parents, mes oncles, mes tantes et cousins, Henriette. Dites à monsieur le Curé que je pense aussi particulièrement à lui et aux siens. Je remercie Monseigneur[2] du grand honneur qu'il m'a fait, honneur

1. ***Sollicitude*** : attention soutenue, à la fois soucieuse et affectueuse.
2. Il faut certainement lire «Mon Seigneur».

dont, je crois, je me suis montré digne. Je salue aussi en tombant mes camarades de lycée. À ce propos : Hennemann me doit un paquet de cigarettes, Jacquin mon livre sur les hommes préhistoriques. Rendez le «Comte de Monte-Cristo» à Emourgeon, 3, chemin Français, derrière la gare. Donnez à Maurice André de la Maltournée, 40 gr. de tabac que je lui dois.

Je lègue ma petite bibliothèque à Pierre, mes livres de classe à mon petit papa, mes collections à ma chère petite maman, mais qu'elle se méfie de la hache préhistorique et du fourreau d'épée gaulois.

Je meurs pour ma patrie, je veux une France libre et des Français heureux, non pas une France orgueilleuse et première nation du monde, mais une France travailleuse, laborieuse et honnête. Que les Français soient heureux, voilà l'essentiel. Dans la vie, il faut savoir cueillir le bonheur.

Pour moi, ne vous faites pas de souci, je garde mon courage et ma belle humeur jusqu'au bout et je chanterai «Sambre et Meuse[1]» parce que c'est toi, ma chère petite maman, qui me l'a apprise.

Avec Pierre, soyez sévères et tendres. Vérifiez son travail et forcez-le à travailler. N'admettez pas de négligence. Il doit se montrer digne de moi. Sur les «trois petit nègres», il en reste un, il doit réussir.

Les soldats viennent me chercher. Je hâte le pas. Mon écriture est peut-être tremblée, mais c'est parce que j'ai un petit crayon. Je n'ai pas peur de la mort, j'ai la conscience tellement tranquille.

Papa, je t'en supplie, prie, songe que si je meurs c'est pour mon bien. Quelle mort sera plus honorable pour moi que celle-là ? Je meurs volontairement pour ma patrie. Nous nous retrouverons tous les quatre bientôt au ciel. «Qu'est-ce que cent ans ?[2]»...

Maman rappelle-toi :

«Et ces vengeurs seront de nouveaux défenseurs
qui, après leur mort, auront des successeurs[3].»

---

1. ***Le Régiment «Sambre et Meuse»*** : chanson patriotique composée en 1879 à la gloire des armées de la Révolution.
2. Citation du *Sermon sur la mort* (1662) de l'homme d'Église, prédicateur et écrivain Bossuet (1627-1704).
3. Il s'agit d'une citation, déformée, de deux vers de la pièce de Racine *Britannicus* (1669), dans laquelle Burrhus, gouverneur de Néron, dit à ce dernier : «Ces vengeurs trouveront de nouveaux défenseurs,/ Qui, même après leur mort, auront des successeurs» (acte IV, scène 3, v. 1349-1350).

Adieu, la mort m'appelle, je ne veux ni bandeau, ni être attaché. Je vous embrasse tous. C'est dur quand même de mourir. Mille baisers.

Un condamné à mort de 16 ans

H. FERTET

Expédié par :
Monsieur Henri FERTET
au ciel, près de Dieu.
Excusez fautes d'orthographe, pas le temps de relire.

## Questions sur *corpus*

1. Qu'est-ce qui force l'admiration du lecteur pour ces trois hommes qui écrivent juste avant de mourir ?
2. Quelles valeurs défendent-ils ?

## Écriture d'invention

Vous rédigerez, pour le journal de votre lycée, un article présentant, avec clarté et émotion, un otage ou résistant fusillé par les Allemands pendant l'Occupation. Vous évoquerez en particulier la grandeur dont il a fait preuve avant de mourir et le modèle de courage qu'il peut aujourd'hui incarner.

## Recherches histoire des arts

Sur Internet, recherchez des tableaux de Francisco Goya, Pablo Picasso, Bernard Buffet et de l'artiste chinois contemporain Yue Minjun, représentant des fusillés ou une scène d'exécution. Choisissez l'une de ces œuvres et présentez-la, en donnant des éléments d'information sur son auteur, sur le sujet qu'il traite, ainsi que sur la technique qu'il utilise. Analysez ensuite l'intention de l'artiste.

# Les liens étroits entre roman et histoire (prolongement)

## Marc Riglet, «Quand fiction et Histoire se mêlent» (2010)

La littérature et l'histoire, les écrivains et les historiens, font plutôt bon ménage. Soit que l'historien fasse son miel de la littérature et attende de la fiction, avec les prudences nécessaires, qu'elle l'informe sur la réalité et l'esprit d'une époque. Soit que le romancier trouve dans des périodes éloignées la source de son inspiration, l'écho de ses tourments ou, tout simplement, le moyen d'échapper à l'introspection narcissique[1] et aux misères de son «petit tas de secrets[2]». Au demeurant, la liaison entre l'histoire et la littérature ne se résume pas au genre particulier du «roman historique». Lequel, dans la lignée de son inventeur, Walter Scott[3], prend le parti du «dépaysement», de l'exotisme temporel, pourrait-on dire. Là, on invente un Moyen Âge, ou quelque Antiquité, on fabrique dans le passé des figures héroïques, [...] on trie entre les bons et les méchants. L'ambition, pour ne pas dire la prétention, de l'écrivain est alors à son sommet comme on peut en juger par la théorie du roman historique qu'Alfred de Vigny[4] ose dans la préface de la troisième édition de son *Cinq-Mars*. Noblement intitulée *Réflexions sur la vérité dans l'art*, la «théorie» d'Alfred de Vigny soutient que la

---

1. ***Introspection narcissique*** : examen de soi qui peut traduire un certain égocentrisme.
2. André Malraux évoque «le misérable petit tas de secrets» dont est fait chaque homme (*Antimémoires I*, *Le Miroir des limbes*, *Œuvres complètes*, Gallimard, coll. «Bibliothèque de la Pléiade», 1996, t. III, p. 10).
3. ***Walter Scott*** (1771-1832) : écrivain écossais auteur de nombreux romans historiques comme *Ivanhoé* (1819) et *Quentin Durward* (1823).
4. ***Alfred de Vigny*** (1797-1863) : poète, romancier et dramaturge français, figure influente du romantisme.

vérité historique – pour autant qu'elle puisse être établie – ne saurait brider la liberté du romancier. Le récit, écrit-il superbement, «doit perfectionner l'événement pour lui donner une plus grande signification morale». À quoi Sainte-Beuve[1] réplique en dénonçant chez Vigny «la fausseté de la couleur, le travestissement des caractères, les anachronismes de ton perpétuels» et conclut, assassin, qu'il ne manque somme toute à Vigny que de disposer «du sentiment et de la vue de la réalité». On imagine qu'il n'a même pas daigné se pencher sur les prestations d'Alexandre Dumas[2] qui, plus rustique que Vigny, dit cependant à peu près la même chose en estimant qu'on peut violer l'histoire pourvu qu'on lui fasse de beaux enfants!

Au-delà toutefois des débats et combats propres à la critique littéraire sur le genre du roman historique, il faut relever la situation particulière dans laquelle se trouve la génération des écrivains français de la première moitié du XIX^e^ siècle. Ils vivent leur époque douloureusement. Le thème est filé sans modération, qui fait la matière de leur romantisme crépusculaire[3] et de leur mal de vivre : ils sont arrivés trop tard dans un monde trop vieux. Ces enfants du siècle confessent qu'ils ont, en quelque sorte, manqué les temps héroïques, raté les hommes illustres et, quel que soit par ailleurs leur engagement politique, ils apparaissent inconsolables de n'avoir pas vécu l'épopée[4] des passions et des guerres de la Révolution et de l'Empire.

Aussi bien, dans ces périodes où l'histoire semble se traîner, les engagements se dérober, et où la contingence[5] pèse «comme un couvercle sur l'horizon en proie aux longs ennuis[6]», il n'y a peut-être pour la littérature que trois issues. Ou l'écrivain s'abîme[7] dans

1. ***Sainte-Beuve*** (1804-1869) : écrivain et critique littéraire français.
2. ***Alexandre Dumas père*** (1802-1870) : auteur de romans d'aventures historiques comme *Les Trois Mousquetaires* (1844) et *Le Comte de Monte-Cristo* (1844-1846).
3. ***Crépusculaire*** : proche de la fin, qui décline.
4. ***Épopée*** : aventure héroïque et sublime.
5. ***Contingence*** : événements banals, terre à terre, opposés aux grandes actions idéales.
6. Il s'agit des deux premiers vers, déformés, du poème «Spleen» des *Fleurs du mal* de Charles Baudelaire (1821-1867) : «Quand le ciel bas et lourd pèse comme un couvercle/ Sur l'esprit gémissant en proie aux longs ennuis.»
7. ***S'abîme*** : se perd, sombre.

la contemplation de son nombril […]. Ou l'écrivain fait du désenchantement du monde et de sa misère même les matières de son inspiration […]. Ou encore, les jeunes auteurs trouvent dans un passé proche, mais qu'ils n'ont pas vécu, la source de leur fiction et le registre de leurs interrogations.

Dans cette dernière famille, et dans ces derniers mois et années, se distinguent quatre trentenaires auteurs d'ouvrages que la critique a chroniqués[1], et que les lecteurs ont plébiscités[2]. Le premier d'entre eux est *Les Bienveillantes* de Jonathan Littell qui obtient, attribué à l'unanimité, le prix Goncourt en 2006 […]. Un deuxième ouvrage connaît aussi une certaine bonne fortune, de moins grande ampleur certes, mais assez formée pour faire événement. Il s'agit de *L'Origine de la violence* de Fabrice Humbert. […] Prix Orange 2009, 80 000 exemplaires, une histoire morale, en somme. Le troisième ouvrage, dans l'ordre d'apparition, est celui de Yannick Haenel. Intitulé *Jan Karski*, du nom du résistant polonais qui informa les Alliés du sort funeste fait aux Juifs d'Europe dans les camps d'extermination […]. Enfin, le quatrième ouvrage est dû à Laurent Binet. […] Auteur inconnu, titre insolite, *HHhH*, soit « Himmlers Hirn heisst Heydrich[3] », ce qui donne en français : « Le cerveau de Himmler s'appelle Heydrich », et pourtant c'est ce livre que couronne le prix Goncourt du premier roman.

Comment ces auteurs expliquent-ils le choix d'inscrire leur fiction dans ce passé qui, même pour eux, ne passe pas ? L'occasion leur a été fournie de répondre à la question lors d'un débat conduit, au Salon du livre, par François Busnel[4]. Y participaient Yannick Haenel, Fabrice Humbert, Laurent Binet et… Jorge Semprún[5]. Jorge

---

1. ***Chroniqués*** : analysés, commentés.
2. ***Plébiscités*** : approuvés, choisis.
3. ***Heinrich Himmler*** (1900-1945) : un des plus hauts dignitaires du III^e^ Reich, chef de la SS et de la police allemande, dont la Gestapo, considéré comme l'« architecte de la Solution finale » (extermination systématique et massive des Juifs d'Europe) ; **Reinhard Heydrich** (1904-1942) : surnommé le « cerveau de Himmler », il était le bras droit de ce dernier.
4. ***François Busnel*** (né en 1969) : journaliste et critique littéraire.
5. ***Jorge Semprún*** (1923-2011) : homme politique et écrivain espagnol ; exilé, résistant, rescapé du camp de concentration de Buchenwald, il a témoigné dans son œuvre des horreurs de la Seconde Guerre mondiale.

Semprún qui s'est dit «fou de joie» de voir qu'en France, et déjà depuis un certain temps en Allemagne, de jeunes auteurs s'emparent de la période de la Seconde Guerre mondiale car, «si les romanciers ne s'approprient pas cette mémoire-là, elle va s'étioler, disparaître, mourir». Il n'est pas sûr, cependant, que le souci de ces jeunes écrivains soit principalement celui de la mémoire. C'est de leur présent qu'ils parlent, tout autant que du passé. «Lorsque j'ai écrit *L'Origine de la violence*, dit Fabrice Humbert, je n'ai pas pensé écrire un livre sur la Seconde Guerre mondiale mais plutôt sur la période contemporaine à la lumière de la Seconde Guerre mondiale.» On ne décèle pas non plus de nostalgie niaise mais le sentiment fort que la période des années 1940 a été un moment de haute tension humaine et inhumaine. Ainsi, pour Laurent Binet, «la Seconde Guerre mondiale concentre tous les cas de figure qui peuvent faire réfléchir sur la condition humaine. […] je pense que dans cinq cents ans, dans mille ans, on en reparlera encore. C'est notre guerre de Troie, la mère de toutes les épopées modernes, de toutes les tragédies modernes».

Attraction irrésistible pour cette période de tempête, mais aussi, pour Laurent Binet, retenue dans le jugement moral sur les engagements des héros et des bourreaux. «Je ne me dissimule pas qu'il y a en moi une envie des vies héroïques. Je n'ai pas eu, moi, l'occasion de me comporter avec grandeur, avec noblesse. Dans le même temps, lorsque j'écris sur mon canapé et que je juge sévèrement Daladier ou Chamberlain[1], je me dis : mais qui suis-je, moi, pour donner des leçons et des brevets de lâcheté ou d'héroïsme ?» Et puis, il y a bien, pour tous, ce sentiment qu'au regard des temps de tumulte notre époque est bien fade. «Oui, dit Fabrice Humbert, on peut établir un parallèle entre la littérature que nous faisons, sur fond de Seconde Guerre mondiale, et celle des romanciers du XIXe siècle, les romanciers de "l'après" en quelque sorte, ceux qui étaient dans la retombée de l'histoire, ceux qui étaient extrêmement

1. ***Édouard Daladier*** (1884-1970), ***Arthur Neville Chamberlain*** (1869-1940) : hommes politiques français et anglais qui ont signé en 1938 les accords de Munich livrant à Hitler la Tchécoslovaquie. Ils croyaient ainsi sauver la paix européenne.

déçus de cette chute de l'histoire et de la médiocrité des existences.» Le romantisme peut renaître.

Marc Riglet, «Quand fiction et Histoire se mêlent»,
© Marc Riglet/*L'Express*, 7 mai 2010[1].

## Questions

1. Quelles théories et quels auteurs s'affrontent sur le genre du roman historique au XIXe siècle ? Appuyez-vous sur le premier paragraphe de l'article pour répondre à la question.
2. Selon le journaliste, quelles raisons poussent les écrivains d'aujourd'hui à inscrire leur fiction dans le passé de la Seconde Guerre mondiale ?

## Recherches

Rédigez une notice bibliographique sur l'un des quatre romans contemporains évoqués par le journaliste de *L'Express* dans la deuxième partie de son article.

## Travaux d'écriture

### Écriture d'invention

«Au moment où nous passions le carrefour de l'Odéon, là où [Gabriel et moi] avions tourné un attentat l'avant-veille, il a repris la parole pour me demander pourquoi j'avais choisi de faire un film sur un résistant, et pourquoi je l'avais choisi juif. Et si je l'avais choisi de cet âge seulement par goût pour les jeunes gens. Ces questions-là étaient les bonnes, mais personne ne me les posait jamais. Je lui ai promis d'y répondre plus tard, car cela demanderait du temps» (p. 87). Le narrateur envoie à Gabriel

1. L'intégralité de l'article est disponible en ligne : http://www.lexpress.fr/culture/livre/quand-fiction-et-histoire-se-melent_889456.html#JbvIu-HyWzFPGwO4y.99

une lettre pour lui expliquer ses choix. Vous rédigerez cette missive.

**Dissertation**

1. Dans son *Essai sur les règnes de Claude et de Néron*, réflexion politique parue en décembre 1778, Denis Diderot, philosophe des Lumières, affirme : « Le roman historique est un mauvais genre : vous trompez l'ignorant, vous dégoûtez l'homme instruit, vous gâtez l'histoire par la fiction et la fiction par l'histoire[1]. » Cette critique du roman historique vous paraît-elle fondée ? Discutez-la à l'aide d'arguments et d'exemples précis.
2. Dans *Le Tombeau de Tommy*, le narrateur-réalisateur affirme que « l'art n'est rien que de l'art, une petite chose utile mais somme toute anodine, un reflet dérisoire des beautés, des larmes et du sang du réel » (p. 118). Justifiez cette affirmation en vous interrogeant sur le rôle de l'art, et sur celui de la littérature en particulier.

# Interview d'Alain Blottière

**LAURE HUMEAU-SERMAGE : Comment et pourquoi êtes-vous devenu écrivain ?**

ALAIN BLOTTIÈRE : C'est en lisant qu'on devient écrivain. Enfant et adolescent, je lisais beaucoup, bien davantage qu'aujourd'hui ! Alors je suis devenu écrivain vers l'âge de 10 ans. Je dévorais Hector Malot, Jules Verne, dans les magnifiques éditions illustrées de

1. Cité par Françoise Chandernagor dans « Peut-on écrire des romans historiques ? », séance du 10 octobre 2005 à l'Académie des sciences morales et politiques, disponible en ligne : http://www.asmp.fr/travaux/communications/2005/chandernagor.htm

Hetzel[1] qu'avaient conservées mes parents. J'ai décidé de faire pareil. J'ai écrit à cet âge mon premier roman... ou presque : je ne l'ai bien sûr jamais terminé. Peu de temps après, à l'adolescence, j'ai été poète. Un flux continu d'émotions, de sensations, a donné lieu à un déluge de poèmes. J'ai continué longtemps. J'ai écrit mon premier «vrai» roman, *Saad*, entre 23 et 25 ans, dans une seule intention : je me disais qu'il serait plus facile de faire connaître mes poèmes si je publiais au préalable un roman. Il a été publié... et j'ai oublié les poèmes. Parce que ces émotions, ces sensations, passaient très bien aussi dans l'écriture romanesque.

**L. H.-S. : Qu'est-ce qui vous a conduit à écrire *Le Tombeau de Tommy*?**

A. B. : Le manque de convictions, d'idéaux, que je constatais alors chez beaucoup de jeunes. Un grand contraste avec la jeunesse de ma génération, révoltée et politisée. Les choses ont un peu changé depuis dix ans, depuis que j'ai commencé à penser à ce livre, et aujourd'hui je ne crois pas que l'idée m'en viendrait. Bref, mon sujet de départ n'était pas la Seconde Guerre mondiale, la Résistance : c'était plutôt montrer ce qu'avait pu être la jeunesse d'autrefois, engagée pour un idéal, combattante, *versus* celle d'aujourd'hui. Un moment, j'ai même pensé à la figure de Joseph Bara, mort sous les balles des royalistes en 1793, à l'âge de 14 ans, en criant «Vive la République!». Mais, outre que les faits sont loin d'être attestés, j'ai trouvé l'époque trop lointaine. Il me fallait un jeune héros plus proche de nous. Car mon intention était de confronter directement un adolescent d'aujourd'hui à un héros d'hier, et pour que cela soit efficace, il fallait quand même une certaine proximité temporelle. Pour résumer, j'ai fait comme beaucoup d'autres romanciers qui mettent l'Histoire en scène : il s'agit en fait de parler du présent. À cet égard, je ne suis pas sûr d'avoir réussi, tant la figure de Tommy s'impose.

---

1. ***Pierre Jules Hetzel*** (1814-1886) : écrivain et éditeur français. Ses éditions illustrées des *Voyages extraordinaires* de Jules Verne (1828-1905) ont connu un grand succès.

**L. H.-S. : Pourquoi avez-vous choisi d'écrire sur Thomas Elek, plutôt que sur un autre membre des FTP-MOI ou un autre jeune résistant ?**

A. B. : Essentiellement parce que j'avais un document extraordinaire pour parler de lui de façon intime : les mémoires publiés par sa mère, Hélène Elek, après la guerre. Grâce à elle, il est le plus « connaissable » des jeunes résistants que je voulais évoquer, ceux qui sont morts au combat ou ont été exécutés. Le fait qu'Elek soit un immigré, un étranger mort pour la France, a beaucoup compté aussi, quand je l'ai choisi, en cette triste époque où l'immigration est considérée par beaucoup comme un péril. Un « métèque[1] » traqué par des flics « français de souche » parce qu'il se battait, au risque de sa vie, contre l'occupation de la France par les nazis. J'étais heureux de rappeler qu'ils furent nombreux, et même surreprésentés dans la Résistance.

**L. H.-S. : Votre récit témoigne d'un travail de recherches digne de celui d'un historien. Avez-vous eu des difficultés à réunir toutes ces informations sur les FTP-MOI et sur Thomas Elek ?**

A. B. : Aucune difficulté particulière. Nous avons en France la chance d'avoir des historiens extrêmement compétents, de très riches bibliothèques et des archives bien conservées accessibles au public. Il me fallait seulement du temps. Je l'ai pris. J'ai complété ces recherches par un travail de « terrain », en rencontrant les témoins survivants et en me rendant sur les lieux.

**L. H.-S. : En même temps qu'il rend hommage à Thomas Elek, *Le Tombeau de Tommy* le fait revivre. Comment expliquez-vous que les membres des FTP-MOI comme Tommy soient moins connus du grand public que d'autres figures de résistants ?**

A. B. : Pour une raison affligeante : ils étaient presque toujours communistes, souvent juifs et, surtout, la plupart étrangers. Ils ne montraient pas une figure assez consensuelle, assez « française », pour en faire des héros d'après-guerre, contrairement à Jean Moulin ou à Guy Môquet.

---

1. **Métèque** : étranger (péjoratif).

**L. H.-S. : Pour raconter la vie de Thomas Elek, vous empruntez la voix d'un narrateur qui est un cinéaste consacrant un film au résistant. Pourquoi ne pas avoir raconté directement le parcours du jeune homme ? Comment en êtes-vous venu à faire ce choix ? Et quel est votre rapport au cinéma ?**

A. B. : En réalité, je n'avais pas le choix ! J'ai longtemps cherché le moyen de confronter directement un adolescent d'aujourd'hui à un autre d'autrefois, comme je le disais plus haut. Le seul moyen pour que cette confrontation soit plausible et intense était que celui d'aujourd'hui soit conduit à se mettre dans la peau de celui d'autrefois, pour jouer son rôle. Que le narrateur soit le cinéaste me permettait, d'autre part, de raconter toutes les recherches qu'il avait menées pour écrire son film, et qui prouvent la véracité de son histoire. Il y a en fait trois modes de narration dans ce roman : une pure fiction, un récit historique et aussi un récit autobiographique. Car tout ce que le narrateur raconte de ses recherches, et tout ce qu'il raconte sur ses difficultés ou ses scrupules à représenter son personnage, est en fait autobiographique. Sauf que le narrateur est cinéaste, et moi écrivain, mais ici cela revient au même.

**L. H.-S. : En plus du *Tombeau de Tommy*, vous avez consacré à Thomas Elek un site Internet (http://www.letombeaudetommy.net), album illustré du roman, ainsi qu'un documentaire coécrit en 2011 avec Philippe Fréling et intitulé *On l'appelait Tommy*. Pourquoi ?**

A. B. : Le site est destiné à ceux qui ont déjà lu le livre. Je voulais leur offrir la prime de toute l'iconographie réunie : photos et vidéos anciennes et actuelles, copies ou transcriptions de documents d'archives. Cela redouble l'intérêt du livre, valide sa part historique et prolonge son émotion. Voir les lettres d'adieu de Tommy, par exemple, ou son dernier chemin vers le poteau d'exécution, c'est bouleversant. J'ai également pu ajouter sur ce site des documents, voire des faits historiques, découverts après la publication du livre. La famille de Wolf Wajsbrot et sa lettre d'adieu, par exemple, ou les photos de l'exécution prises par un officier allemand, éléments qui n'apparaissent pas dans l'édition originale du livre, car ils n'étaient pas alors connus (heureusement, j'ai pu les intégrer dans l'édition en poche). Le documentaire – idée de Philippe Fréling – c'est autre chose : faire connaître Thomas Elek, et l'histoire des FTP-MOI, à un public encore plus large.

**L. H.-S. : L'identification totale de Gabriel à Tommy dans le roman est saisissante. Nous dit-elle quelque chose de l'engagement aujourd'hui ? Et plus précisément de l'engagement de la jeunesse ?**

A. B. : Je n'en suis pas sûr. L'identification demeure mystérieuse dans le livre, le narrateur ne peut qu'émettre des hypothèses à ce sujet. Néanmoins, la plus plausible est que Gabriel est si vide, en particulier d'idéal, et dès lors si assoiffé d'en avoir un, qu'il se laisse immédiatement remplir par celui de Tommy, par tout ce personnage héroïque. Mais il ne faut en aucun cas voir Gabriel comme représentatif des adolescents de l'an 2000 ! C'est quand même un garçon un peu spécial, et un pur personnage de fiction.

**L. H.-S. : Enfants et adolescents sont les personnages principaux de vos romans. Pourquoi cette période de la vie vous inspire-t-elle tant ?**

A. B. : Il faudrait demander à un psychanalyste. Plus sérieusement, j'ai un attachement profond pour cette période. D'abord parce que je n'ai pas l'impression d'en être tout à fait sorti. Ensuite parce que c'est l'âge à la fois le plus fragile et le plus intense, celui de toutes les curiosités, de toutes les aventures, de toutes les découvertes. Après commence l'âge bête, l'ambition ou la frustration sociales, le goût du pouvoir, les problèmes conjugaux, l'angoisse de vieillir et j'en passe. Cela fait des siècles qu'on écrit à peu près les mêmes choses sur ces sujets. En tant que lecteur et écrivain, ces choses m'ennuient.

**L. H.-S. : Vous écrivez : « L'héroïsme n'est pas nécessairement une chevalerie, encore moins une sainteté » (p. 84). À quelles conditions est-on un héros selon vous ?**

A. B. : Quand on est prêt à mourir pour une bonne cause. Mais aussi, dans certains cas – et c'est le contexte de cette phrase dans le roman –, quand on est prêt à tuer pour une bonne cause. Voilà pourquoi ce n'est pas une sainteté. Dans ce cas, naturellement, ce qu'on entend par « bonne cause » n'est pas laissé à l'arbitraire de chacun. En aucun cas une entreprise de domination tyrannique d'ordre mafieux ou religieux – les terroristes d'aujourd'hui conjuguent les deux – ne peut être considérée comme une bonne cause ! Lorsqu'il s'agit au contraire d'une entreprise de libération d'une tyrannie, et que l'on vise uniquement les agents de l'oppression, oui, les terroristes peuvent être des héros. En cela, les résistants des FTP-MOI, qui jetaient des bombes en plein Paris sur des détachements allemands, étaient à la fois des terroristes et des héros.

**L. H.-S. : Vous faites dire au narrateur du *Tombeau de Tommy*, « l'art n'est rien que de l'art, une petite chose utile mais somme toute anodine, un reflet dérisoire des beautés, des larmes et du sang du réel » (p. 118). Faut-il y voir votre conception de la littérature ?**

A. B. : Dans le contexte du livre, l'art en question est le cinéma. On peut dire en effet la même chose du roman et je le pense, en effet. Mais je ne parle ici que de l'art qui a la prétention de représenter le réel, sans invention poétique. Ce qui est le cas du film que tourne le narrateur, et le cas de la plupart des romans. Mais si j'ai écrit ce passage, ce n'est pas tant pour donner mon opinion sur l'art que pour introduire la phrase d'après, où le narrateur explique qu'il n'est pas prêt à trahir un secret de Tommy pour le seul bénéfice de son film. Là, j'ai voulu exprimer quelque chose qui m'importe : l'art n'est pas une valeur suprême, dégagée de toute éthique et de toute responsabilité.

# Bibliographie sélective

## Récits sur la Seconde Guerre mondiale

BINET Laurent, *HHhH*, Grasset, 2010, rééd. Le Livre de Poche, 2011. [Récit de l'opération « Anthropoïde » : deux parachutistes tchécoslovaques envoyés par Londres sont chargés d'assassiner Reinhard Heydrich, chef de la Gestapo et planificateur de la Solution finale.]

CASTILLO Michel del, *Tanguy*, Julliard, 1957, rééd. Flammarion, coll. « Étonnants Classiques », 2014. [L'histoire d'un enfant dans la guerre : des camps de réfugiés espagnols aux camps allemands.]

DAENINCKX Didier, *La mort n'oublie personne*, Denoël, 1989, rééd. Gallimard, coll. « Folio policier », 1999, nouv. éd. 2015. [Une enquête menée par un jeune journaliste sur la Résistance.]

HAENEL Yannick, *Jan Karski*, Gallimard, coll. « L'Infini », 2009, rééd. coll. « Folio », 2009. [Sur le rôle de Jan Karski, messager de la résistance polonaise, qui tenta d'alerter le monde sur le sort de la Pologne et sur l'extermination des Juifs d'Europe.]

HUMBERT Fabrice, *L'Origine de la violence*, Éditions du Passage, 2009, rééd. Le Livre de Poche, 2010. [Un jeune professeur découvre le destin d'un membre de sa famille au camp de concentration de Buchenwald.]

KESSEL Joseph, *L'Armée des ombres*, Julliard, 1943, rééd. Pocket, 2013. [Tableau sur les conditions de fonctionnement de la Résistance, dans une France occupée.]

MERLE Robert, *La mort est mon métier*, Gallimard, coll. « Blanche », 1952, rééd. coll. « Folio », 1952. [Mémoires fictifs de Rudolf Lang, commandant du camp de concentration et d'extermination d'Auschwitz.]

QUINT Michel, *Effroyables Jardins*, Éditions Joëlle Losfeld, 2000, rééd. Gallimard, coll. « Folio », 2003. [L'histoire d'un simple instituteur, clown le dimanche, devenu résistant.]

VERCORS, *Le Silence de la mer*, Les Éditions de Minuit, 1942, rééd. Le Livre de Poche, 1967. [Un vieil homme et sa nièce sont contraints de loger chez eux un officier allemand épris de culture française.]

## Documents sur la Résistance

ELEK Hélène, *La Mémoire d'Hélène*, François Maspero, 1977.

GALANDON Laurent et PUCHOL Jeanne, *Vivre à en mourir*, Le Lombard, 2014. [Sur le destin de Marcel Rayman, camarade de Thomas Elek.]

*Lettres de jeunes résistants*, Olivier Umecker (éd.), Mango, coll. « Dada », 2008.

RAYSKI Benoît, *L'Affiche rouge, 21 février 1944*, Denoël, 2009.

*La Vie à en mourir, lettres de fusillés, 1941-1944*, Guy Krivopissko (éd.), Seuil, coll. « Points Histoire », 2006.

## Filmographie

### Sur l'Affiche rouge et le groupe Manouchian

BLOTTIÈRE Alain et FRÉLING Philippe, *On l'appelait Tommy*, 2011.

CASSENTI Franck, *L'Affiche rouge*, 1976. [Prix Jean-Vigo.]

PESCHANSKI Denis et AMAT Jorge, *La Traque de l'Affiche rouge*, 2006.

### Sur la Résistance pendant la Seconde Guerre mondiale

AUDIARD Jacques, *Un héros très discret*, 1996.

BERRI Claude, *Lucie Aubrac*, 1997.

CLÉMENT René, *La Bataille du rail*, 1946.

–, *Paris brûle-t-il ?*, 1966.

ENRICO Robert, *Le Vieux Fusil*, 1975.

GUÉDIGUIAN Robert, *L'Armée du crime*, 2009.

JUGNOT Gérard, *Monsieur Batignole*, 2002.

MALLE Louis, *Au revoir les enfants*, 1987.

Melville Jean-Pierre, *L'Armée des ombres*, 1969.
Poiré Jean-Marie, *Papy fait de la résistance*, 1983.
Rossellini Roberto, *Rome ville ouverte*, 1945.
Spielberg Steven, *La Liste de Schindler*, 1993.
Tarantino Quentin, *Inglourious Basterds*, 2009.
Truffaut François, *Le Dernier Métro*, 1980.

## Sitologie

http://www.letombeaudetommy.net/Accueil.html [Site compagnon du roman *Le Tombeau de Tommy* d'Alain Blottière : un album illustré très riche et émouvant sur Thomas Elek.]

http://memoiresvives.net/2012/12/09/on-lappelait-tommy [Entretien avec Alain Blottière dans *Mémoires vives*, une émission radiophonique animée par Perrine Kervran sur RCJ le 9 décembre 2012 à l'occasion de la diffusion du documentaire d'Alain Blottière et Philippe Fréling *On l'appelait Tommy*.]

http://www.mont-valerien.fr [Sur le Mont-Valérien, où fut fusillé Thomas Elek, aujourd'hui haut lieu de la mémoire nationale.]

http://www.musee-resistance.com [Site du Musée national de la Résistance.]

https ://www.reseau-canope.fr/lycees-dans-la-resistance/introduction [Sur les lycées de France dans la guerre : du refus à l'engagement dans la Résistance.]

# Notes et citations

# Les classiques et les contemporains dans la même collection

ALAIN-FOURNIER
Le Grand Meaulnes

ANDERSEN
La Petite Fille et les allumettes et autres contes

ANOUILH
La Grotte

APULÉE
Amour et Psyché

ASIMOV
Le Club des Veufs noirs

AUCASSIN ET NICOLETTE

BALZAC
Le Bal de Sceaux
Le Chef-d'œuvre inconnu
Le Colonel Chabert
Ferragus
Le Père Goriot
La Vendetta

BARBEY D'AUREVILLY
Les Diaboliques – Le Rideau cramoisi, Le Bonheur dans le crime

BARRIE
Peter Pan

BAUDELAIRE
Les Fleurs du mal – *Nouvelle édition*

BAUM (L. FRANK)
Le Magicien d'Oz

BEAUMARCHAIS
Le Mariage de Figaro

BELLAY (DU)
Les Regrets

LA BELLE ET LA BÊTE ET AUTRES CONTES

BERBEROVA
L'Accompagnatrice

BERNARDIN DE SAINT-PIERRE
Paul et Virginie

LA BIBLE
Histoire d'Abraham
Histoire de Moïse

BOVE
Le Crime d'une nuit. Le Retour de l'enfant

BRADBURY
L'Homme brûlant et autres nouvelles

CARRIÈRE (JEAN-CLAUDE)
La Controverse de Valladolid

CARROLL
Alice au pays des merveilles

CERVANTÈS
Don Quichotte

CHAMISSO
L'Étrange Histoire de Peter Schlemihl

LA CHANSON DE ROLAND

CATHRINE (ARNAUD)
Les Yeux secs

CHATEAUBRIAND
Mémoires d'outre-tombe

CHEDID (ANDRÉE)
L'Enfant des manèges et autres nouvelles
Le Message
Le Sixième Jour

CHRÉTIEN DE TROYES
Lancelot ou le Chevalier de la charrette
Perceval ou le Conte du graal
Yvain ou le Chevalier au lion

CLAUDEL (PHILIPPE)
Les Confidents et autres nouvelles

COLETTE
Le Blé en herbe

COLIN (FABRICE)
Projet oXatan

COLLODI
Pinocchio

CORNEILLE
Le Cid – *Nouvelle édition*

DAUDET
Aventures prodigieuses de Tartarin de Tarascon
Lettres de mon moulin

DEFOE
Robinson Crusoé

DIDEROT
Entretien d'un père avec ses enfants

Jacques le Fataliste
Le Neveu de Rameau
Supplément au Voyage de Bougainville

**DOYLE**
Trois Aventures de Sherlock Holmes

**DUMAS**
Le Comte de Monte-Cristo
Pauline
Robin des Bois
Les Trois Mousquetaires, t. 1 et 2

**FABLIAUX DU MOYEN ÂGE**
**LA FARCE DE MAÎTRE PATHELIN**
**LA FARCE DU CUVIER ET AUTRES FARCES DU MOYEN ÂGE**

**FENWICK (JEAN-NOËL)**
Les Palmes de M. Schutz

**FERNEY (ALICE)**
Grâce et Dénuement

**FEYDEAU**
Un fil à la patte

**FEYDEAU-LABICHE**
Deux courtes pièces autour du mariage

**FLAUBERT**
La Légende de saint Julien l'Hospitalier
Un cœur simple

**GARCIN (CHRISTIAN)**
Vies volées

**GAUTIER**
Le Capitaine Fracasse
La Morte amoureuse. La Cafetière et autres nouvelles

**GOGOL**
Le Nez. Le Manteau

**GRAFFIGNY (MME DE)**
Lettres d'une péruvienne

**GRIMM**
Le Petit Chaperon rouge et autres contes

**GRUMBERG (JEAN-CLAUDE)**
L'Atelier
Zone libre

**HIGGINS (COLIN)**
Harold et Maude – *Adaptation de Jean-Claude Carrière*

**HOBB (ROBIN)**
Retour au pays

**HOFFMANN**
L'Enfant étranger
L'Homme au Sable
Le Violon de Crémone. Les Mines de Falun

**HOLDER (ÉRIC)**
Mademoiselle Chambon

**HOMÈRE**
Les Aventures extraordinaires d'Ulysse
L'Iliade
L'Odyssée

**HUGO**
Claude Gueux
L'Intervention *suivie de* La Grand'mère
Le Dernier Jour d'un condamné
Les Misérables – *Nouvelle édition*
Notre-Dame de Paris
Quatrevingt-treize
Le roi s'amuse
Ruy Blas

**JAMES**
Le Tour d'écrou

**JARRY**
Ubu Roi

**JONQUET (THIERRY)**
La Vigie

**KAFKA**
La Métamorphose

**KAPUŚCIŃSKI**
Autoportrait d'un reporter

**KRESSMANN TAYLOR**
Inconnu à cette adresse

**LABICHE**
Un chapeau de paille d'Italie

**LA BRUYÈRE**
Les Caractères

**LEBLANC**
L'Aiguille creuse

**LONDON (JACK)**
L'Appel de la forêt

**MME DE LAFAYETTE**
La Princesse de Clèves

**LA FONTAINE**
Le Corbeau et le Renard et autres fables – *Nouvelle édition des* Fables, *collège*
Fables, *lycée*

**LANGELAAN (GEORGE)**
La Mouche. Temps mort

**LAROUI (FOUAD)**
L'Oued et le Consul et autres nouvelles

**LE FANU (SHERIDAN)**
Carmilla

LEROUX
Le Mystère de la Chambre Jaune
Le Parfum de la dame en noir

LOTI
Le Roman d'un enfant

MARIVAUX
La Double Inconstance
L'Île des esclaves
Le Jeu de l'amour et du hasard

MATHESON (RICHARD)
Au bord du précipice et autres nouvelles
Enfer sur mesure et autres nouvelles

MAUPASSANT
Bel-Ami
Boule de suif
Le Horla et autres contes fantastiques
Le Papa de Simon et autres nouvelles
La Parure et autres scènes de la vie parisienne
Toine et autres contes normands
Une partie de campagne et autres nouvelles au bord de l'eau

MÉRIMÉE
Carmen
Mateo Falcone. Tamango
La Vénus d'Ille – *Nouvelle édition*

MIANO (LÉONORA)
Afropean Soul et autres nouvelles

LES MILLE ET UNE NUITS
Ali Baba et les quarante voleurs
Le Pêcheur et le Génie. Histoire de Ganem
Sindbad le marin

MOLIÈRE
L'Amour médecin. Le Sicilien ou l'Amour peintre
L'Avare – *Nouvelle édition*
Le Bourgeois gentilhomme – *Nouvelle édition*
Dom Juan
L'École des femmes
Les Femmes savantes
Les Fourberies de Scapin – *Nouvelle édition*
George Dandin
Le Malade imaginaire – *Nouvelle édition*
Le Médecin malgré lui
Le Médecin volant. La Jalousie du Barbouillé
Le Misanthrope
Les Précieuses ridicules
Le Tartuffe

MONTAIGNE
Essais

MONTESQUIEU
Lettres persanes

MUSSET
Il faut qu'une porte soit ouverte ou fermée. Un caprice
On ne badine pas avec l'amour

OVIDE
Les Métamorphoses

PASCAL
Pensées

PERRAULT
Contes – *Nouvelle édition*

PIRANDELLO
Donna Mimma et autres nouvelles
Six Personnages en quête d'auteur

POE
Le Chat noir et autres contes fantastiques
Double Assassinat dans la rue Morgue. La Lettre volée

POUCHKINE
La Dame de pique et autres nouvelles

PRÉVOST
Manon Lescaut

PROUST
Combray

RABELAIS
Gargantua
Pantagruel

RACINE
Phèdre
Andromaque

RADIGUET
Le Diable au corps

RÉCITS DE VOYAGE
Le Nouveau Monde (Jean de Léry)
Les Merveilles de l'Orient (Marco Polo)

RENARD
Poil de Carotte

RIMBAUD
Poésies

ROBERT DE BORON
Merlin

ROMAINS
L'Enfant de bonne volonté

LE ROMAN DE RENART – *Nouvelle édition*

**ROSTAND**
Cyrano de Bergerac

**ROUSSEAU**
Les Confessions

**SALM (CONSTANCE DE)**
Vingt-quatre heures d'une femme sensible

**SAND**
Les Ailes de courage
Le Géant Yéous

**SAUMONT (ANNIE)**
Aldo, mon ami et autres nouvelles
La guerre est déclarée et autres nouvelles

**SCHNITZLER**
Mademoiselle Else

**SÉVIGNÉ (MME DE)**
Lettres

**SHAKESPEARE**
Macbeth
Roméo et Juliette

**SHELLEY (MARY)**
Frankenstein

**STENDHAL**
L'Abbesse de Castro
Vanina Vanini. Le Coffre et le Revenant

**STEVENSON**
Le Cas étrange du Dr Jekyll et de M. Hyde
L'Île au trésor

**STOKER**
Dracula

**SWIFT**
Voyage à Lilliput

**TCHÉKHOV**
La Mouette
Une demande en mariage et autres pièces en un acte

**TITE-LIVE**
La Fondation de Rome

**TOURGUÉNIEV**
Premier Amour

**TRISTAN ET ISEUT**

**TROYAT (HENRI)**
Aliocha

**VALLÈS**
L'Enfant

**VERLAINE**
Fêtes galantes, Romances sans paroles *précédé de* Poèmes saturniens

**VERNE**
Le Tour du monde en 80 jours
Un hivernage dans les glaces

**VILLIERS DE L'ISLE-ADAM**
Véra et autres nouvelles fantastiques

**VIRGILE**
L'Énéide

**VOLTAIRE**
Candide – *Nouvelle édition*
L'Ingénu
Jeannot et Colin. Le monde comme il va
Micromégas
Zadig – *Nouvelle édition*

**WESTLAKE (DONALD)**
Le Couperet

**WILDE**
Le Fantôme de Canterville et autres nouvelles

**ZOLA**
Comment on meurt
Germinal
Jacques Damour
Thérèse Raquin

**ZWEIG**
Le Joueur d'échecs

# Les anthologies dans la même collection

AU NOM DE LA LIBERTÉ
Poèmes de la Résistance

L'AUTOBIOGRAPHIE
BAROQUE ET CLASSICISME
LA BIOGRAPHIE
BROUILLONS D'ÉCRIVAINS
Du manuscrit à l'œuvre

« C'EST À CE PRIX QUE VOUS MANGEZ DU SUCRE… » Les discours sur l'esclavage d'Aristote à Césaire

CETTE PART DE RÊVE QUE CHACUN PORTE EN SOI

CEUX DE VERDUN
Les écrivains et la Grande Guerre

LES CHEVALIERS DU MOYEN ÂGE
CONTES DE SORCIÈRES

CONTES DE VAMPIRES

LE CRIME N'EST JAMAIS PARFAIT
Nouvelles policières 1

DE L'ÉDUCATION
Apprendre et transmettre de Rabelais à Pennac

LE DÉTOUR

FAIRE VOIR : QUOI, COMMENT, POUR QUOI ?

FÉES, OGRES ET LUTINS
Contes merveilleux 2

LA FÊTE
GÉNÉRATION(S)

LES GRANDES HEURES DE ROME
L'HUMANISME ET LA RENAISSANCE
IL ÉTAIT UNE FOIS
Contes merveilleux 1

LES LUMIÈRES
LES MÉTAMORPHOSES D'ULYSSE
Réécritures de L'*Odyssée*

MONSTRES ET CHIMÈRES
MYTHES ET DIEUX DE L'OLYMPE
NOIRE SÉRIE…
Nouvelles policières 2

NOUVELLES DE FANTASY 1

NOUVELLES FANTASTIQUES 1
Comment Wang-Fô fut sauvé et autres récits

NOUVELLES FANTASTIQUES 2
Je suis d'ailleurs et autres récits

ON N'EST PAS SÉRIEUX QUAND ON A QUINZE ANS Adolescence et littérature

PAROLES DE LA SHOAH
PAROLES, ÉCHANGES, CONVERSATIONS ET RÉVOLUTION NUMÉRIQUE
LA PEINE DE MORT
De Voltaire à Badinter

POÈMES DE LA RENAISSANCE
POÉSIE ET LYRISME
LE PORTRAIT
RACONTER, SÉDUIRE, CONVAINCRE
Lettres des XVII^e^ et XVIII^e^ siècles

RÉALISME ET NATURALISME
RÉCITS POUR AUJOURD'HUI
17 fables et apologues contemporains

RIRE : POUR QUOI FAIRE ?

RISQUE ET PROGRÈS
ROBINSONNADES
De Defoe à Tournier

LE ROMANTISME
SCÈNES DE LA VIE CONJUGALE
Le couple au théâtre, de Shakespeare à Yasmina Reza

LE SURRÉALISME
LA TÉLÉ NOUS REND FOUS !

LES TEXTES FONDATEURS
TROIS CONTES PHILOSOPHIQUES
Diderot, Saint-Lambert, Voltaire

TROIS NOUVELLES NATURALISTES
Huysmans, Maupassant, Zola

VIVRE AU TEMPS DES ROMAINS
VOYAGES EN BOHÈME
Baudelaire, Rimbaud, Verlaine

Mise en page par Meta-systems
59100 Roubaix

N° d'édition : L.01EHRN000484.N001
Dépôt légal : mars 2016
Imprimé en Espagne par Novoprint (Barcelone)